Linda Lael

Miller

Wer dem Zauber der Liebe verfällt

Roman

Linda Lael
Miller

Wer dem Zauber der Liebe verfällt

Roman

Weltbild Verlag

Lizenzausgabe mit Genehmigung der
Bastei-Verlag Gustav H. Lübbe GmbH & Co.
für Weltbild Verlag GmbH, Augsburg 1995

Originaltitel: Memory's Embrace
This edition published by arrangement
with the original publisher, Pocket Books, New York

Lektorat: Katharina Woicke
Umschlaggestaltung: Adolf Bachmann, Reischach
Umschlagbild: Leslie Pellegrino/Agentur Thomas Schlück, Garbsen
Gesamtherstellung: Presse-Druck Augsburg
Printed in Germany
ISBN 3-89604-116-9

1

Simpkinsville, Oregon – 5. April, 1890

Eine verbeulte Schüssel flog wie ein Diskus durch die Luft ...

Tess Bishop blieb überrascht stehen. Sie schob ihr Fahrrad an den Straßenrand, klemmte ihre Kamera unter den Arm und ging durch das Gebüsch auf die angrenzende Lichtung zu.

Der Hausierer – *Joel Shiloh,* den goldenen Lettern auf seinem schwarzen Wagen nach – fing die herabfallende

Schüssel auf und schleuderte dann fluchend eine Kaffeekanne in die Luft.

»Komm herunter und kämpfe!« brüllte er, als der Kaffee nach allen Seiten spritzte und seine ohnehin nicht elegante Kleidung weitere Flecken bekam. Er war ein großer Mann, etwa Anfang Dreißig, und während Tess ihn fasziniert ansah, hob er drohend eine Faust zum Himmel und schrie von neuem: »Nun komm schon, verdammt! Wehr dich!«

Tess hob erstaunt den Kopf, aber sie sah nichts als Wolken. Graue Regenwolken. Mit wem redete dieser Mann eigentlich? Mit Gott?

Joel Shiloh stützte die Hände in die Seiten und legte den Kopf so weit zurück, daß Tess überzeugt war, sein schmutziger schwarzer Hut müsse ins Gras fallen. »Nun?« schrie er zornig, während er einen Fuß auf die Steine stellte, die das Lagerfeuer umgaben. »Worauf wartest du noch?«

Tess wollte gerade umkehren und zu ihrem Fahrrad zurückgehen, als der Mann einen Schmerzensschrei ausstieß und auf einem Bein zu dem kleinen Fluß hinüberhüpfte.

»Nein!« rief sie erschrocken und hob eine Hand, als könnte sie so den Mann zurückhalten.

Aber natürlich war er schon zu weit entfernt und sprang genau an jener Stelle in den Bach, wo Tess es befürchtet hatte. Das Wasser schlug über ihm zusammen, und nur sein Hut war noch zu sehen.

Tess legte die Kamera ins Gras, raffte ihren langen Baumwollrock und rannte über die Lichtung auf das Ufer zu.

Bevor sie ihn erreichte, tauchte der Hausierer neben seinem langsam davontreibenden Hut wieder auf, hob von neuem die Faust und schrie seinem unsichtbaren Feind im Himmel zu: »Das war ein gemeiner, schmutziger Trick, verdammt!«

Tess starrte den Mann verwundert an: »Mit wem reden Sie eigentlich?« fragte sie.

Joel Shiloh warf ihr einen gereizten Blick zu. Falls ihm sein Benehmen peinlich war, ließ er es sich nicht anmerken. Bevor die Strömung den Hut fortreißen konnte, schnappte er ihn, warf ihn ans Ufer und kam stolpernd und fluchend aus dem Wasser.

Mit einem empörten Grunzen hockte er sich ins Gras und begann an einem seiner nassen Stiefel zu zerren. Nachdem er sich erfolglos abgemüht hatte, hob der Mann den Kopf und schaute Tess entrüstet aus seinen azurblauen Augen an. »Nun helfen Sie mir doch!«

Tess hätte später nicht sagen können, warum sie nicht auf der Stelle kehrtmachte und die Flucht ergriff, wie es jede andere Frau mit ein bißchen Vernunft getan hätte. Dieser Mann schien ganz offensichtlich verrückt zu sein, es konnte jeden Augenblick zu regnen anfangen, und bis nach Hause hatte sie noch fünf Meilen Weg vor sich. Aber er hatte etwas ganz Besonderes an sich, und so seltsam es war, Tess fand, daß er irgendwie aristokratisch wirkte.

»Wobei soll ich Ihnen helfen?« fragte sie verwirrt.

»Ziehen Sie mir den Stiefel aus!« fuhr er sie an und warf dann einen weiteren zornigen Blick auf den dunklen Himmel.

»Sie könnten wenigstens *bitte* sagen«, wandte Tess ein.

»Bitte!« schrie er.

»Sie sind ein sehr ungezogener Mensch, Mister Shiloh«, bemerkte sie, packte jedoch seinen schmutzigen Stiefel mit der durchlöcherten Sohle und zog mit aller Kraft daran.

Der Hausierer verfolgte ihre Bemühungen mit spöttischem Lächeln. »Sie haben recht, das bin ich«, stimmte er, schon etwas freundlicher, zu.

Tess zerrte an dem widerspenstigen Stiefel, und als er

endlich nachgab, taumelte sie und fiel ins Gras. Beschämt und etwas verärgert rappelte sie sich auf, überzeugt, daß der Mann sie nun auslachen würde.

Aber er war schon damit beschäftigt, seinen Socken auszuziehen, der genauso naß und löchrig wie sein Stiefel war, und würdigte Tess keines Blickes.

An seiner Fußsohle war eine häßliche Brandwunde zu sehen, was sein merkwürdiges Hüpfen und den unvorsichtigen Sprung in den Fluß erklären mochte. Er betrachtete die Wunde mit dem gleichen ärgerlichen Stirnrunzeln, mit dem er dann zum Himmel aufschaute. »Danke«, sagte er zu den Wolken, die sich über ihnen zusammenbrauten. »Tausend Dank!«

Und genau in diesem Augenblick öffnete der Himmel seine Schleusen. Tess' langes Haar, das ihr frei auf die Hüften fiel, war innerhalb von Sekunden völlig tropfnaß, ihr Kleid klebte ihr am Körper.

Aber Kleider waren das letzte, woran sie jetzt dachte. »Meine Kamera!« rief sie entsetzt und rannte zur Lichtung zurück, um den kostbaren schwarzen Kasten aufzuheben. Sie drückte ihn schützend an ihre Brust und schaute sich verzweifelt nach einem trockenen Platz dafür um.

Ihr Versuch, die Ladeklappe von Mister Shilohs Wagen zu öffnen, mißlang, denn der Riegel lag so weit oben, daß sie ihn nicht einmal erreichen konnte, wenn sie hochsprang.

Mister Shiloh, der jetzt ganz ruhig und gelassen wirkte, erschien an ihrer Seite, zog den Riegel auf und öffnete die ächzende Tür. Tess legte ihre Kamera auf den Wagenboden und seufzte vor Erleichterung, obwohl sie selbst bis auf die Haut durchnäßt war. Die Kamera war wichtiger, sie hatte sehr, sehr lange sparen müssen, um sie kaufen zu können.

»Danke«, sagte sie.

Statt einer Antwort legte Joel Shiloh die Arme um ihre Taille und hob Tess in den Wagen. Er selbst blieb im strömenden Regen stehen und betrachtete sie so verwundert, als hätte er sie schon einmal irgendwo gesehen und versuchte, sich zu erinnern, wo.

»Kommen Sie aus dem Regen«, schlug sie vernünftigerweise vor.

Ein schiefes Lächeln spielte um die Lippen des Hausierers, als er sich neben ihr auf die Wagenfläche zog. »Wie heißen Sie?«, fragte er neugierig, während er sie weiter prüfend betrachtete.

Tess zögerte und ließ ihren Blick über seine langen, muskulösen Beine gleiten, die über den Wagenrand baumelten. Er trug noch immer einen Stiefel, der verletzte Fuß war bloß.

»Tess Bishop«, antwortete sie schließlich. »Was macht Ihr Fuß?«

Er lachte und fuhr sich mit der Hand übers Gesicht, als wollte er den Regen abstreifen. Was natürlich nicht viel nützte, da auch sein Haar tropfnaß war. »Gut, Miss Bishop. Meinem Fuß geht es gut.«

»Ich habe versucht, Sie zu warnen.«

»Wovor? Mir den Fuß zu verbrennen?«

Tess schüttelte den Kopf. »Nein, in den Bach zu springen. Er wirkt hier so flach, weil das Wasser so klar ist, aber er ist recht tief.«

Wieder lächelte er schwach. »Das habe ich gemerkt. Weiß Ihre Familie, daß Sie allein durch die Gegend wandern, Miss Bishop? Und das mitten in einem Wolkenbruch?«

Tess straffte die Schultern. Sie hatte eigentlich keine Familie – nur Derora, ihre Tante. Und obwohl sie sicher war, daß sie sich wahrscheinlich eine Lungenentzündung holte, so war das nicht Joel Shilohs Sache. »Weiß Ihre es?« versetzte sie.

Der Hausierer grinste. »Meine Familie hat keine Ahnung, wo ich bin.«

Tess war ein bißchen verwirrt. Inmitten des strömenden Regens kam sie sich plötzlich so vor, als sei sie ganz allein mit Mister Shiloh auf der Welt. »Aber Sie haben eine Familie?«

Ein abweisender Blick erschien in seinen blauen Augen, und ein gequälter Ausdruck huschte über sein Gesicht. »Ja«, sagte er nach langem Schweigen.

»Sie haben sich mit ihr entzweit«, bemerkte Tess fröstelnd.

Er zuckte mit den Schultern. »So könnte man es nennen.«

»Erzählen Sie mir von ihnen.«

Er maß sie mit einem scharfen, beinahe mißtrauischen Blick. »Sie müssen halb erfroren sein. Lassen Sie mich eine Decke holen.« Damit drehte er sich um und ging gebückt ins Wageninnere. Wenige Minuten später kehrte er mit einer schweren Wolldecke zurück, die er ihnen beiden um die Schultern legte.

Wieder empfand Tess ein merkwürdig angenehmes Gefühl der Isolation; fast, als wären sie Fabelwesen aus einer Märchenwelt. »Danke«, sagte sie und kuschelte sich dankbar in die Decke. Doch dann begann sie ganz unvermittelt zu kichern.

»Was ist?« fragte Joel Shiloh und zog eine Augenbraue hoch.

»Meine Tante würde mich umbringen«, gestand Tess, »wenn sie wüßte, daß ich hier auf diesem Wagen sitze, eingehüllt in eine Decke . . .«

»Und mit einem Mann«, schloß Joel Shiloh schmunzelnd.

Tess wurde rot. »Erzählen Sie mir von Ihrer Familie!« forderte sie ihn auf.

»Ich habe zwei ältere Brüder, eine jüngere Schwester

und eine Mutter. Mein Vater starb vor einigen Jahren bei einem Unfall.«

Er hatte ihr gesagt, was sie wissen wollte, und doch längst nicht alles, das spürte sie. »Warum haben Sie sich mit ihnen entzweit?«

Ein harter Zug erschien um seinen Mund. »Was machen Sie fünf Meilen vor der Stadt in einem Wolkenbruch?« entgegnete er schroff.

Sein Ton verletzte Tess. Sie straffte die Schultern und schob das Kinn vor. »Ich bin eine erwachsene Frau«, behauptete sie.

Er grinste sie an. Er besaß die Frechheit, sie anzugrinsen! Tess verschränkte die Hände unter der Decke, um ihn nicht ins Gesicht zu schlagen.

»Das bin ich!« beharrte sie.

»Sechzehn – und nicht einen Tag älter«, neckte er sie.

»Ich bin achtzehn!« verteidigte Tess sich wütend.

Der Hausierer legte eine Hand auf seine Brust und stieß einen übertriebenen Seufzer aus. »So alt!«

Tess hatte im Verlauf ihres turbulenten Lebens viel zu ertragen gelernt, aber Spott gehörte nicht dazu. »Und Sie sind alt und weise, was?« entgegnete sie spitz.

Er sagte nichts, schwieg lange und schaute sie nur belustigt an. Was er dann sagte, schockierte Tess gründlich. »Sie sollten sich ausziehen«, schlug er freundlich vor.

»Wie bitte?« flüsterte Tess, und fast wäre sie vom Wagen gesprungen und hätte die Flucht ergriffen.

»Sie sollten nicht in Ihren nassen Kleidern herumsitzen«, erklärte er gelassen. »Ich gebe Ihnen etwas anderes zum Anziehen, dann können Sie . . .«

»Ich habe nicht die Absicht, mich zu entkleiden!«

Er biß sich auf die Unterlippe – um nicht zu lachen, vermutlich –, und obwohl Tess noch immer verärgert war und bereit, um ihr Leben zu rennen, falls es sein mußte, rührte sie sich nicht. Sie war plötzlich wie gelähmt.

»Haben Sie gedacht, ich wollte Ihre Situation ausnützen?«

»Das wäre möglich. Immerhin sind Sie geistig nicht ganz auf der Höhe.«

Er lachte schallend und sah sie dann wieder mit seinen eisblauen Augen an. Sie schienen Tess zu streicheln und gleichzeitig auszulachen, aber es lag nicht die Spur einer Bedrohung in diesem Blick, auch kein Anzeichen von Wahnsinn. »Sie beziehen sich auf das Streitgespräch, das ich mit Gott führte«, sagte er.

»Mit Gott?« wiederholte Tess verblüfft.

Er nickte, und im gleichen Augenblick begann der Regen nachzulassen. »Ich werde dort hinten unter den Bäumen ein Feuer anzünden«, fuhrt er fort. »In der Truhe unter meinem Bett finden Sie trockene Sachen. Ziehen Sie sie an, während ich Kaffee koche.«

Tess spürte, wie ihr heiße Röte in die Wangen stieg. »Sie haben die Kaffeekanne nach Gott geworfen, nicht wahr?« erinnerte sie ihn, um ihre Verlegenheit und das merkwürdige Kribbeln, das in ihr erwacht war, zu überspielen.

Joel Shiloh nahm die Decke von seinen Schultern und sprang vom Wagen. »Zum Glück hat er sie zurückgeworfen«, antwortete er lachend, »sonst könnte ich jetzt keinen Kaffee kochen.«

Auch Tess mußte lächeln, aber sie machte keine Anstalten, seine Anweisungen zu befolgen und sich umzuziehen. Nein, sie blieb einfach sitzen und schaute zu, wie er das versprochene Feuer entfachte und dann die Kaffeekanne und deren Deckel aufhob.

Als er sich schließlich wieder zu ihr umdrehte, lag ein Ausdruck gutmütiger Strenge auf seinem Gesicht. »Ab in den Wagen!« rief er ihr zu.

Tess versteifte sich und warf einen Blick über ihre Schulter. »Es ist so dunkel da drin – ich würde ja doch nichts finden«, sagte sie lahm.

Er kam mit großen, geschmeidigen Schritten auf sie zu, und Tess kuschelte sich unwillkürlich tiefer in die warme Decke. Ein Frösteln lief durch ihren Körper, ihre Zähne klapperten vor Kälte. »Kommen Sie mir nicht zu nahe!« flüsterte sie.

Joel Shiloh lachte und zog sich auf den Wagen. »Sie brauchen bei mir nicht um Ihre Unschuld bangen, Miss Bishop«, versicherte er, während er hinter ihr im Wagen kramte. »Erwachsene Frauen sind mir lieber.«

»Erwach. . . « Tess brach ab. Sie hörte, wie ein Streichholz angerissen wurde, dann flammte eine Petroleumlampe auf.

»Erwachsene Frauen«, beendete er den Satz für sie. »Keine kleinen Mädchen wie Sie.« Er zog eine der Schubladen unter dem eingebauten Bett auf und holte ein Hemd und eine Hose heraus. Eine Hose! »Wenn Sie das jetzt nicht anziehen, werde ich das für Sie tun.«

»Ich bin kein kleines Mädchen!« widersprach Tess empört, als er ihr die Kleidungsstücke zuwarf. Warum kam es ihr plötzlich so ungeheuer wichtig vor, ihm klarzumachen, daß sie alt genug war, für sich selbst zu sorgen? Und daß sie kein Kind mehr war, wie er zu glauben schien?

Er musterte sie prüfend, als wäre die Decke transparent und als könnte er ihre kleinen, aber wohlgeformten Brüste sehen, ihre schlanke Taille und die sanft gerundeten Hüften, auf die sie mächtig stolz war. »Ich hätte schwören können, daß Sie noch nicht erwachsen sind«, erwiderte er, dann war er fort.

Tess schaute auf die Hose und das Hemd und wußte, daß ihr nichts anderes übrigblieb, als ihm zu gehorchen, so unpassend es auch sein mochte. Ihr war eiskalt, es regnete noch immer, und es war ein weiter Weg nach Simpkinsville und zum Gästehaus ihrer Tante. Sie konnte sich eine schlimme Grippe oder vielleicht sogar eine Lungenentzündung holen, wenn sie keine trockenen Sachen anzog und sich eine Weile am Feuer wärmte.

Der Teufel soll ihn holen, dachte sie, als sie sich schließlich mühsam aufrichtete und ins Innere des Wagens ging. Als sie die Tür zuschlug, hörte sie Joel Shiloh lachen.

Die Hose und das Hemd waren viel zu weit und viel zu groß, und Tess war froh, daß sie wenigstens ihre eigenen Schuhe und Strümpfe anziehen konnte. Sie war schon auf dem Weg zur Tür, als ihr Blick auf eine abgenutzte Bibel fiel. Sie lag offen auf dem ungemachten Bett, und Tess nahm sie – aus Gründen, die sie sich selber nicht erklären konnte – in die Hand. Einige Passagen waren unterstrichen, die Seiten vom häufigen Anfassen abgegriffen und verschmutzt. Wieso las ein Mann mit einer derart offensichtlichen Abneigung gegen Gott die Bibel?

Tess klappte sie stirnrunzelnd zu und sah erst dann den in goldenen Buchstaben eingravierten Namen auf der Lederhülle. *Keith Corbin*. Keith Corbin?

Sie legte die Bibel an ihren Platz zurück und schlug sie an der gleichen Stelle auf, wo er zuletzt gelesen zu haben schien. Dann ging sie nachdenklich zur Wagentür. Warum schleppte der Hausierer eine Bibel mit dem Namen eines anderen Mannes mit sich herum?

Der Name Corbin kam ihr bekannt vor. Wo hatte sie ihn bloß gehört?

Tess erschrak, als sie Mister Shiloh direkt vor der Wagentür entdeckte, und machte ein schuldbewußtes Gesicht. Ob er von ihrer Herumschnüffelei etwas ahnte?

Er betrachtete sie mit belustigter Bewunderung, dann streckte er die Arme aus, um sie vom Wagen zu heben. Seine Hände schienen einen Moment länger als nötig auf ihrer Taille zu verweilen – aber vielleicht bildete sie sich das nur ein.

»Das Feuer brennt, und der Kaffee ist auch gleich fertig. Seien Sie vorsichtig. Die Becher sind aus Metall und werden sehr heiß.«

Dann schob er sich an ihr vorbei, kletterte auf den Wagen und schloß die Tür. Tess rührte sich nicht, bis sie eine Schublade sich öffnen und schließen hörte und wußte, daß auch er sich umzog. Erneut schoß ihr die Röte ins Gesicht, und sie lief hastig zum Lagerfeuer.

Dort wärmte sie ihre kalten Hände und schüttelte ihr feuchtes Haar, um es zu trocknen. Zum ersten Mal fiel ihr jetzt auf, daß ganz in der Nähe ein Maulesel graste. Als nähme auch er Tess' Anwesenheit nun erst zur Kenntnis, warf er ihr einen vorwurfsvollen Blick zu und wieherte schrill.

»Du armes Tier«, murmelte sie und ging auf den Esel zu, aber Joel Shilohs Erscheinen ließ sie in der Bewegung verharren. Er trug saubere, frische Kleider und fuhr sich mit der Hand durchs Haar, um es zu glätten.

Tess überlegte geistesabwesend, ob sein Haar braun war wie ihr eigenes, blond oder eine Mischung beider Farben. Es war schwer zu sagen, naß, wie es war, aber eins stand fest: Es war viel zu lang.

Er kam zu ihr ans Feuer, bückte sich nach der Kaffeekanne und füllte die beiden bereitgestellten Becher. Einen davon reichte er Tess, ohne sich aus der Hocke aufzurichten.

Sie nahm den Kaffee, wobei ihr fast die viel zu weite Hose aus der Hand gerutscht wäre. »Warum lassen Sie das arme Tier im Regen stehen?« erkundigte sie sich vorwurfsvoll und blickte zu dem Esel hin.

Joel Shiloh trank einen Schluck von seinem Kaffee und ließ sich so viel Zeit dabei, daß Tess den Eindruck hatte, er versuchte, ein Lächeln zu verbergen. Schließlich antwortete er: »Das letzte Mal habe ich ihn mit in den Wagen genommen, aber er beklagte sich, das Bett wäre zu schmal für uns beide.«

Tess senkte den Kopf und verkniff sich ein Lächeln.

Mister Shiloh seufzte philosophisch und nippte an seinem Kaffee.

»Warum haben Sie mit einer Schüssel und der Kaffeekanne nach Gott geworfen, Mister... Mister Shiloh?«

Als er merkte, wie sie zögerte, seinen Namen auszusprechen, warf er ihr einen scharfen Blick zu. Langsam stand er auf. »Ich glaube, das geht Sie nichts an, Miss Bishop«, sagte er kalt.

Tess war so betroffen, als hätte er sie geschlagen, und spürte, wie sie blaß wurde. »Es . . . tut mir leid. Sie . . . Sie haben recht . . .«

Er wirkte plötzlich abweisend. Und ziemlich unglücklich. »Trinken Sie Ihren Kaffee aus«, sagte er barsch. »Dann schirre ich den Esel an und bringe Sie nach Hause.«

»Nein!«

Er starrte sie mit hochgezogenen Brauen an. »Nein?«

Tess bedauerte ihre heftige Reaktion. »Ich meine, ich habe mein Fahrrad hier, und es ist gar nicht so weit . . . ich schaffe es auch allein nach Hause.«

»Unsinn«, widersprach er und schüttete unerklärlicherweise seinen Kaffee in die Glut, wo er zischend verdampfte. »Simpkinsville liegt fünf Meilen entfernt, und Sie müssen Ihre Kamera tragen. Außerdem könnte es wieder anfangen zu regnen.«

Tess' Schultern sackten herab. Wenn ihr Fahrrad keinen platten Reifen hätte, wäre sie längst zu Hause. Aber die Aussicht, es schieben zu müssen und vielleicht in einen neuen Wolkenguß zu geraten, war recht entmutigend. »Derora bringt mich um«, murmelte sie vor sich hin.

»Wer ist Derora, wenn ich fragen darf?«

»Meine Tante – obwohl es Sie gar nichts angeht«, antwortete sie steif.

»Touché!« meinte er anerkennend. »Aber sagen Sie mir

doch bitte, warum Ihre Tante Sie *umbringen* wird, wie Sie es nennen?«

»Derora Beauchamp ist eine sehr schwierige Person«, antwortete Tess leise, »und mag mich leider nicht besonders. Was sich keineswegs zum Besseren ändern wird, wenn ich in Begleitung eines heruntergekommenen Hausierers und in *diesen* Kleidern bei ihr erscheine.«

Joel Shiloh schüttelte lächelnd den Kopf. »So, heruntergekommen bin ich also?«

»Nun ja, Sie bräuchten eine Rasur«, erwiderte Tess. »Und einen Haarschnitt und ein Bad ...«

Er tat, als bewegte er einen Bleistift und machte sich Notizen auf der Hand. »Rasur. Haarschnitt. Bad«, las er dann laut vor.

Tess mußte lachen. »Sie sind wirklich komisch. Sie streiten mit Gott. Sie haben einen Namen auf Ihrem Wagen und einen anderen auf Ihrer ...«

Das tiefe Mißtrauen, das auf seinem Gesicht erschien, war so erschreckend, daß Tess verlegen abbrach. »Einen anderen Namen auf meiner ... *was*?« fragte er streng.

Tess trat einen Schritt zurück und verwünschte ihre Neugier. »Ich meine nur ... nun ja ...«

»Sie meinten was?«

Tess schluckte. Ein Kloß hatte sich in ihrer Kehle gebildet. »Ich ... ich habe die Bibel gesehen«, gab sie zu. »Ich wollte nicht schnüffeln ...«

»Oh«, meinte er nur und fuhr sich wieder durch sein Haar, während er sich abwandte. Jetzt, wo es trocken war, konnte Tess sehen, daß es die Farbe von reifem Weizen hatte. »Die gehörte einem Freund von mir.«

»S-Sie brauchen mir nichts zu erklären.«

»Ich weiß«, antwortete er, und diesmal, als er sich wieder zu ihr umdrehte, stand ein Lächeln in seinen Augen. »Wo haben Sie Ihr Fahrrad? Ich packe es in den Wagen, während Sie Ihren Kaffee austrinken.«

»Ich möchte wirklich nicht...«

Er winkte nur ab und ging in Richtung Straße. Einen Moment später kam er mit dem Fahrrad zurück.

»Wirklich, Mister Shiloh...«

Er öffnete die Wagentür und hob das Fahrrad hinein. Tess fragte sich, ob er je auf Einwände anderer Leute hören mochte.

Mit geübten Bewegungen legte Joel dem Maulesel das Geschirr an. Dann kam er zum Feuer zurück, löschte es, sammelte Kaffeekanne und Becher ein und bedeutete Tess mit einer galanten Geste, ihm zu folgen.

Überzeugt, daß jeder weitere Protest sinnlos war, kletterte sie auf den hohen Kutschbock, ohne seine Hilfe abzuwarten.

»Wenn Sie wollen, erkläre ich Ihrer Tante alles«, bot Joel an, als er neben ihr saß und die Zügel nahm.

»Das würde es nur verschlimmern!« erwiderte Tess schmollend.

»Das tut mir leid«, sagte er und schien es ehrlich zu meinen. »Der erste Eindruck, den Sie von mir hatten, war nicht besonders gut, nicht wahr?«

Das stimmte. Und Tess hoffte, daß es bei diesem ersten Eindruck blieb und bald vorbei war. »Das macht nichts«, versetzte sie kühl. »Sie werden weiterziehen – wie alle Hausierer.«

»Vielleicht bleibe ich eine Weile«, meinte er.

Tess warf ihm einen entsetzten Blick zu, um dann zu beschließen, daß es ihr völlig gleichgültig war, ob er weiterzog oder blieb. Ihre Aufgaben im Gästehaus ließen ihr wenig Zeit für mögliche Begegnungen mit ihm. »Wie Sie wünschen«, sagte sie.

Sie fuhren schweigend weiter. Als der Columbia River in Sicht kam, mit seinen Dampfbooten und Lastschiffen, vergaß Tess den Fremden neben sich und begann zu träumen. Bald würde sie Simpkinsville verlassen und nach

Astoria, Portland oder Seattle gehen. Sie würde sich einen richtigen Job suchen und . . .

»Woran denken Sie?« sagte der Hausierer überraschend sanft in ihre Gedanken hinein.

Tess lächelte ihn an. Und obwohl sie Simpkinsville schon näher waren und damit auch Derora, ihrer Tante, war Tess ganz warm und froh zumute. »An Dampfer«, antwortete sie. »Und an all die Orte, zu denen sie fahren.«

Joel Shilohs Mundwinkel zuckten, aber er nickte leicht. Er verstand, und das machte ihn Tess sympathisch.

2

Simpkinsville war nicht besser und nicht schlechter als irgendeine andere Holzfällerstadt, die der Hausierer im Laufe dieses Jahres ziellosen Herumwanderns gesehen hatte. Es war ein kleines, aber geschäftiges Nest, dicht am Columbia River gelegen und von hohen, bewaldeten Bergen umgeben. Joel dachte an Puget Sound und dann an Wenatchee, eine weitere Stadt an diesem Wasserlauf, und er empfand den schmerzhaften Stich von Heimweh.

Tess zeigte ihm den Weg zu einer Seitenstraße, die unmittelbar am lärmenden Sägewerk vorbeiführte. Sie war ein hübsches Ding, diese Tess, mit ihrer wilden braunen Mähne, ihrer kecken Nase und den großen, haselnußbraunen Augen ...

Und sie wußte, daß er nicht Joel Shiloh war. Keith war überzeugt, daß sie seine hastig erfundene Lüge durchschaut hatte und wußte, daß es sein Name war, der auf der Bibel stand. Verdammt.

Er wollte ihr gerade sagen, wer er wirklich war, als sie ihm die Pension ihrer Tante zeigte. Keith hatte so etwas noch nie gesehen: Die Pension bestand nicht nur aus einem Haus, sondern auch aus mehreren Eisenbahnwaggons, und der ungewöhnliche Anblick ließ ihn alles andere vergessen.

Das Gebäude, das im Zentrum stand, war ein ganz gewöhnliches Holzhaus, rechteckig und verwittert, aber von ihm gingen in alle vier Himmelsrichtungen Eisenbahnwaggons aus, die ganz offensichtlich als zusätzliche Wohnflügel dienten.

Tess schaute ihn fragend an. Das leise Zittern ihrer Unterlippe verriet, daß sie sich ihres seltsamen Zuhauses bewußt war. »Hier wohne ich«, sagte sie unnötigerweise.

Keith betrachtete das Haus noch immer. »Wie ...«

Doch als er merkte, wie Tess sich versteifte, brach er ab. Ihre unbewußte Bewegung neben ihm hatte ein vertrautes Ziehen in seinen Lenden ausgelöst. Es war zu lange her, seit er eine Frau gehabt hatte ...

Aber diese hier wollte er nicht haben. Nein, dazu war sie viel zu jung, zu unschuldig und zu bezaubernd, und obwohl er den geraden Pfad schon lange verlassen hatte, hatte er noch ein Gewissen. Sehr zu seinem Bedauern, wie er oft feststellte.

»Mein Onkel hat die Waggons gekauft, als die Schienen nach Simpkinsville gelegt wurden«, erklärte Tess steif. »Er wollte eine eigene Frachtlinie eröffnen.«

Keith zog die Zügel, und der Maulesel blieb mürrisch stehen. »Ihr Onkel? Vorhin erwähnten Sie keinen . . .«

»Er hat meine Tante vor zwei Jahren verlassen. Er ging mit einer anderen Frau fort.« Sie saß ganz still auf ihrem Platz, aber in ihren Augen lag ein herausfordernder Blick. Vermutlich war sie sehr empfindlich, was dieses Thema betraf. »Da meine Tante und ich uns irgendwie durchbringen mußten, ließen wir die Waggons herschaffen und mit dem Haus verbinden, damit wir Platz hatten, um Gäste aufnehmen zu können.«

»Ich verstehe«, sagte Keith leise. Während er Tess betrachtete, bildete sich ein Klumpen in seiner Kehle, und auch sein Magen begann sich ganz merkwürdig zu benehmen. Unwillkürlich fragte er sich, ob er sich irgendeine Krankheit geholt haben mochte . . .

Tess kletterte vom Bock, was nicht ganz einfach war, da sie gleichzeitig die Hosen am Bund zusammenhalten mußte. »Vielen Dank für Ihre Hilfe«, sagte sie, als sie auf der Straße stand.

Keith unterdrückte ein Lachen. Sie war wirklich fast noch ein Kind, aber sie war schön, selbst in diesen Hosen, in denen sie ein bißchen albern wirkte. »Wollen Sie Ihre Sachen nicht wiederhaben?« fragte er, zog die Bremse fest und sprang vom Bock, bevor sie antworten konnte. Die Brandblase an seinem rechten Fuß schmerzte so heftig, daß er zusammenzuckte. Das hast du davon, wenn du mit durchlöcherten Sohlen ins Feuer trittst, dachte er, während er um den Wagen herumging und die Ladeklappe öffnete.

Tess wartete auf dem Bürgersteig und warf nervöse Blicke auf das Haus, während Keith das Fahrrad und die Kamera aus dem Wagen holte.

Sie schob das Fahrrad ein paar Meter weiter und lehnte es an einen reparaturbedürftigen Zaun, bevor sie zurückkam, um ihre Kamera zu holen. Als sie den schwarzen

Kasten vorsichtig entgegennahm, erschien eine überraschende Zärtlichkeit in ihrem Blick, und Keith stellte zu seinem Erstaunen fest, daß er sich wünschte, sie möge auch ihn so ansehen.

»Würden Sie einmal eine Aufnahme von mir machen, Tess Bishop?« hörte er sich selbst fragen.

Sie errötete und wandte den Blick für einen Moment ab, um ihn dann wieder mit einem zaghaften Lächeln anzusehen. »Ja, aber nur, wenn Sie sich rasieren«, antwortete sie.

Und nun sah er das Schild, das über dem Eingang des Gästehauses angebracht war: *»Vortrag heute abend«*, stand darauf.

Keith massierte nachdenklich sein stoppeliges Kinn. Dieses Haus gab ihm immer größere Rätsel auf. Außerdem brauchte er wirklich ein Bad und eine Rasur, und die Vorstellung, in einem richtigen Bett zu schlafen, besaß auch ihre Reize ... »Hat Ihre Tante Zimmer frei?« erkundigte er sich nachdenklich.

Tess versteifte sich, und wieder stieg eine bezaubernde Röte in ihre Wangen. »Nein ... ich ...«

Doch bevor sie aussprechen konnte, öffnete sich die Eingangstür, und eine Frau, fast so groß wie Keith selbst, trat auf den Bürgersteig hinaus. Sie wirkte interessiert und gleichzeitig verärgert.

»Tess Bishop, wo hast du ...« Dunkle Augen musterten Keith prüfend und verweilten auf seinem Gesicht.

Das mußte Derora sein, Tess' Tante. Wieder empfand Keith Verblüffung, denn er hatte eine Art Vogelscheuche oder eine fette kleine Wachtel erwartet. Aber diese Frau, höchstens ein paar Jahre älter als er selbst und makellos schön, war weder das eine noch das andere.

»Derora Beauchamp«, stellte sie sich vor und reichte ihm lächelnd eine gepflegte Hand. Ihr eleganter Morgenrock bestand aus einem weichen rosa Material, und

Keith' Verlangen nach einem heißen Bad und einem Bett verdoppelte sich, als er Deroras Hand berührte.

»Das ist Mister Joel Shiloh«, stellte Tess ihn vor. »Er ist Hausierer«, fügte sie erklärend hinzu.

Derora Beauchamp lächelte und entblößte ihre ebenmäßigen weißen Zähne. »Ein straßenmüder Reisender«, berichtigte sie. »Unser Gästehaus ist das beste in der Stadt, Mister Shiloh. Möchten Sie nicht den Komfort nutzen, den wir Ihnen bieten können?«

»Unser Gästehaus ist das einzige in der Stadt«, warf Tess mürrisch ein.

Die Wärme von Missis Beauchamps Hand löste in ihm ein angenehmes Prickeln aus. Zu lange. Es war zu lange her.

Er nickte stumm und spürte den vernichtenden Blick, den Tess in seine Richtung warf. Die kleine Tess. Er lächelte, strich ihr über das windzerzauste Haar und ließ sich von Derora Beauchamp ins Haus geleiten.

Tess kochte vor Zorn, als sie ihre Tante den verrückten Hausierer hineinführen sah. Jetzt würde sie ihm sicher Tee anbieten, den besten Sessel im Salon und vielleicht sogar eine Zigarre . . .

Vor der Ankündigung des abendlichen Vortrags blieb Tess sinnend stehen. *Freie Liebe.* Wie passend, dieses Thema!

Aber es wird keine freie Liebe sein, Mister Joel Shiloh, dachte sie mit gehässiger Befriedigung. Umsonst gibt es hier nämlich nichts.

Um weder Derora noch deren zukünftiger Eroberung zu begegnen, ging Tess um das Haus herum und betrat es durch die Küche.

Juniper, die schwarze Frau, die mit Tess' Hilfe für die Gäste kochte, drehte sich zu ihr um und betrachtete sie verblüfft. »Wie siehst du denn aus, Tess? Wo hast du gesteckt? Warum trägst du Männerkleider?«

Tess erwiderte den entrüsteten Blick der hageren Frau mit trotziger Miene. »Das erkläre ich dir später, Juniper.«

»Großer Gott, sieh dir dieses Kind an! Die Haare wirr wie bei einer ... na, du weißt schon ... und dann diese Hosen ...«

»Ach, hör auf!« meinte Tess, während sie sich neugierig fragte, was nun in Deroras Salon vorgehen mochte. Doch was interessierte es sie schon, ob ihre Tante diesen Wahnsinnigen verführte? Es würde ihm nur recht geschehen.

Aber es war ihr nicht egal. Ganz im Gegenteil. Tess kamen die Tränen, als sie daran dachte, wie Joel Shiloh ihre Tante angesehen hatte. Sie, Tess, schien er völlig vergessen zu haben, als er Derora erblickte, und er hatte ihr nur flüchtig übers Haar gestrichen ... wie einem lästigen Kind.

»Du gehst sofort in dein Zimmer und ziehst dir etwas Anständiges an!« befahl Juniper, bevor sie an den Herd zurückkehrte. »Ich schwöre dir, ich habe noch nie so ein widerspenstiges Kind ...«

»Ich bin kein Kind!« schrie Tess, rannte durch die Küche, zur Treppe und in den ersten Stock hinauf. Aber so schnell sie auch lief, das sinnlich-kehlige Lachen ihrer Tante und Joels tiefe männliche Stimme hörte sie doch.

In ihrem Zimmer legte Tess die Kamera auf den Schreibtisch und zerrte sich Joel Shilohs Kleider vom Leib, als stünden sie in Flammen. Zum Teufel mit ihm, dachte sie. Zum Teufel mit Derora! Zum Teufel mit der ganzen Welt!

Doch während sie ihr bestes Satinhemdchen anzog, kam ihr eine Idee. Der Vortrag! Natürlich! Tess Bishop war kein Kind mehr, das würde sie ihnen heute abend beweisen. Sie würde sich diesen Vortrag anhören und so gut aufpassen wie nie zuvor. Und dann würde sie nach der Philosophie der freien Liebe leben. Wer würde dann noch wagen, sie ein Kind zu nennen?

Das Wasser war herrlich heiß. Keith Corbin lehnte sich seufzend vor Behagen zurück, eine Zigarre zwischen den Lippen und den verletzten Fuß auf den Badewannenrand gestützt. Das war Leben! Alles, was ihm jetzt noch fehlte, waren ein Drink und eine Frau, und wenn er die Botschaft in Derora Beauchamps Zigeuneraugen richtig gedeutet hatte, würde er auf beides nicht mehr lange zu warten brauchen.

Er rutschte tiefer in die Wanne, bis das Wasser auch seine schmerzenden Schultern bedeckte. »Ich kannte ein Mädchen in Tillamachuck«, sang er, die Zigarre im Mundwinkel. »Sie konnte nicht tanzen, aber dafür konnte sie . . .«

Im gleichen Augenblick ging die Tür von Derora Beauchamps kleinem, aber gut eingerichtetem Badezimmer auf. Diese kleine Teufelin, dachte Keith grinsend.

Doch als er Tess um die Ecke spähen sah, rutschte ihm vor Schreck die Zigarre aus dem Mund. »Oh, Entschuldigung«, sagte Tess und lief so rot an wie das Innere einer Wassermelone.

Keith glitt noch tiefer in die Wanne, bis das Wasser auch seinen Kopf bedeckte. Als er wieder auftauchte, war Tess verschwunden. Er fischte seine nasse Zigarre aus dem Wasser und warf sie ärgerlich an die Wand.

Vielleicht kam er doch nicht zu seinem Vergnügen bei Derora, wenn Tess ihm ständig nachspionierte! Verdammt, er würde sich jetzt gleich auf die Suche nach einem Bordell machen, einem Ort, wo ein Mann in Ruhe etwas trinken und mit einem *ungestörten* Schäferstündchen rechnen konnte . . .

»Bezieh das Bett im Westflügel«, sagte Derora kalt, ohne Tess dabei anzusehen. Sie nahm eine Praline aus einer Schachtel neben ihrem Sessel und knabberte geziert daran.

Im Westflügel. Tess hätte laut gelacht, wenn sie es gewagt hätte; seit wann verdient ein Eisenbahnwaggon die Bezeichnung *Flügel*? »Ja, Madam«, antwortete sie übertrieben freundlich. »Im vorderen Teil des Wagens?«

Derora bedachte sie mit einem gereizten Blick. »Natürlich nicht. Im hinteren.«

Tess biß sich auf die Lippen. Sie war noch immer sehr aufgewühlt von der skandalösen Begegnung mit Joel Shiloh im Badezimmer und hoffte nur, daß die Röte auf ihren Wangen inzwischen verblaßt war. »Aber Mister Wilcox ist doch in diesem Zimmer«, gab sie zu bedenken.

»Dieser schwitzende Sägewerksarbeiter«, sagte Derora verächtlich. »Räum seine Sachen um. Ich möchte, daß Mister Shiloh das hintere Zimmer bekommt.«

Damit keine Gefahr besteht, daß Mister Wilcox seine Hauswirtin mit dem neuen Mieter im Bett ertappt, wenn er in sein Zimmer will, dachte Tess bitter. »Aber . . .«

»Tess, gehorche mir bitte. Tu wenigstens einmal, was ich dir sage! Und glaube bitte nicht, daß ich deinen Aufzug von vorhin ungestraft durchgehen lasse.«

»Ich bin . . .«

»Wenn du mir jetzt sagen willst, daß du achtzehn bist, reiße ich dir jedes Haar einzeln aus, Tess, das schwöre ich. Eine junge Dame läuft nicht in Männerkleidern herum, egal, wie alt sie ist.«

»Ich bin in den Regen gekommen, das war alles. Und mein Fahrradreifen war platt. Mister Shiloh . . . «

Um Deroras Lippen spielte ein erwartungsvolles Lächeln. Sie nahm sich eine weitere Praline und aß sie auf eine Art, die Tess ausgesprochen gewöhnlich fand. »Mister Shiloh stellte keine Gefahr für dich dar, da bin ich ganz sicher. Ich kann mir nicht vorstellen, daß er Augen für kleine Mädchen hat, die ihr Haar lang tragen und auf Fahrrädern durch die Gegend fahren.«

»Ich bin kein kleines Mädchen!« protestierte Tess. »Und...«

»Tess, wirklich.« Derora, die sehr figurbewußt war, klappte die Pralinenschachtel zu. »Geh jetzt endlich und tu, was ich dir befohlen habe. Und danach möchte ich, daß du Juniper bei den Vorbereitungen für heute abend hilfst. Wir erwarten eine beträchtliche Anzahl von Zuhörerinnen zu diesem Vortrag.«

Tess seufzte und fragte sich, was ihre Tante sagen würde, wenn sie wüßte, daß ihre Nichte vorhatte, den Vortrag ebenfalls zu hören. »Ist Missis Hollinghouse-Stone schon eingetroffen?« fragte sie, schon an der Tür.

»Ja.« Derora strich ihren Satinrock glatt. »Dieser lästige Sheriff hat von ihr verlangt, daß sie einen Antrag auf Erlaubnis stellt. Kannst du dir das vorstellen? In einem Land, wo die Redefreiheit so geschätzt wird?«

Simpkinsville hatte trotz seiner Bordelle und Saloons auch eine recht konservative Bürgerschaft. Viele Einwohner waren nicht gerade begeistert von den Vorträgen, die in Derora Beauchamps Salon stattfanden.

Tess lächelte nur schadenfroh in sich hinein und ging wortlos hinaus, um Mister Wilcox umzuquartieren und sein Bett für Joel Shiloh zu beziehen.

Als sie damit fertig war, wischte sie noch rasch Staub und verließ den Raum. Auf dem Korridor begegnete sie Joel. Er roch nach Seife und Zigarrenrauch, seine Kleider waren sauber, sein Haar ordentlich gekämmt. Er hatte sich sogar rasiert.

Tess hatte sich eigentlich an ihm vorbeidrängen wollen, aber dann blieb sie wie angewurzelt stehen. Ihr Herz klopfte plötzlich so heftig, daß sie keine Luft mehr zu bekommen glaubte.

»Werden Sie heute abend an dem Vortrag teilnehmen?« hörte sie sich mit einer Würde fragen, die sie sich selbst nicht zugetraut hätte.

Sein schöner, arroganter Mund verzog sich zu einem leichten Lächeln. »Um etwas über die Wunder freier Liebe zu erfahren? Wohl kaum.«

»Missis Hollinghouse-Stone ist eine gute Rednerin«, wandte Tess rasch ein. »Sie war letzten Monat hier und sprach über das Wahlrecht für Frauen...«

Das schwache Lächeln blieb und erreichte jetzt sogar seine Augen. »Ein Thema, das meiner Mutter sehr am Herzen liegt«, bemerkte er. »Ganz zu schweigen von meinen Schwägerinnen.«

Tess hätte ihm gern Fragen nach seiner Mutter und seinen Schwägerinnen gestellt, doch das wagte sie nicht. Dieses Thema schien tabu für ihn. Außerdem war ihre Kehle so eng, daß sie ohnehin kein Wort herausgebracht hätte.

»Glauben Sie, daß Frauen wählen sollten, Miss Bishop?« neckte er sie und betrachtete sie auf eine Art und Weise, daß sie noch unsicherer wurde.

Sie trat zurück. »Ja«, brachte sie mühsam hervor.

»Und freie Liebe? Praktizieren Sie die auch?«

Tess' Herzschlag setzte einen Moment lang aus. »Natürlich«, log sie, doch ihre Stimme zitterte dabei. Wie sollte sie auf diesem schmalen Gang an Joel Shiloh vorbeikommen, ohne ihn zu berühren?

Er wirkte überrascht und leicht verärgert, wurde sogar blaß, wie Tess verwundert feststellte. »Das ist doch nicht Ihr Ernst?« herrschte er sie an.

Tess holte tief Luft. Jetzt kannst du nicht mehr zurück, sagte sie sich entschlossen. »O doch«, entgegnete sie lächelnd und kam sich dabei sehr weltgewandt vor. »Es würde keine Kriege geben, wenn jeder... wenn jeder...«

Joel kreuzte die Arme vor der Brust, zog eine Braue hoch und wartete schweigend.

»Wenn jeder seinen Nächsten liebte«, schloß sie triumphierend.

»Es gibt verschiedene Formen von Liebe«, wandte Joel ein. »Sprechen wir über die gleiche Ausdrucksform dieses wunderbaren Gefühls, Miss Bishop?«

Tess wäre am liebsten gestorben, aber jetzt konnte sie nicht mehr zurück, ohne sich völlig lächerlich zu machen. Deshalb straffte sie die Schultern und hob angriffslustig das Kinn. »Ich glaube schon, Mister Shiloh.«

»In diesem Fall sollte ich Sie übers Knie legen«, war seine empörende Antwort. Außerdem machte er keine Anstalten, Tess vorbeizulassen.

»Sie können es gern versuchen, Mister Shiloh«, erwiderte Tess kühl. »Aber ich verspreche Ihnen, daß ich Sie ins Bein beiße, falls Sie es tun.«

Er warf den Kopf in den Nacken und lachte schallend.

»Bitte«, sagte Tess, als er verstummte und ihr aufgeregter Herzschlag sich beruhigt hatte, »lassen Sie mich vorbei. Ich muß Juniper beim Abendessen helfen und die Erfrischungen . . .«

Er trat beiseite, aber als sie sich rasch an ihm vorbeischieben wollte, drängte er sie ganz unvermutet gegen das Fenster des Waggons. Ihr Busen wurde gegen seine Brust gepreßt, und plötzlich hatte sie das Gefühl, in einer alles versengenden Hitzewelle zu vergehen.

»Mister Shiloh . . .« flüsterte sie, halb aus Protest, halb aus Entzücken über dieses neue, fremde Gefühl. So war es also, den Körper eines Mannes zu spüren! Was für eine erschreckende, wunderbare Empfindung!

Joel legte seine Hände um ihr Gesicht und hob es zu sich empor. Tess' Haar, das sie hastig zusammengesteckt hatte, löste sich und fiel ihr in schimmernden braunen Wellen auf die Schultern. Sein Mund senkte sich auf ihre

Lippen, strich sanft darüber, um sie dann mit einer brüsken und doch unglaublich zärtlichen Bewegung in Besitz zu nehmen.

Tess reagierte ganz instinktiv, ihre Lippen wurden weich und nachgiebig, öffneten sich. Sie war schon einmal geküßt worden, hinter der Bühne der Kapelle beim Picknick zur Feier des Unabhängigkeitstages, aber so war es nicht gewesen ...

So unvermittelt, wie er sie geküßt hatte, schob Joel sie zurück.

Er hatte die Lippen ärgerlich zusammengepreßt, und der leichte Klaps, den er ihr auf den Po gab, verletzte eigentlich nur Tess' Stolz.

Sie maß Joel mit einem empörten Blick und bückte sich, um ihre Haarnadeln aufzuheben, die auf den Boden gefallen waren.

Doch sie war so wütend, daß Tränen ihren Blick verschleierten und es ihr unmöglich machten, die Nadeln zu finden. Und er stand einfach über ihr, groß und beeindruckend, und viel zu eingebildet, um ihr zu helfen! Dieser unverschämte ... so eine Frechheit ...

Bevor ihr überhaupt bewußt wurde, was sie tat, hatte sie ihn in die linke Wade gebissen. Vor Schmerz und Überraschung schrie er auf, und Tess nutzte die Gelegenheit und rannte an ihm vorbei.

Natürlich holte er sie mühelos ein. Als sie seine Hände auf ihren Schultern spürte und er sie zu sich herumdrehte, glaubte sie, ihr Herz müsse stehenbleiben.

»Du kleines ...« begann er wütend mit gefährlich blitzenden Augen.

»Ich habe Ihnen gesagt, daß ich beißen werde, und das habe ich getan!« unterbrach ihn Tess. »Ich bin kein Kind und lasse mich nicht als solches behandeln.«

Obwohl er sich Mühe gab, es zu unterdrücken, erschien ein Lächeln um seinen Mund. »Nein«, gab er zu, und seine Stimme klang heiser. »Sie sind kein Kind mehr.«

Tess strich ihren Rock glatt. »Dann tut es Ihnen also leid, mich geschlagen zu haben?«

»Das habe ich nicht gesagt.«

Tess' Ärger erwachte von neuem. »Sie . . .«

»Ich glaube nicht, daß Sie allen Ernstes eine Entschuldigung erwarten«, unterbrach er sie gereizt, »nachdem Sie mich so gebissen haben.«

»Ich habe Sie gebissen, nachdem Sie mich geschlagen haben!«

»Die Reihenfolge ist unwichtig, Miss Bishop. Gehen Sie jetzt, bevor ich die Beherrschung verliere!«

Überaus erleichtert und mehr als bereit, ihm zu gehorchen, drehte Tess sich um und marschierte hocherhobenen Kopfes in die Küche.

Dort war Juniper und plapperte wie üblich unaufhörlich vor sich hin, aber diesmal hörte Tess ihr kaum zu. Sie konnte nur an Joel denken und wie er sie an seinen Körper gepreßt, wie er sie geküßt hatte. Um sie dann fortzustoßen, als empfände er Ekel vor ihr, und ihr einen Schlag auf den Po zu versetzen! Warum hatte er das gemacht?

Während sie das Gemüse putzte, dachte Tess daran, wie sie ihn gebissen hatte, und errötete vor Scham. Aber dann lächelte sie verstohlen. Wie er aufgeschrien hatte vor Schmerz!

»Hör auf damit, bevor du dir den Finger abschneidest!« schalt Juniper und nahm Tess das Messer aus der Hand. »Was ist los mit dir, Kind?«

Auf einmal begann Tess zu weinen. Sie hatte Joel *gebissen*! Wie ein Tier.

»Ich weiß es nicht, Juniper«, schluchzte sie. »Ich weiß es wirklich nicht.«

Juniper liebte Tess, trotz ihrer ständigen Schimpferei

und ihrer Vorhaltungen, und nun legte sie ihr die Hand auf die Stirn, um ihre Temperatur zu prüfen.

»Du bist ein bißchen heiß«, stellte sie besorgt fest.

Tess war auch innerlich ganz heiß, aber nicht, weil sie Fieber hatte. Wegen dieser skandalösen Szene mit Joel Shiloh kam sie sich nun fast wie eine Kerze vor, die zu lange am Feuer gestanden hatte.

»Es ist nichts, Juniper«, sagte sie beruhigend und wischte sich rasch die Tränen ab. »Wirklich nicht.«

Widerstrebend und nicht ganz überzeugt, ließ Juniper das Thema fallen und wandte sich wieder ihrer Arbeit zu.

Zum Dinner erschienen Mister Wilcox, Miss Schaeffer, die Lehrerin, und Mister Johnston, der Buchhalter aus dem Sägewerk. Missis Hollinghouse-Stone, die den Ehrenplatz neben Derora bekam, war eine gertenschlanke Frau, deren Augenbrauen so zusammengewachsen waren, daß sie wie ein durchgehender Strich wirkten. Ihre Perücke hatte auch schon bessere Tage gesehen. Mister Joel Shiloh war nirgendwo zu sehen, was Tess im Grunde ganz recht war.

Vielleicht hatte er es sich anders überlegt und doch kein Zimmer genommen. Vielleicht war er längst wieder unterwegs in seinem Wagen, um nie wieder gesehen – oder gebissen – zu werden...

Tess stocherte lustlos in ihrem Essen herum. So unglücklich wie heute hatte sie sich in ihrem ganzen Leben noch nicht gefühlt. Natürlich hatte sie gelitten, als ihre Mutter dem Wahnsinn verfiel, ihr Vater ihre Briefe nicht beantwortete und sie merkte, daß Derora Beauchamp, die einzige Schwester ihrer Mutter, sie zwar tolerieren, aber nie lieben würde... Aber die tiefe Niedergeschlagenheit, die sie seit ihrer Begegnung mit Joel Shiloh empfand, war etwas völlig anderes. Es war eine brennende, bittersüße Melancholie, und sie wußte ganz instinktiv, daß diese ›Krankheit‹ noch viel schlimmer werden mußte, bevor sie geheilt werden konnte.

Falls sie je geheilt werden würde.

3

Allein in seinem Zimmer, nahm Keith die Kette von seinem Hals und betrachtete den goldenen Ring, der daran befestigt war, und die Inschrift, die ihm inzwischen als solche Ironie erschien: ›*Für immer und immer, Amelie*‹.

Er schloß die Finger um den Ring und setzte sich auf die Bettkante. Wie kurz *für immer* doch sein konnte! Wie schrecklich kurz.

Das geschäftige Treiben im Haus war ein Zeichen, daß der Vortrag wohl bald beginnen würde; Kutschen und Wagen fuhren seit einer halben Stunde vor, und man hörte das aufgeregte Plaudern heller Frauenstimmen. Keith schüttelte lächelnd den Kopf und rieb die schmerzende Stelle an seiner Wade, wo Tess ihn gebissen hatte.

Doch das Lächeln verblaßte schnell. Der Biß war etwas, womit er leben konnte; der Gedanke, daß Tess der freien Liebe frönte, etwas ganz anderes. Du lieber Himmel, sie konnte es doch nicht ernst gemeint haben, oder? Glaubte sie wirklich, die Probleme der Menschheit wären auf solch einfältige Weise zu lösen?

Es war möglich. Immerhin war sie erst achtzehn Jahre alt, noch jünger als seine Schwester Melissa, und sehr naiv und verwundbar, eine reife Frucht für jeden, der sie pflücken wollte.

Ein schrecklicher Zorn erfaßte Keith und veranlaßte ihn aufzuspringen. Ihm schwindelte vor Erregung, und der Magen drehte sich ihm um bei dem Gedanken, Tess könne sich jedem Dick, Harry und Tom hingeben – und nur aus einer völlig falsch verstandenen Philosophie heraus!

Keith holte tief Atem und setzte sich wieder. Sie hatte behauptet, die freie Liebe bereits praktiziert zu haben. Aber wenn das stimmte, warum war dann heute morgen in seinem Lager nichts passiert?

Er hätte mit ihr in den halbdunklen Wagen gehen, ihre hübschen, festen Brüste entblößen und sie auf seinem schmalen Bett nehmen können... Denn nun war ihm klar, daß er es auf Tess' leiseste Ermutigung hin getan hätte, trotz seiner guten Vorsätze.

Nicht einmal das Wissen, daß sie jünger war als seine eigene Schwester, änderte etwas daran. Mit achtzehn war sie eine junge Frau, kein kleines Mädchen, und er begehrte sie mehr, als er je zuvor eine Frau begehrt hatte. Nicht einmal nach seiner eigenen Braut hatte er ein derart heißes Verlangen verspürt.

Zögernd berührte er den Ring, den Amelie ihm nur

Momente vor ihrem Tod über den Finger gestreift hatte, und die tragische Szene erstand wieder vor ihm – die Trauung im Pfarrgarten von Wenatchee, die Anwesenheit seiner Familie und seiner Freunde, der Alptraum der Explosion und all das Entsetzliche, das darauf gefolgt war.

Amelie war auf der Stelle tot gewesen. Selbst jetzt, nach all der Zeit, die verstrichen war, glaubte Keith noch die Schreie der verletzten Menschen und Pferde zu hören, glaubte den scharfen Dynamitgeruch zu spüren und die reglose, in weißen Tüll gekleidete Gestalt auf der Erde zu sehen.

Keith' Augen wurden feucht, und er strich sich mit dem Handrücken über das Gesicht. Er wollte nicht an die Hochzeit denken. Und auch nicht an Amelie. Aber auch Tess Bishop und die Tatsache, daß er gern mit ihr ins Bett gegangen wäre, waren jetzt kein Thema. Sie war nicht so wie die Frauen, die er in den vergangenen Monaten besessen hatte.

Sie war nicht so, und sie würde nie so sein. Dieses Gerede über freie Liebe war nichts als Geschwafel, mit dem sie ihn zu überzeugen versuchte, daß sie kein Kind mehr war.

Keith zog den dunklen Rock über, den eine sehr entgegenkommende Derora Beauchamp gebürstet und aufgebügelt hatte, nahm seine Geldbörse heraus und zählte die Scheine darin. Wenn seinem Geschäft mit der Wundermedizin nicht bald Erfolg beschieden war, mußte er sich einen Job suchen. Es wäre zu riskant, noch einmal seiner Bank in Port Hastings zu telegrafieren. Es war möglich, daß seine Brüder seine Taktik inzwischen durchschaut hatten, und dann würde es ihnen keine Mühe bereiten, ihn in Simpkinsville ausfindig zu machen.

Seufzend steckte er die Brieftasche wieder ein. Das Leben hätte so viel einfacher sein können, wenn Adam und Jeff bereit gewesen wären, ihn in Ruhe zu lassen, bis er alles überwunden hatte. Doch Keith wußte, daß es nicht so war. Die Privatdetektive, die Adam und Jeff im Laufe des vergangenen Jahres auf seine Spur gesetzt hatten, waren der beste Beweis dafür.

Mit einem Lächeln nahm Keith seinen schwarzen Hut, den Derora ebenfalls abgebürstet und gereinigt hatte, von der Kommode und setzte ihn mit einem schwungvollen Schlenker auf. Über seine Brüder und deren Spürhunde konnte er später nachdenken. Jetzt brauchte er zunächst einmal einen Drink und eine Frau. Oder am besten mehrere Drinks und mehrere Frauen ...

Er öffnete die Hintertür des ehemaligen Eisenbahnwaggons und ging vergnügt hinaus. Es fiel ihm nicht auf, daß er Amelies Ring zum ersten Mal seit jenem tragischen Tag in Wenatchee zurückgelassen hatte.

Tess hatte sich absichtlich ganz hinten in den Salon gesetzt, falls Derora sie bemerken sollte und beschloß, sie fortzuschicken. Was nicht sehr wahrscheinlich war, da weitaus mehr Zuhörer erschienen waren, als sie vermutet hatten, die meisten von ihnen Fremde.

»Hast du es schon gehört?« flüsterte ihre beste Freundin, Emma Hamilton, ihr zu, als sie sich neben Tess auf einem Sessel niederließ.

»Was?« entgegnete Tess und reckte den Hals, um nach Joel Shiloh – falls das wirklich sein Name war – Ausschau zu halten.

Emma platzte fast vor Aufregung. Ihre Wangen glühten. Ihre roten Locken hüpften aufgeregt um ihren Kopf. »Nicht zu fassen! Weißt du es wirklich noch nicht? Es liegt ein Vergnügungsdampfer im Hafen. Tess – auf unserem eigenen Fluß! Siehst du den Mann dort drüben – den großen, mit dem kastanienbraunen Haar? Er ist Schauspieler!«

Tess betrachtete ihn und fand ihn bei weitem nicht so attraktiv wie Joel Shiloh. Sein Lächeln wirkte einstudiert, seine Züge waren zu gleichmäßig, zu perfekt, um interessant zu sein. Doch ein Schauspieler war natürlich eine äußerst seltene Erscheinung in Simpkinsville und daher eine Attraktion. »Weiß meine Tante es schon?« fragte Tess.

Emma kicherte hinter vorgehaltener Hand, als Derora sich dem Schauspieler näherte. »Ganz bestimmt! Schau dir das Theater an, das sie um ihn macht!«

Tess wurde von einer seltsamen Erleichterung erfaßt. Vielleicht entstand eine Freundschaft zwischen Derora und dem Fremden, wie flüchtig auch immer, die sie von Joel Shiloh ablenkte? War ein Schauspieler denn nicht interessanter als ein Hausierer?

»Ist er nicht wunderbar?« schwärmte Emma. »Ich könnte sterben, wenn ich ihn nur ansehe.«

»Weißt du, wie er heißt?« entgegnete Tess ohne großes Interesse. Es bestand immer noch die Möglichkeit, daß Joel Shiloh hereinkam und sie mit dem Programm in der Hand sah. Sie wollte seine Reaktion auf keinen Fall verpassen.

»Roderick Waltam. Roderick!« säuselte Emma mit verzücktem Blick. »Viel romantischer als alltägliche Namen wie Joe oder Bill, findest du nicht?«

Bevor Tess etwas erwidern konnte, nahm Missis Hollinghouse-Stone ihren Platz auf dem Podium ein und räusperte sich. Augenblicklich herrschte Schweigen, und alle Blicke richteten sich auf die unauffällige Frau in dem fließenden weißen Gewand.

»Du liebe Güte!« flüsterte Emma Tess zu. »Sie hat ja nur eine Augenbraue!«

Tess biß sich auf die Lippen, um nicht zu lachen. »Pst!« zischte sie warnend.

Trotz ihrer körperlichen Mängel war Lavinia Hollinghouse-Stone eine faszinierende Rednerin und wirkte sehr überzeugend, als sie mit der gleichen Autorität für freie Liebe eintrat, wie sie es vor einem Monat für das Frauenstimmrecht getan hatte. Sie schritt vor ihrem Publikum einher, unterstrich ihre Worte mit effektvollen Gesten und senkte ihre Stimme zu einem bedeutungsvollen Flüstern, wenn es der Moment erforderte. Einmal, als sie über das menschliche Leid sprach, das vermieden werden könnte, wenn körperliche Liebe nicht so entschieden unterdrückt würde, kamen ihr sogar ein paar Tränen.

»Ich gehe jetzt los und suche mir jemanden, den ich lieben kann«, meinte Emma, als der Vortrag zu Ende war und der Applaus verklang. »Am liebsten Roderick Waltam!«

Auch Tess war sehr beeindruckt von Missis Hollinghouse-Stones Darlegungen, doch das brachte ihre Überzeugungen nicht ins Wanken. »Wage es nicht, Emma!« flüsterte sie ihrer Freundin errötend zu.

Etwas später, am Tisch mit den Erfrischungen, kam Roderick Waltam zu Tess und bedachte sie mit einem bühnenreifen Lächeln.

»Hallo«, sagte er. Seine Augen waren so braun wie sein Haar, und bis auf seine langen Koteletten war er glattrasiert. Tess fiel auf, daß sein blauer Samtrock an den Ärmeln und am Kragen schon ein bißchen schäbig war.

»Ein Glas Punsch?« bot sie freundlich an.

Mister Waltam nickte; er hatte sich einen Teller genommen und ihn mit Kuchen, Plätzchen und den hauchdünnen Sandwiches beladen, die Juniper so viel Mühe gekostet hatten. Der Schauspielerberuf kann nicht sehr viel einbringen, dachte Tess belustigt.

»Danke«, sagte er. Seine Stimme klang fest und bestimmt wie die eines Politikers oder eines Schulmeisters. »Wie heißen Sie?«

Tess schenkte gerade Punsch ein, und bevor sie antworten konnte, entdeckte sie Joel Shiloh, der auf sie zukam. Er hielt seinen Hut in der Hand und trug einen Anzug, der von einem hervorragenden Schneider zu stammen schien und für einen Hausierer viel zu elegant war.

»Sind Sie wieder bei Ihrem Lieblingsthema?« erkundigte Joel sich mit beißender Höflichkeit.

Etwas von dem Punsch floß über den Rand des Glases auf das weiße Tischtuch, und Tess errötete ärgerlich.

»Hören Sie . . .« begann Mister Waltam lahm, um dann verwirrt von Joel zu Tess zu schauen und wieder zurück.

Joel bedachte den armen Mann mit einem derart einschüchternden Blick, daß Roderick Waltam sich hastig zurückzog, wobei er jedoch darauf achtete, seinen Teller und sein Glas zu retten.

»Das war sehr unhöflich!« meinte Tess ärgerlich. Dabei hatte sie Joel Shiloh doch eben noch herbeigewünscht! Wie konnte sie nur so dumm gewesen sein?

Er war betrunken. Wie er es in derart kurzer Zeit geschafft hatte, so viel zu trinken, war Tess völlig rätselhaft. Sein Blick war glasig, und er roch nach Whiskey.

»Wenn Sie wirklich die Geheimnisse der freien Liebe erkunden wollen«, begann er so laut, daß sich mehrere Gäste zu ihnen umdrehten, »stelle ich mich gern freiwillig als Lehrer zur Verfügung.«

Tess war wie gelähmt. Würde dieser Mann denn nie aufhören, sie in Verlegenheit zu bringen? »Ich würde es lieber mit einem Affen tun«, erwiderte sie, und die Frau des Bankiers Flemming fächelte sich entrüstet Luft zu und verdrehte die Augen, als wäre sie einer Ohnmacht nahe.

Joel schaute sich nach Roderick Waltam um und richtete seinen anklagenden Blick dann auf Tess. »Das sehe ich«, antwortete er. »Weiß der Zoodirektor schon, daß er frei herumläuft?«

Tess war nicht oft froh, ihre Tante zu sehen, aber diesmal hätte sie sie küssen können, als sie zu ihnen herüberschwebte und sich lächelnd erkundigte: »Schwierigkeiten, Mister Shiloh?«

Nicht: *Schwierigkeiten, Tess?* O nein. Für Derora war ganz klar, daß Mister Shiloh das Opfer sein mußte. Tess seufzte.

»Keineswegs«, sagte der Hausierer, schwankte ein wenig und schaute Derora mit einem etwas einfältigen Lächeln an.

Derora strahlte, nahm Joels Arm und entführte ihn von Tess' Seite, um ihm Missis Hollinghouse-Stones Theorien darzulegen und ihn sämtlichen anwesenden Damen vorzustellen.

Tess zwang sich zu einem Lächeln und servierte weiter Punsch. Die Herren waren ausgesprochen freundlich, die Damen versprühten Gift.

Es war schon sehr spät, als der Abend endete. Missis Hollinghouse-Stone zog sich in ihr Zimmer im ›Ostflügel‹ zurück, was ihr Publikum als Zeichen zum Aufbruch zu betrachten schien. Während Tess Juniper beim Aufräumen half, versuchte sie sich einzureden, daß sie über Joel Shilohs erneutes Verschwinden froh war. Froh und erleichtert! Wahrscheinlich schlief der Trunkenbold gerade seinen Rausch aus.

Was immer noch besser war, als wenn er die Nacht mit Derora verbracht hätte, mußte Tess zugeben. Diesmal war es Mister Waltam, dem diese besondere Ehre zuteil geworden war, und obwohl er sich Mühe gegeben hatte, diskret zu sein, hatte Tess ihn doch die Stufen zu dem Waggon hinaufsteigen sehen, der nach Süden zeigte.

Als Tess merkte, daß es Sonntag morgen war, sprang sie aus dem Bett, lief ins Badezimmer und zog sich hastig an. Wenn sie sich sehr beeilte, konnte sie das Haus verlassen, bevor es Zeit zum Kirchgang war.

Da Juniper bestimmt schon in der Küche war, mit der Vorbereitung des Frühstücks beschäftigt, flüchtete Tess durch die vordere Eingangstür. Es war ein wundervoller Morgen, hell und klar und sonnig, und die weißen und roten Nelken im Vorgarten verströmten einen angenehm süßen Duft.

Trotz der merkwürdigen Gefühle, die sie fast die ganze Nacht wachgehalten hatten, mußte Tess sich sehr zusammennehmen, um nicht zu lachen und zu singen vor lauter Lebensfreude.

»Guten Morgen«, grüßte eine vertraute Stimme.

Tess blickte verwundert auf und sah Mister Waltam, der auf dem Bürgersteig kniete. Ihr Fahrrad lag vor ihm auf dem Boden, und er war damit beschäftigt, das krumme Vorderrad zurechtzubiegen.

»Guten Morgen«, antwortete sie. »Was machen Sie da?«

Er zog mit beiden Händen an dem Draht und richtete sich dann befriedigt auf. Seine Finger waren ölverschmiert, und sogar auf seinem eleganten Hemd war ein dunkler Fleck. »Ich habe das Vorderrad gerichtet. Es ist doch Ihr Fahrrad, oder?«

Tess nickte erstaunt. Roderick Waltam sah nicht wie ein Mechaniker aus, aber das Rad hatte er erfolgreich repariert. »Vielen Dank, Mister Waltam.«

»Nicht so schnell«, sagte er in scherzhaftem Ton, während er seine Finger an einem Taschentuch abwischte. »Meine Dienste haben einen Preis.«

»Und der wäre?« erklang eine weitere männliche Stimme direkt hinter Tess.

Überrascht drehte sie sich um und sah Joel mit verschränkten Armen hinter sich stehen, den Hut schräg in die Stirn gezogen. Der elegante Rock vom Vorabend war verschwunden; heute trug er wieder ganz normale Hosen, eine Weste und ein geflicktes Hemd.

»Eine Fahrt auf Ihrem Rad«, antwortete Roderick Waltam gelassen und hielt Joels Blick stand, was er am Abend zuvor nicht gewagt hatte. Vielleicht hatte die Nacht mit Derora ihn mutiger gemacht . . .

Tess ahnte, daß die beiden Männer über etwas ganz anderes sprachen als über ihr Rad. Da sie jedoch nicht die geringste Ahnung hatte, was es war, richtete sie den Blick fragend auf Joel. Ein Muskel zuckte an seinem Kinn, und er preßte die Lippen zusammen, als müsse er sich sehr beherrschen.

Die Luft war plötzlich wie aufgeladen; die beiden machten drohend einen Schritt aufeinander zu. Wer weiß, was geschehen wäre, wenn Derora nicht in diesem Augenblick in einem lavendelfarbenen Morgenrock auf der Veranda erschienen wäre.

»Tess, Liebes!« rief sie freundlich. »Es wird Zeit, daß wir in die Kirche gehen!«

Kirche. Tess schüttelte den Kopf. Derora war alles andere als fromm, doch immer, wenn sie am Samstagabend einen Herrn zum Bleiben bat, besuchte sie am Tag darauf die Messe.

»Ich gehe nicht mit«, antwortete Tess mutig. »Ich habe Kopfschmerzen.«

Derora wollte etwas entgegnen, aber Roderick hielt sie davon ab, indem er lächelnd auf sie zuschritt. »Es wäre mir eine Ehre, Sie zu begleiten«, sagte er in einschmeichelndem Ton, und Derora vergaß prompt ihre Pflichten. Lächelnd nahm sie Rodericks Arm und verschwand mit ihm im Haus.

»Es wäre mir eine Ehre, Sie zu begleiten!« äffte Joel Roderick wütend nach.

Tess versteifte sich. Erstaunlicherweise hatte sie seine Anwesenheit für einen Moment vergessen. Sehr unklug von ihr, denn nun war sie ganz allein mit ihm. »Sind Sie eifersüchtig, Mister Shiloh?« fragte sie übertrieben freundlich. »Denn falls es so ist, würde ich Ihnen empfehlen, meine Tante und Mister Waltam auf ihrem Kirchgang zu begleiten.«

Joel sagte nur leise etwas sehr Unfeines.

In der Absicht, eine kleine Spazierfahrt zu unternehmen, ging Tess zu ihrem Rad. Mit ein bißchen Glück würde sie diesmal keinem Hausierer dabei begegnen.

Doch Joel hielt sie zurück. »Wären Sie bereit, mich zu fotografieren?«

»Was?« Sie starrte ihn an, verwirrt und gleichzeitig begeistert von der Vorstellung, ein Bild von ihm zu machen. Wenn er dann weiterzog, wie es unweigerlich geschehen würde, hatte sie wenigstens ein Foto, das sie an ihn erinnerte.

Erinnern? Warum sollte sie sich an ihn erinnern wollen?

»Bitte«, drängte er.

»Na schön«, gab Tess schließlich nach und eilte ins Haus, um ihre Kamera zu holen.

Auf dem Korridor trat ihr Juniper stirnrunzelnd in den Weg. »Gehst du nicht zur Messe, Kind?«

Es dauerte fast zehn Minuten, bis Tess Junipers Verhör entkommen war und auf die Veranda zurückkehrte. Dort blieb sie abrupt stehen. Joels Wagen stand abfahrbereit auf der Straße, er beugte sich über das Geschirr und überprüfte das Zaumzeug.

Irgendwie gelangte Tess zum Zaun; sie erinnerte sich nicht, dorthin gegangen zu sein. Die Kamera an die Brust gepreßt, fragte sie schüchtern: »Ziehen Sie weiter?« Aber warum empfand sie ein solches Gefühl der Verlassenheit dabei, wenn es doch genau das war, was sie sich wünschte?

Er richtete sich auf, schob seinen Hut zurecht und schaute an Tess vorbei. »Ja und nein«, antwortete er.

»Was soll das heißen, *ja und nein*? Entweder reisen Sie ab oder nicht.«

»Ich kehre zu meinem Lager auf der Lichtung zurück«, erwiderte er geduldig. »Das wird für alle Beteiligten besser sein, denke ich.«

Tess zuckte mit den Schultern. »Wie Sie wünschen.«

»Werden Sie mich trotzdem fotografieren?«

»Wenn Sie es wollen.« Sollte er ruhig denken, daß es ihr nichts ausmachte, ob er ging oder blieb.

»Natürlich will ich es«, antwortete Joel überraschend sanft, dann nahm er eine verwegene Pose neben seinem Hausiererwagen ein.

Tess war froh, daß sie durch das kleine Fenster in der Kamera schauen mußte, anstatt Joel direkt in die wissenden blauen Augen zu sehen. Sie machte ein Bild, wechselte die Platte und machte noch eins, nur um sicherzugehen. »Jetzt möchte ich Sie fotografieren«, sagte Joel, kam auf sie zu und nahm ihr die Kamera aus der Hand.

Tess' Kehle war wie zugeschnürt. Ihre Augen brannten ein wenig. Sie nahm die beiden belichteten Platten und steckte sie in die Tasche ihres weiten Rocks. »Warum?« fragte sie, immer noch zutiefst enttäuscht davon, daß er aufbrechen wollte.

Er stülpte ihr lachend seinen Hut auf den Kopf und zerstörte damit ihre kunstvolle Frisur. »Warum nicht?« entgegnete er. Tess stellte sich neben den Wagen und nahm die gleiche Pose ein wie er. Wieder lachte er, machte das Bild und gab Tess die Kamera zurück.

Sie reichte ihm seinen Hut, er setzte ihn auf, und dann blieben sie schweigend auf dem Bürgersteig stehen. Es war ein herrlicher Aprilmorgen. Doch als in der Ferne das Läuten von Kirchenglocken erklang, versteifte Joel sich und machte eine ungeduldige Bewegung.

»Dieser Schauspieler . . .« begann er, um gleich wieder zu verstummen. Dann holte er tief Luft. »Ich gehe dorthin, wo ich gestern war«, sagte er schließlich. »Falls Sie mich brauchen.«

Tess nickte nur stumm. Es waren nur fünf Meilen, die sie trennten, keine fünfhundert. Warum kam sie sich dann so verloren vor, so enttäuscht und einsam? Sie hätte sich freuen müssen, Joel Shiloh loszuwerden, so lästig, wie er war.

Zu ihrer Überraschung und – wenn man seinem Gesichtsausdruck glauben durfte – auch zu seiner, beugte er sich plötzlich vor und küßte sie auf die Stirn. Dann war er fort, stieg auf seinen Kutschbock und fuhr davon. Nur seine Stimme, die ein derb-fröhliches Liedchen sang, war noch eine Zeitlang zu vernehmen.

Halb lachend, halb weinend ging Tess ins Haus, stieg die wenigen Stufen zu ihrem Zimmer hinauf und schloß die Tür. Sie legte die Kamera auf ihren Platz zurück, setzte sich aufs Bett und bedeckte ihr Gesicht mit beiden Händen.

Mittags ging sie zum Essen zu Derora, Mister Waltam und den anderen Hausgästen hinunter. Alle außer Mister Wilcox hatten die Messe besucht und waren andächtig still, was Tess als sehr erleichternd empfand, denn nach Unterhaltung stand ihr wirklich nicht der Sinn.

Derora Beauchamp brüstete sich gern mit ihren modernen Ansichten und ihrer Kenntnis der herrschenden Verhältnisse. Aus diesem Grund ließ sie sich jede Woche aus Seattle, Portland und San Francisco Zeitungen schicken, die sie sonntags nachmittags in Muße zu lesen pflegte.

Heute schien sie jedoch etwas abgelenkt. Roderick war auf das Schiff zurückgekehrt – um sich auszuruhen, hatte er gesagt, weil er abends eine Vorstellung hatte.

Derora ließ sich auf die Satinkissen zurücksinken und lächelte zufrieden. Nach dieser Nacht war es kein Wunder, daß der arme Junge ein bißchen Ruhe brauchte. Ihr selbst erging es auch nicht anders.

Aber gute Angewohnheiten muß man beibehalten, dachte sie und öffnete die erste Zeitung, die ihr in die Hand fiel. *The Seattle Times.*

Die Anzeige war da, wie immer. Sie war stets das erste, wonach Derora suchte, weil sie über jede Änderung der Lage informiert sein wollte.

Diesmal nahm die Anzeige eine halbe Seite in Anspruch – sie mußten sehr reich sein, diese Corbins –, und es war sogar eine Zeichnung dabei. Derora richtete sich auf und schnappte verblüfft nach Luft. Der Hausierer – die Zeichnung stellte den Hausierer dar – Joel Shiloh!

»Nein!« sagte Derora ungläubig, während sie die Skizze betrachtete. Und doch war es die gleiche Linie des Kinns, der gleiche offene Blick und die gleiche aristokratisch gerade Nase. Das Haar war etwas kürzer . . .

Die fettgedruckten Buchstaben über dem Bild erregten Deroras Neugier, und deshalb las sie sie zuerst.

Haben Sie diesen Mann gesehen?
Fünftausend Dollar Belohnung
für sachdienliche Hinweise an
Mister Adam Corbin,
Port Hastings, Washington.

»Port Hastings«, wiederholte Derora nachdenklich, während sie prüfend die Skizze betrachtete. Konnte es wirklich dieser Hausierer sein, der sich Joel Shiloh nannte? Die Ähnlichkeit war verblüffend, aber vielleicht war es ja doch nicht mehr als das – nur eine starke Ähnlichkeit.

Resolut stand sie auf und holte ihre Brille. »Mein Gott!« murmelte sie dann, starrte die Skizze an und dachte an all jene entfernten Orte, an die fünftausend Dollar sie bringen konnten – weit, weit weg von Simpkinsville! »Tu mir den Gefallen, Joel, und entpuppe dich tatsächlich als der gesuchte Mann!«

Derora faltete die Zeitung zusammen und legte ihre Brille beiseite. Wenden Sie sich an Mister Adam Corbin in Port Hastings, hatte in der Anzeige gestanden. Aber wie sollte sie ihn benachrichtigen? Sonntags war das Telegraphenamt geschlossen ...

Sie stand auf, zog sich an und frisierte sich sorgfältig. Andrew McMichaels, der Telegraphist der Western Union, war ein guter Freund von ihr. Da konnte sie ihn doch sicher bitten, ein Telegramm abzuschicken ... schließlich handelte es sich um einen Notfall, oder?

Und wenn sie sich nun irrte? Wenn dieser Joel Shiloh gar nicht der Mann war, den Adam Corbin suchte?

Derora schlug die Zeitung noch einmal auf und las die Anzeige durch. Dann, aus einer Eingebung heraus, suchte sie auch in der Ausgabe von Portland danach. Die Anzeige war da, doch sie gab keine weiteren Einzelheiten bekannt, sondern war identisch mit der anderen. Im *San Francisco Chronicle* jedoch entdeckte sie eine leicht veränderte Annonce. Die Schrift über der Zeichnung besagte:

Vermißt.
Keith Corbin.
Ähnlich untenstehendem Bild.

Und unter dem Bild – lieber Himmel, er sah ja wirklich wie Joel Shiloh aus! – wurde die gleiche Belohnung angeboten.

Derora saß vor ihrem Frisiertisch und starrte in den Spiegel, ohne jedoch etwas von sich zu sehen. Fünftausend Dollar, dachte sie. Fünftausend wunderschöne Dollar!

Damit war die Entscheidung gefallen. Sie würde noch

heute nach Port Hastings telegraphieren. Falls sie sich irrte und es sich bei dem Hausierer nicht um Keith Corbin handelte, nun gut, dann hatte sie eben Pech gehabt und nichts verloren außer den Gebühren für das Telegramm. Aber die Zeit drängte – wie lange würde es dauern, bis ein anderer die Ähnlichkeit zwischen der Zeichnung und Joel Shiloh bemerkte? Oder schneller war als sie?

Ja, die Zeit drängte.

4

Emma war begeistert. »Tess, Papa hat die Fotos schon entwickelt«, sagte sie und eilte neben ihrer Freundin her, als diese ihr Fahrrad in den Schuppen hinter Deroras Haus schob. »Ich habe sie gleich mitgebracht.«

Tess lehnte das Fahrrad an die Innenwand und strich ihr langes Haar zurück. Nach dem Mittagessen hatte sie die Platten zu Mister Hamilton, Emmas Vater, gebracht und ihn gebeten, sie zu entwickeln. Dann, weil sie das Warten nicht ausgehalten hatte, war sie zu einem kleinen Ausflug aufgebrochen. Allerdings nicht in die Richtung, in der sie Joel Shilohs Lager wußte . . .

»Laß sehen«, erwiderte sie betont gleichgültig.

Emma reichte ihr die Bilder und war offensichtlich enttäuscht davon, wieviel Zeit Tess sich ließ, um die Fotos anzuschauen. Ein blühender Busch, ein Dampfschiff auf dem Columbia River. Missis Swendhagens häßliches Baby. Tess selbst, wie sie vor dem Hausiererwagen stand, Joel Shilohs Hut auf dem Kopf und ein albernes Lächeln im Gesicht.

Und da war Joel. Nur eine der beiden Aufnahmen von ihm war gelungen, aber auf diesem Bild war deutlich zu erkennen, was für eine komplizierte Persönlichkeit dieser wundervolle Mann hatte.

»Tess?« flüsterte Emma. »Hast du etwas?«

Tess wagte nicht, den Kopf zu heben. »Nein, wieso?«

Emma schien beruhigt. »Ich habe eine Überraschung für dich, Tess«, verkündete sie geheimnisvoll. »Rate mal, was es ist!«

Tess steckte die Fotografien vorsichtig in ihre Rocktasche und schaute Emma fragend an. Hoffentlich sah sie die Tränen nicht, die in ihren Augen schimmerten! »Du weißt, wie ungern ich rate«, antwortete sie. »Sag es mir!«

Emma strahlte. »Ich habe Tickets, Tess! Eintrittskarten zu der Vorstellung auf dem Vergnügungsdampfer – Mister Roderick Waltam hat sie mir selbst gegeben!« Sie schwieg einen Moment und fügte dann mit leuchtenden Augen hinzu: »Ich glaube, er mag mich.«

Tess schob ihren Arm unter Emmas und zog sie zur Küchentür, wobei sie zu erwähnen vergaß, daß Mister Roderick Waltam die Nacht mit Derora verbracht hatte. »Laß uns ein Stück Kuchen essen – von gestern ist noch welcher übriggeblieben. Wann ist diese Vorstellung?«

»Heute abend!« rief Emma aufgeregt. »Es wird phantastisch sein, Tess! Du kommst doch mit, nicht wahr? Bitte!«

Ausnahmsweise war Juniper einmal nicht in der

Küche. Tess brühte Kaffee auf und holte den Kuchen aus dem Schrank. »Natürlich gehe ich mit, Emma. Was ist es denn? Ein Theaterstück? Oder ein Musical?«

Emma errötete leicht und senkte die Stimme zu einem vertraulichen Flüstern. »Eine Varietéaufführung«, gab sie zu. »Mama und Papa habe ich gesagt, es handelte sich um *Macbeth* – ich hoffe nur, sie sehen die Plakate nicht, die überall in der Stadt aushängen.«

Tess stand am Herd und betrachtete ihre Freundin kopfschüttelnd. »Emma Hamilton, du erstaunst mich manchmal sehr. Deine Eltern zu belügen! Es ist ein Wunder, daß sie dich noch nicht in ein Internat gesteckt haben.«

Emma zuckte trotzig mit den Schultern. »Kommst du nun mit oder nicht?«

Tess antwortete darauf mit einer Gegenfrage. »Ziehen sich die Schauspieler bei einem Kabarett nicht sogar auf der Bühne aus?«

»Ich weiß es nicht«, gab Emma zu. »Aber ich bin fest entschlossen, es herauszufinden.«

»Deine Eltern werden böse sein, wenn sie es erfahren.«

Wieder zuckte Emma mit den Schultern. »Einen Tag lang, eine Woche. Aber ich werde mein Leben lang nicht vergessen, daß ich bei einer Show auf einem Vergnügungsdampfer war! Was sie sich auch zur Strafe ausdenken mögen, es wird sich lohnen!«

Der Kaffee war fertig, und Tess schenkte ihn ein. In gewisser Weise gab sie ihrer Freundin recht – interessante Erlebnisse waren selten in Simpkinsville, und etwas so Ausgefallenes wie eine Varietévorstellung war sicher eine harte Strafe wert.

»Ich habe Mama gesagt, daß ich heute nacht bei dir bleibe«, sagte Emma noch, bevor sie ging. »Es ist dir doch recht, oder?«

Tess nickte. Derora kümmerte es nicht, solange Tess

morgens aufstand und ihren Aufgaben nachging. Tess hatte höchstens Bedenken, Roderick Waltam könnte erneut bei Derora übernachten und damit Emmas romantische Träume zerstören.

»Dann bringe ich meine Sachen nach dem Abendessen herüber«, flüsterte Emma in verschwörerischem Ton. »Die Show fängt um acht Uhr an.«

»Um acht«, bestätigte Tess und verbiß sich ein Lächeln. Als sich die Tür hinter ihrer Freundin schloß, steckte sie rasch die Hand in die Rocktasche und zog die Fotos hervor. Während sie ganz in die Betrachtung von Joel Shilohs Bild versunken war, stellte sie sich vor, seine Frau zu sein, mit ihm durchs Land zu ziehen, von Tür zu Tür, von Farm zu Farm, von einem Holzfällerlager zum nächsten. Im Winter würden sie eine Hütte bewohnen, eine Hütte mit karierten Vorhängen an den Fenstern. Und vielleicht würde sogar ein hübsches kleines Baby in einer Wiege am Ofen krähen...

»Du bist genauso schlimm wie Emma«, schalt Tess sich laut, steckte die Bilder wieder ein und stand auf. Eine alberne Tagträumerin, das war es, was sie war, denn die Wirklichkeit sah ganz anders aus. Joel Shiloh würde weiterziehen und sie, Tess, für immer und ewig in dieser Küche hocken, Teller abwaschen und Betten beziehen für ihre Tante. Ab und zu würde sie einen Vortrag hören, ein paar Aufnahmen machen oder eine Radtour unternehmen, bis sie irgendwann einmal heiratete, sicher einen ganz gewöhnlichen, hart arbeitenden Mann wie Mister Wilcox, ihren Hausgast, der in der Sägemühle arbeitete.

Niedergeschlagen räumte Tess das Geschirr ab, stellte den Kuchen in den Schrank zurück und ging in ihr Zimmer hinauf. Sie hatte kaum ihr kostbares Foto von Joel Shiloh versteckt, als es auch schon heftig an ihrer Tür klopfte.

»Tess!« rief Derora scharf. »Mach sofort auf!«

Ich hätte nicht gedacht, daß sie das bißchen Kuchen vermißt, dachte Tess verwundert, ehe sie gehorchte. Derora schien sehr aufgebracht, aber irgendwie wirkte ihr Ärger aufgesetzt und fast so unecht wie Waltams Bühnenlächeln.

»Was geht zwischen dir und diesem Hausierer vor?« herrschte ihre Tante sie an und zeigte ihr eine Kopie des Fotos, das Tess gerade so sorgfältig in ihrem Schreibtisch verborgen hatte. »Und wo steckt er überhaupt? Ich habe ihn seit heute morgen nicht mehr gesehen!«

Tess kämpfte gegen das Verlangen an, Derora das Bild aus der Hand zu reißen. »Er ist fort«, antwortete sie mit erzwungener Ruhe.

Derora wurde blaß unter ihrer Schminke. »Fort?« wiederholte sie tonlos. »Wohin?«

»Zurück in sein Lager. Er sagte, es wäre besser, wenn er ginge . . .«

Derora wirkte merkwürdig erleichtert, aber gerade deshalb war ihre nächste Frage ein noch größerer Schock für Tess. »Hast du etwas mit ihm gehabt?«

»Ge-gehabt?«

»Stell dich nicht so dumm an, Kind. Du weißt genau, was ich meine. Hast du diesem Mann erlaubt, sich Freiheiten bei dir herauszunehmen?«

Aus Deroras Mund klang eine solche Frage geradezu lächerlich, aber Tess hätte nie gewagt zu lachen. Dazu war sie ohnehin viel zu verletzt. »Ganz sicher nicht«, entgegnete sie empört.

Derora hielt noch weitere Überraschungen für ihre Nichte bereit. »Ich dachte, du hättest den Vortrag über freie Liebe vielleicht ernstgenommen«, bemerkte sie mit einem schrillen Lachen. »Ich weiß, daß du dabei warst, Tess, ich habe dich bei diesem Hamiltonmädchen sitzen sehen. Und es ist ziemlich offensichtlich, daß Mister Shiloh dich beeindruckt hat, denn sonst hättest du ihn ja wohl kaum fotografiert, oder?«

Tess streckte zaghaft die Hand nach dem Bild aus, aber Derora zog es rasch zurück.

»O nein. Das gehört mir. Ist dir bewußt, welchen Skandal das ausgelöst haben könnte? Stell dir vor, Mister Hamilton hätte mich nicht gewarnt...«

»Eine einfache Fotografie?« fiel Tess ihr ärgerlich ins Wort. »Wie sollte daraus ein Skandal entstehen?«

»Weil es auf unangebrachte Vertrautheit schließen läßt, Tess!« entgegnete Derora scharf.

»Du bist mir die richtige, um über *unangebrachte Vertrautheit* zu sprechen!« versetzte Tess empört, was augenblicklich mit einer Ohrfeige geahndet wurde.

»Derartige Unverschämtheiten lasse ich mir nicht von dir gefallen, Tess! Wenn ich und Mister Beauchamp nicht dagewesen wären – möge er in der Hölle schmoren! –, stündest du jetzt ganz allein auf dieser Welt! Allein, Tess. Darf ich dich daran erinnern, daß wir dich aufgenommen haben, nachdem deine liebe, dumme Mutter den Verstand verloren hatte?«

Ihre liebe, dumme Mutter. Wie sehr Tess sie vermißte, wie sehr sie wünschte, nie mit ihr an diesen Ort gekommen zu sein, um ein neues Leben zu beginnen! Wenn sie in St. Louis geblieben wären...

Aber das waren sie nicht. Mister Asa Thatcher Esquire, der Liebhaber ihrer Mutter, war seiner Geliebten müde geworden und hatte sie aus ihrem goldenen Käfig entlassen, zusammen mit Tess, seinem illegitimen Kind. Natürlich war alles von Anwälten geregelt worden, Angestellten seiner Kanzlei. Olivia Bishop hatte keine andere Wahl gehabt, als ihren letzten Schmuck zu versetzen und Zugfahrkarten für sich und ihre Tochter zu kaufen.

Olivia mußte Asa Thatcher, diesen mürrischen kleinen Griesgram, sehr geliebt haben, denn nicht einmal im Westen, wo Männer begierig waren, eine so schöne Frau wie Olivia zu umwerben, hatte ihre Mutter sich einem anderen zugewandt. Nein, statt dessen hatte sie Asa lange Briefe geschrieben und geseufzt und geweint, wenn keine Antwort kam, bis sie schließlich in jenem Schweigen erstarrte, mit dem sie den Rest der Welt ausschloß.

Tess schüttelte die Erinnerungen an ihre Mutter ab und schluckte gequält. Als Ersatzmutter war Derora kalt und desinteressiert gewesen, aber sie hatte wenigstens dafür gesorgt, daß das Kind der Liebe ihrer Schwester ein Dach über dem Kopf und genug zu essen hatte. Sie war so vernünftig gewesen, auf einem Schulabschluß für ihre Nichte zu bestehen, und danach hatte sie Tess bei sich arbeiten lassen, anstatt sie zu verheiraten oder einfach vor die Tür zu setzen und ihrem Schicksal zu überlassen. Und Olivia hatte sie in einem guten Sanatorium in Portland untergebracht.

»Ich wollte nicht undankbar erscheinen, Tante Derora«, sagte Tess leise. »Es tut mir leid.«

»Das sollte es auch«, erwiderte Derora schroff, bevor sie sich abwandte und mit raschelnden Röcken und Joel Shilohs Foto den Korridor hinuntereilte.

Tess hatte kein Verlangen mehr, sich ein Kabarett anzusehen, nicht einmal auf einem Vergnügungsdampfer. Sie wollte zu Joel laufen, wie ein leichtes Mädchen, und ihn bitten, sie mit auf seine Reise zu nehmen. Aber da sie Emma ihr Wort gegeben hatte, sie zu begleiten, mußte sie ihr Versprechen halten.

Roderick haßte es, sein Quartier auf der *Columbia Queen* mit jemandem wie Johnny Baker, einem gewöhnlichen Gelegenheitsarbeiter, teilen zu müssen, aber daran war nun einmal nichts zu ändern. Arbeit war Arbeit, und die war selten genug, wenigstens für einen Schauspieler. Nächte wie die vergangene bei Derora Beauchamp in einem warmen Bett, gehörten zu den Dingen, die das

Leben erträglich machten, obwohl er die Nacht viel lieber mit ihrer Nichte verbracht hätte.

Tess. Er lächelte, als er in Gedanken ihren Namen wiederholte, während er für den ersten Auftritt schwarze Schminke auf seinem Gesicht verstrich. Johnny Baker stand hinter ihm und beobachtete ihn fasziniert.

»Gestern nacht muß recht gut gewesen sein, was?« bemerkte er mit anzüglichem Grinsen. »Ich habe gemerkt, daß du nicht zurückgekommen bist.«

Roderick klebte eine buschige weiße Braue über seine eigene. »Dir entgeht auch nichts, was, Baker?« entgegnete er herablassend, ohne den Mann weiter zu beachten. Statt dessen dachte Roderick an die beiden Tickets, die er Emma Hamilton für die heutige Vorstellung geschenkt hatte, eine großzügige Geste, die ihn fast sein letztes Geld gekostet hatte. Hoffentlich war die alberne Gans so klug, die zweite Karte Tess anzubieten!

Er klebte die zweite Braue auf. »Ich hätte die Kabine heute nacht gern für mich allein, wenn es dir nichts ausmacht«, sagte er zu dem pockennarbigen Gesicht hinter sich im Spiegel.

Baker grinste anzüglich. »Willst wohl eine Frau mitbringen?«

Roderick widerstand der Versuchung, die Augen zu verdrehen. Es wäre nicht klug gewesen, den Burschen zu verärgern. »Ja«, sagte er nur und befestigte einen falschen Schnurrbart auf seiner Oberlippe. »Vielleicht könntest du die Nacht in der Stadt verbringen.« Hauptsache, du bist nicht hier, fügte er in Gedanken hinzu, wenn ich Tess Bishop in meine Kabine bringe!

»Ich habe kein Geld«, beklagte Baker sich.

Roderick seufzte. Eine solche Entwicklung hatte er schon erwartet. »In meinem Mantel findest du ein Fünfdollarstück. Nimm es ruhig.«

Bakers derbes Gesicht begann zu strahlen. »Danke«,

sagte er gerührt. Manchmal wunderte Roderick sich über ihn.

»Gern geschehen«, erwiderte Roderick in großmütigem Ton. Was für ein guter Schauspieler du doch bist, sagte er sich, als Baker die Taschen seines Mantels nach dem Geld durchsuchte.

Als er endlich fort war, überprüfte Roderick noch einmal sein Make-up und zupfte seinen glänzenden Frack zurecht. Verdammt, er sah wirklich phantastisch aus, sogar mit dieser schwarzen Schminke im Gesicht!

Tess und Emma betraten den Vergnügungsdampfer inmitten einer Gruppe anderer Besucher und gaben sich die größte Mühe, gelassen und entspannt zu wirken. Es war sehr unwahrscheinlich, daß Emmas behäbige, sehr bürgerliche Eltern eine solche Show besuchten, aber es bestand Gefahr, daß sie Derora begegneten, und das konnte schlimme Folgen haben.

Die Show selbst fand im reichgeschmückten Salon des Schiffes statt, wo eine Bühne aufgebaut worden war, die ein roter Samtvorhang verdeckte. Gemälde nackter Damen zierten die Wände, und von der mit plumpen Cherubinen verzierten Decke hingen glitzernde Kristalllüster herab.

Reihen von samtgepolsterten Sesseln füllten den Raum, und Emma und Tess stellten überrascht und erfreut fest, daß ihre Plätze sich in der ersten Reihe befanden – der Bühne fast zum Greifen nahe!

»Ich habe dir ja gleich gesagt, daß Roderick mich mag!« flüsterte Emma Tess begeistert zu.

Tess biß sich auf die Lippe. Obwohl Mister Waltam ihr Fahrrad repariert hatte – eine wirklich freundliche Geste von ihm –, blieb die Tatsache bestehen, daß er die Nacht mit Derora verbracht hatte. Das durfte man nicht vergessen. »Emma, er ist Schauspieler«, erwiderte sie und hoffte, ihre Freundin damit ein wenig zu entmutigen. »Du weißt, daß das keine zuverlässigen Menschen sind.«

»Nein, das weiß ich nicht!« entgegnete Emma heftig. »Ich habe noch nie einen Schauspieler gekannt. Du?«

Die gasbetriebenen Leuchter wurden dunkler. »Ja«, sagte Tess nach kurzem Zögern. »Meine Mutter war Schauspielerin. In St. Louis.«

Emma starrte sie an, das spürte Tess. »Was? Tess, das hast du mir noch nie erzählt!«

»Es gibt sehr vieles, was ich dir noch nie erzählt habe«, erwiderte Tess gelassen. »Aber jetzt sei still und sieh dir die Show an.«

Und was für eine Show! Es begann mit einer lustigen Sing- und Tanznummer, bei der Roderick die Hauptattraktion darstellte, sang und tanzte und sich auf dem Banjo begleitete, während eine Gruppe leichtbekleideter Mädchen um ihn herumtanzte.

Darauf folgte ein französischer Cancan, und schließlich erschien ein dünner kleiner Mann auf der Bühne, der recht derbe Witze erzählte, bei denen die Männer schallend lachten und die Frauen verschämt kicherten.

Danach trat eine Frau in schimmernder Samtrobe und weißen Perlen im Haar auf. Sie stellte Anne Boleyn dar, eingeschlossen im Tower von London, wo sie ihrer Hinrichtung mit einem Mut und einer Gelassenheit entgegensah, die Emma und Tess zu Tränen rührte.

Die entthronte Königin wurde dreimal vor den Vorhang gerufen und mit stürmischem Applaus und einigen unmißverständlichen Aufforderungen bedacht. Das Publikum schien sich nicht von ihr trennen zu können, und als Roderick erneut erschien, diesmal ohne schwarze Schminke und weiße Augenbrauen, wirkten die Zuschauer fast verärgert.

Roderick sang eine herzzerreißende irische Ballade,

und Tess dachte nach einem verstohlenen Blick auf ihre Freundin Emma, daß es besser sei, wenn der Vergnügungsdampfer so schnell wie möglich seine Fahrt fortsetzte. Denn sonst konnte es ernsthaften Ärger geben.

Als das Licht anging und die Show zu Ende war, erklang begeisterter Applaus, doch Tess klatschte nur halbherzig mit, denn sie hatte beschlossen, ihre Freundin nun über Roderick Waltam aufzuklären. Aber während sie noch nach den richtigen Worten suchte, legte sich eine schwarze Hand auf ihre Schulter.

Tess drehte sich verwundert um. Es war Mister Wilcox, der Sägewerksarbeiter, der in Deroras Pension lebte.

»Miss Bishop«, begann er und zog schnell seine Hand zurück, als er sich bewußt wurde, daß er sich eine Freiheit herausgenommen hatte, die ihm nicht zustand. »Ich bringe Ihnen eine Nachricht von Juniper. Sie sagte, Sie sollten sofort nach Hause kommen, weil Missis Beauchamp sich verletzt hat und nach Ihnen fragt.«

Tess sprang erschrocken auf. »Ist es schlimm, Mister Wilcox? Was ist passiert?«

Mister Wilcox maß sie mit einem mitleidigen Blick. »Nein, sehr schlimm ist es nicht, Miss Bishop – obwohl ziemliche Aufregung im Haus herrscht. Soviel ich weiß, ist Missis Beauchamp die Treppe hinuntergestürzt und hat sich einen Knöchel verstaucht.«

Trotz ihrer geheimen Abneigung ihrer Tante gegenüber wurde Tess von Angst und Sorge erfaßt. »Komm«, sagte sie ungeduldig zu Emma. »Wir müssen gehen.«

Doch ausgerechnet in diesem kritischen Moment stellte Emma sich stur. »Ich nicht. Ich bleibe.«

»Emma, ich habe keine Zeit, mit dir zu streiten! Entweder kommst du mit, oder ich lasse deinen Vater benachrichtigen, daß du hier bist!«

Emma verschränkte stur die Arme. »Mach, was du willst, Tess Bishop. Ich bin siebzehn Jahre alt und durchaus in der Lage, selber auf mich aufzupassen. Wenn du meinem Vater etwas erzählst, kannst du vergessen, daß ich je deine Freundin war.«

Tess hatte weder die Zeit noch die nötige Geduld, herumzustehen und sich mit Emma zu streiten, und verlieren wollte sie die einzige wirkliche Freundin, die sie besaß, schon gar nicht. »Versprich mir, dich von diesem Schauspieler fernzuhalten!« bat sie deshalb nur, bevor sie Mister Wilcox eilig folgte. Emmas Antwort konnte sie nicht mehr hören und hoffte nur, daß die himmlischen Geschicke über ihre Freundin wachten.

Derora wirkte blaß und leidend, als Tess das Wohnzimmer betrat. Ihr geschwollener Knöchel ruhte auf einem Stapel Kissen.

»Wie geht es dir?« fragte Tess und blieb neben dem Bett stehen, wo ihre Tante wie eine leidende Königin ruhte. »Was ist geschehen?«

»Ich bin auf der Treppe gestolpert und gefallen«, antwortete Derora. »Und zu einem schlechteren Zeitpunkt hätte es nicht passieren können, meine Liebe!«

Tess konnte sich nicht vorstellen, daß es einen *guten* Zeitpunkt für derartige Unfälle gab, aber am Verhalten ihrer Tante merkte sie, wie unklug sie gewesen wäre, eine solche Ansicht – oder irgendeine andere – zu äußern. »Wie kann ich dir helfen?« erkundigte sie sich fürsorglich.

Derora lächelte, griff nach Tess' Hand und drückte sie leicht. »Liebes Kind. Manchmal bin ich zu streng mit dir. Aber das ist keine Absicht, glaub mir bitte.«

Tess wartete ab und versuchte nicht, Derora ihre Hand zu entziehen. Hatte sie einen Brief vom Sanatorium in Portland erhalten? Bereitete ihre Tante sie auf schlechte Nachrichten von ihrer Mutter vor?

Derora ließ ihre Hand los und nahm eine zusammengefaltete Zeitung vom Nachttisch. »Mir bleibt nichts anderes übrig, als dich um Hilfe zu bitten, Tess. Es stehen fünftausend Dollar auf dem Spiel, und Zeit ist von größter Bedeutung – ich bin sicher, daß es nur eine Frage von Tagen oder Stunden ist, bis es jemand anderem auffällt.«

Tess nahm die Zeitung und betrachtete sie verwirrt. Dann weiteten sich ihre Augen vor Überraschung. »Joel! Das ist Joel Shiloh!« sagte sie atemlos.

»Dann habe ich also doch recht«, seufzte Derora. »Ich fürchtete schon, mich geirrt zu haben.«

Während Tess die Skizze betrachtete, bemühte sie sich, ihre Niedergeschlagenheit zu verbergen. Sie hatte es ja geahnt – Joel war gar nicht Joel. Er war ein Corbin. Deshalb also der Name, der auf der Bibel stand – Keith Corbin.

Sie ließ sich mit klopfendem Herzen in einen Sessel fallen. Warum hatte er ihnen einen falschen Namen angegeben? Warum verbarg er sich vor seiner Familie? Und warum waren sie so versessen darauf, ihn wiederzufinden, daß sie bereit waren, ein kleines Vermögen für Hinweise auf seinen Aufenthaltsort zu bezahlen?

»Wir brauchen das Geld, Tess«, sagte Derora in entschiedenem Ton. »Zwar hatte ich ursprünglich nicht vor, es mit dir zu teilen, aber nun bin ich leider doch auf deine Hilfe angewiesen.«

Tess ließ die Zeitung sinken und faltete ihre zitternden Hände. »Du ... du willst die Belohnung kassieren?«

»Selbstverständlich! Fünftausend Dollar sind eine Menge Geld, Tess. Denk nur an die Pflege, die du mit deinem Anteil deiner Mutter zukommen lassen könntest! Du könntest dich sogar in Portland niederlassen, dir einen Job suchen und in ihrer Nähe ...«

»Aber Joel muß einen Grund haben, diesen Leuten aus dem Weg zu gehen. Einen sehr guten Grund, denn sonst ...«

»Was interessieren mich seine Gründe? Ich könnte endlich die Pension aufgeben und diese häßliche Stadt verlassen. Ich könnte reisen, Tess, und mir ein neues Leben aufbauen!«

Tess senkte den Kopf. Derora war in all dieser Zeit für die Sanatoriumskosten ihrer Mutter aufgekommen, dafür hatte sie Tess für die Arbeit kein Gehalt bezahlt. Was würde aus Olivia werden, wenn Derora die monatlichen Überweisungen einstellte? »W-würde mein Anteil ausreichen, Mutters Pflege zu bezahlen?«

»Ich gebe dir die Hälfte des Geldes, Tess. Zweitausendfünfhundert Dollar würden ausreichen, Olivia für lange Zeit zu versorgen, und du hättest trotzdem noch die Möglichkeit, dir eine vernünftige Existenz aufzubauen.«

Tess' Kehle war wie zugeschnürt. Es war eine teuflische Wahl, vor die Derora sie stellte. Entweder konnte sie ihre Mutter ihrem Schicksal überlassen oder den ersten Mann verraten, den sie je geliebt hatte. Denn daß sie Keith Corbin liebte, war ihr schon lange klar. »Was soll ich tun?« flüsterte sie.

»Geh zum Telegraphenamt und zwinge sie zu öffnen – erzähle ihnen, was du willst, aber sorg dafür, daß das Telegramm an Adam Corbin noch heute herausgeht. Wir haben keine Zeit zu verlieren, Tess. Es wird nicht lange dauern, bis jemand anderer die Anzeige sieht und unseren Freund Joel erkennt.«

»Angenommen, Keith' Familie wollte ihm Schaden zufügen . . .«

»Das ist sein Problem«, unterbrach Derora sie seufzend. »Tu, was ich dir sage, Tess. Mir zuliebe und deiner Mutter zuliebe.«

Tess stand auf und ging mit steifen Beinen zur Tür. Bei ihrem letzten Besuch bei ihrer Mutter – vor fast einem Jahr – hatte Olivia sie nicht einmal erkannt. Der Zustand ihrer Mutter hatte sich dermaßen verschlimmert, daß sie nur noch vor sich hin ins Leere starrte, kein Wort sprach und auch nicht auf die Worte anderer reagierte. Wie sollte Olivia weiterleben, wenn Tess die Kosten für das Sanatorium und seine freundlichen Pflegerinnen nicht mehr aufbringen konnte?

Bittere Tränen blendeten Tess, als sie ihr Fahrrad aus dem Schuppen holte und auf die Straße lenkte. Und vielleicht waren diese Tränen der Grund, weshalb sie den falschen Weg einschlug und nicht zum Telegraphenamt fuhr, sondern auf das Lager des Hausierers zuhielt ...

Es war sehr spät, aber er saß noch am Lagerfeuer und starrte in die Flammen.

»Mister Corbin?«

Seine breiten Schultern versteiften sich, dann wandte er langsam den Kopf. Als er Tess erkannte, sprang er auf und herrschte sie zornig an: »Was machen Sie hier?«

Tess' Tränen, die irgendwann auf dem Weg versiegt waren, begannen wieder zu fließen, als sie Keith die mitgebrachte Zeitung reichte. »Lesen Sie es selbst.«

Keith trat näher ans Feuer, um Licht zu haben. Ein derber Fluch war sein einziger Kommentar, als er die Anzeige las.

»Meine Tante hat mich beauftragt, Ihrer Familie zu telegraphieren. Sie will das Geld ...«

Er rührte sich nicht. »Und Sie haben sie hintergangen. Mir zuliebe. Warum, Tess?«

Tess strich mit der Hand über ihre Augen, aber die Tränen flossen weiter. »Ich weiß es nicht«, sagte sie schließlich leise. »Ich weiß es wirklich nicht. Meine Mutter ... meine arme Mutter ...«

Keith zog sie an sich und hielt sie in den Armen wie ein weinendes Kind. »Was ist mit Ihrer Mutter, Tess?« fragte er sanft. »Was ist mit ihr?«

Tess gab keine Antwort.

5

Es dauerte nur wenige Minuten, bis Keith sein Lager abgebrochen und den Maulesel angeschirrt hatte. Aber während dieser Minuten verfluchte er die beiden Brüder, die er so liebte, daß er jederzeit für sie gestorben wäre. Warum ließen sie ihn nicht in Frieden? Sie waren beide intelligente Männer; sie mußten doch wissen, daß er zurückkommen würde, sobald er dazu bereit war...

Dann hielt er inne und schaute Tess an, die im hellen Mondschein neben seinem Wagen stand und ihn hilflos beobachtete.

»Ich möchte mit Ihnen fahren«, sagte sie schüchtern.

Keith hatte das Halfter des Maulesels überprüft, das warme, staubige Fell des Tiers streifte seine Hand. »Nein.«

»Ich kann nicht zu meiner Tante zurück«, beharrte Tess. »Wenn sie erfährt, daß ich sie betrogen habe, wirft sie mich hinaus. Ich hätte keine Arbeit mehr, und meine Mutter ... meine Mutter würde ...«

Keith drehte sich zu der so kindlich wirkenden jungen Frau um und verfluchte von neuem seine Brüder. Am liebsten hätte er sich von ihnen finden lassen – aber nur, um ihnen den Hals umzudrehen, wenn er sie sah.

Ein schwaches Lächeln spielte um seine Lippen. Es geschähe Adam und Jeff nur recht, fünftausend Dollar für einen Tritt in den Hintern zu zahlen! »Erzählen Sie mir von Ihrer Mutter«, forderte er Tess auf.

Tess straffte die Schultern und rieb ihre Oberarme, um sich zu wärmen. »Sie war Schauspielerin, in St. Louis. Aber sie war auch die Geliebte eines Mannes namens Asa Thatcher, eines sehr erfolgreichen Anwalts.« Sie brach ab. Ihre Züge verhärteten sich, und ein haßerfüllter Blick erschien in ihren schönen grünen Augen.

»Eines Tages beschloß Mister Thatcher – er ist mein Vater, aber das ahnten Sie sicher schon –, daß er Mama und mich nicht mehr unterhalten wollte. Er schickte Leute, die uns aus dem Haus warfen, und wir kamen hierher, weil es keinen anderen Ort gab, an den wir hätten gehen können.

Mama war jung und hübsch, und sie hätte weiterhin Schauspielerin sein können, sich einen Mann suchen oder einen neuen Liebhaber, aber sie tat es nicht. Sie wurde immer stiller, immer schwächer, bis Tante Derora und ich sie eines Tages nach Portland in ein Sanatorium bringen mußten.«

Keith dachte an seine eigene schöne, intelligente Mutter, mit ihrem scharfen Verstand und ihren schockierenden politischen und moralischen Ansichten. Er versuchte, sich Katherine Corbin in einem Asyl vorzustellen und konnte es nicht. »Ist sie noch immer dort?« fragte er rauh.

Tess schluckte und nickte dann. Sie zitterte vor Kälte, und Keith ging zum Wagen, um etwas zum Überziehen für sie zu holen.

In seinem viel zu großen Anzugjackett wirkte sie so rührend kindlich, daß ihm das Herz weh tat bei ihrem Anblick. Sie hatte nicht gesagt, daß sie das Wohl ihrer Mutter aufs Spiel gesetzt hatte, indem sie ihm Deroras Plan verriet, aber das war auch gar nicht nötig. Wieder kam ihm der Gedanke, Tess selber zum Telegraphenamt zu fahren, und dann in Ruhe das Erscheinen seiner älteren Brüder abzuwarten. Und wenn sie kamen...

Aber die Idee gefiel ihm nicht. Sie war wie eine Schachpartie, diese Situation, und wenn er sich von Adam und Jeff finden ließ, war sein König in Gefahr, sozusagen, und sie würden das Spiel gewinnen. Nicht einmal die Vorstellung, daß es sie fünftausend Dollar kosten würde, tröstete ihn – für seine Brüder war es nur ein Taschengeld. Und selbst wenn er ihnen ihre arroganten, aristokratischen Corbin-Nasen einschlug – eine Vorstellung, die mit einem gewissen Reiz verbunden war –, hätten sie trotzdem gewonnen und ihren kleinen Bruder wiedergefunden. Und nur das zählte, wenn man alles ganz genau bedachte.

Außerdem durfte er diese kleine Nymphe nicht vergessen, die alles geopfert hatte, um ihm zu helfen. Wie konnte er sie zu ihrer Tante zurückschicken und guten Gewissens weiterziehen?

Im übrigen war es ein verlockender Gedanke, mit Tess weiterzuziehen, denn seit er die Pension verlassen hatte, war ihm das Mädchen nicht mehr aus dem Kopf gegangen. Sein Verlangen nach ihr war immer drängender geworden, anstatt durch die Trennung nachzulassen, wie er erwartet hatte.

Aber war ihr überhaupt bewußt, was geschehen würde, wenn sie mit ihm auf Reisen ging? Spürte sie, wie sehr er sie begehrte?

»Nehmen Sie mich nun mit oder nicht?« fragte sie schüchtern, aber auch eine Spur ungeduldig.

Keith dachte nach. Tess glaubte an freie Liebe und hatte sogar behauptet, sie zu praktizieren. Sie mußte sich schon vor ihm Männern hingegeben haben und würde es zweifellos auch nach ihm tun. Warum sollte er dann Hemmungen haben, zu genießen, was ihr schöner Körper zu versprechen schien?

Bei diesen Überlegungen vermischte sich sein Verlangen nach ihr mit kalter Wut – Wut darüber, daß er weder der erste bei ihr war noch der letzte sein würde.

»Ich bringe dich nach Portland«, hörte er sich sagen. »Ich muß sowieso dorthin, um Vorräte zu besorgen.«

Tess errötete, dann wurde sie blaß. »Meine Kamera!« flüsterte sie entsetzt. »Ich habe meine Kamera in meinem Zimmer ...«

»Wir holen sie ab«, warf Keith rasch ein und hob – sehr zu seinem eigenen Erstaunen – ihr Fahrrad auf den Wagen und Tess auf den Kutschbock.

»Aber meine Tante ...«

»Es ist schon spät. Sie schläft bestimmt. Sie können Ihre Kamera holen und alles andere, was Sie brauchen, und dann fahren wir nach Portland.«

Portland. War er verrückt? Warum ausgerechnet Portland? Wenn er sich dort zeigte, mußte er doch erkannt werden! Es war genauso dumm, wie es gewesen wäre, in Seattle oder Port Hastings selbst aufzutauchen!

Aber Keith wußte, warum er Tess nach Portland bringen wollte, abgesehen davon, daß es zu Jeffs beliebtesten Häfen gehörte und ein Ort war, an dem die Corbins sehr bekannt waren. Er mußte riskieren, das Spiel zu verlieren und erkannt zu werden, weil Tess so viel für ihn riskiert hatte. Und weil ihre Mutter in Portland war.

Es verwirrte Emma sehr, wie Roderick sich ständig im Salon umschaute. Sie hatte das Gefühl, daß er ihr gar nicht richtig zuhörte.

»Ich war drei Jahre mit einem Elefanten verheiratet«, sagte sie, um ihn auf die Probe zu stellen. »Wir waren sehr glücklich miteinander.«

»Wie schön«, murmelte Roderick, der enttäuscht und auch ein bißchen verärgert wirkte.

Er suchte Tess, das war ganz klar. Emma war inzwischen daran gewöhnt, daß Männer ihre Freundschaft suchten, um an Tess heranzukommen, und das ging ihr langsam auf die Nerven. Vielleicht war sie ja tatsächlich nicht so hübsch wie Tess und möglicherweise auch nicht so intelligent. Aber sie hatte einen größeren Busen und rundere Hüften, und sie lief nie mit wehendem Haar herum wie Tess ... wie ein leichtes Mädchen. Sie, Emma, würde eines Tages einem Mann eine gute und anständige Ehefrau sein.

Wie diesem Mann zum Beispiel. Emma begann sich vorzustellen, wie es wäre, mit Roderick auf Tournee zu gehen, seine Kostüme in Ordnung zu halten, ihm beim Auswendiglernen seiner Rollen und seiner neuen Lieder zu helfen ...

»Tess ist fort«, sagte sie in gehässigem Ton und registrierte mit bitterer Befriedigung Rodericks Enttäuschung. »Sie ist heute nacht mit diesem Hausierer durchgebrannt. Wußten Sie das denn nicht?«

Roderick war leichenblaß geworden. »Nein!« sagte er erstickt. »Nein, das wußte ich nicht.«

Emma lächelte. Tess würde sie dafür umbringen, aber

nicht vor morgen, oder? »Nun ja, wie das so üblich ist«, vertraute sie ihm in verschwörerischem Ton an. »Sie durften nicht noch länger warten, sonst ...«

»Aber sie sah doch gar nicht aus, als ob sie ...«

»Nein, aber sie *ist* es!« erklärte Emma leise.

»Mein Gott«, sagte Roderick. Und dann nahm er sich sichtlich zusammen, ein faszinierendes Schauspiel für den Beobachter. Er straffte die Schultern. Er lächelte, und die Farbe kehrte in sein gutaussehendes Gesicht zurück. »Wie war doch noch Ihr Name?« fragte er, sehr aufmerksam jetzt.

Emma sagte es ihm gern.

Gegen Morgen hielten sie an. Obwohl noch weit entfernt von Portland – bis dahin würden sie noch ein oder zwei Tage brauchen –, befanden sie sich nun in sicherer Entfernung von Simpkinsville.

Tess schlief fest. Sie bewegte sich leicht, als Keith sie vom Kutschbock hob und nach hinten in den Wagen trug, aber sie erwachte nicht. Er legte sie auf sein Bett und deckte sie behutsam zu.

Während er auf sie herabschaute, fiel es ihm immer schwerer zu glauben, daß dies eine Frau war, die freie Liebe praktizierte. Sie wirkte so unschuldig, so jung. So verwundbar.

Keith wandte sich abrupt ab. Daß er mit Tess Bishop schlafen würde, war unvermeidlich für ihn; er wußte, daß er es tun würde, und zwar schon bald. Aber jetzt wollte er sie schlafen lassen und sich vorstellen, daß sie all das war, was sie zu sein schien ...

Er zündete ein Lagerfeuer an, schirrte den Maulesel aus und band ihn auf einer Lichtung an. Dann brachte er ihm Wasser aus einem in der Nähe fließenden Bach und gab ihm einen Eimer Hafer aus dem Wagen.

Er kochte gerade Kaffee und machte sich Gedanken über das Leben, als Tess erschien, verschlafen und kindlicher als je zuvor. Ihr Baumwollkleid war zerdrückt; ihr Haar fiel ihr wie ein schimmernder Vorhang bis auf die Hüften.

Ich liebe dich, dachte er, um dann entsetzt in seinen Gedanken innezuhalten. Nein, das ist nicht wahr – ich habe Amelie geliebt. Und ich werde Amelie immer lieben.

»Guten Morgen«, sagte Tess gähnend und legte eine Hand über ihren Mund. »Wo sind wir?«

Keith lächelte belustigt, was erstaunlich war, wenn man die beinahe hysterische Erregung bedachte, die sich in ihm aufbaute ... »In Oregon«, erwiderte er.

Anscheinend gehörte Tess zu den Leuten, die eine Zeitlang brauchten, um richtig aufzuwachen. »Das weiß ich!« meinte sie verärgert und hockte sich auf einen Baumstumpf beim Feuer. »Ich meinte, wie weit ist es noch bis Portland?«

»Zwei Tage.« Ein boshafter Zug in ihm veranlaßte ihn, hinzuzufügen: »Und zwei Nächte.«

Tess errötete und schlug die Augen nieder, ohne etwas zu erwidern.

»Praktizieren Sie wirklich freie Liebe, Tess?« fragte Keith und hätte sich im gleichen Moment dafür ohrfeigen mögen.

Tess wich seinem Blick nicht aus, aber eine heiße Röte stieg in ihre Wangen.

»Ja«, behauptete sie trotzig.

»Ich glaube, Sie lügen.« Es war eine Vermutung, mehr nicht, und im Grunde ärgerte Keith sich, das Thema überhaupt angeschnitten zu haben.

Ihre Unterlippe begann zu zittern. Tess wußte so gut wie er, was geschehen würde, und schien sehr verängstigt. Oder bildete er sich das vielleicht nur ein, und ihre

Zurückhaltung war darauf zurückzuführen, daß sie ihn weniger attraktiv fand als frühere Liebhaber?

Ein empörender Gedanke.

»Nun?« beharrte Keith schroff.

Tess wandte den Blick ab. »Ich will nicht darüber reden. Ich habe Hunger.«

Froh, etwas zu tun zu haben, stand er auf und holte ein Stück trockenes Brot und einige verschrumpelte Äpfel aus dem Wagen.

Tess rümpfte ihre hübsche kleine Nase.

»Was hatten Sie anderes erwartet? Eier und Speck?« fragte er. »Willkommen auf der Straße, kleine Tess.«

Sie verzog das Gesicht, aber dann verspeiste sie doch mit verblüffendem Appetit ihren Anteil an dem Brot und zwei der Äpfel. Danach verschwand sie in den Büschen am Bach und blieb so lange fort, daß Keith sich beinahe auf die Suche nach ihr gemacht hätte.

Als Tess zurückkam, war ihr Gesicht noch feucht und rot vom kalten Bachwasser. Ihr langes Haar hatte sie ordentlich aufgesteckt.

Keith maß sie mit einem langen Blick, um dann entschlossen auf sie zuzugehen und ihr Haar zu lösen, bis es ihr wieder in schimmernden Wellen auf die Schultern fiel.

Er fand es ganz natürlich, Tess zu küssen, und tat es auch, anfangs nur ganz zart, doch dann mit einer Leidenschaft, die nicht mißzudeuten war. Tess schwankte plötzlich oder war er selbst auf einmal nicht mehr so standfest? Keith hätte es nicht sagen können.

Die Gefühle, von denen Tess in diesem Augenblick überwältigt wurde, waren machtvoll wie ein Sturm, ließen ihre Knie weich werden und sie haltsuchend nach Keith' Schultern greifen. Als er seine Lippen von ihr löste, war es fast, als hätte er ihr etwas genommen, um es für immer zu behalten.

»Lieber Gott«, flüsterte sie betroffen.

»Genau das denke ich auch«, erwiderte er und hob sie auf die Arme, um sie zu seinem Wagen hinüberzutragen.

Irgendwie gelangten sie hinein; Tess hätte nicht sagen können, wie. Sie konnte kaum atmen, geschweige denn denken.

Im Wagen herrschte Halbdunkel. Keith schloß die Tür und zündete eine Lampe an.

Tess fürchtete sich ein wenig, und doch kam es ihr so vor, als sei sie für diesen Augenblick geboren worden, was immer auch geschehen mochte ... Denn trotz ihrer recht unkonventionellen Erziehung und der gewagten Romane, die sie verschlang, wußte sie nicht, was sie jetzt zu erwarten hatte.

Keith näherte sich ihr sanft, schob seine Finger unter ihr langes Haar und küßte sie von neuem. Diesmal nur ganz sanft, behutsam und voller Zärtlichkeit.

»Tess«, sagte er leise. »Tess.«

Sie erschauerte in seinen Armen, wollte sich ihm hingeben und wußte doch nicht, wie. Aber als seine Finger die Knöpfe ihres Mieders zu lösen begannen, schloß sie die Augen und legte erwartungsvoll den Kopf zurück.

»Tess?« sagte er von neuem, diesmal in fragendem Ton.

»Ja«, flüsterte sie. »Ja, Keith.«

Er öffnete ihr Kleid und entblößte ihre Brüste, die noch nie ein Mann berührt hatte.

»Mach die Augen auf!« befahl er rauh.

Tess gehorchte, aber sie war zu überwältigt von ihren Empfindungen, um etwas zu sehen.

»Du bist so schön, Tess. Weißt du eigentlich, wie schön du bist?«

Seine leisen Worte verstärkten ihren tranceartigen Zustand nur. Tess schwankte und war dankbar und auch ein bißchen überrascht, als sie spürte, wie Keith sie auf das schmale Bett legte.

»Weißt du es?« beharrte er, seinen Mund dicht an ihrer

Brust. Sie spürte seinen warmen Atem dort und nahm verwundert wahr, daß ihre Brustspitzen sich aufrichteten und versteiften.

Tess war zu keiner Antwort fähig; alles in ihr konzentrierte sich auf das beinahe schmerzvolle Ziehen in ihrer Brust. Alles, was sie äußern konnte, war ein leises Stöhnen.

Keith lachte und schloß seine Lippen um eine ihrer rosigen Knospen.

Ein überwältigendes Verlangen erfaßte Tess; sie verschränkte beide Hände in Keith' Nacken und zog ihn zu sich herab. Sie sah nichts, obwohl ihre Augen weit offen standen – der ganze Wagen schien sich um sie zu drehen.

»Joel . . . Joel . . .«

Er knabberte sanft an ihrer rosigen Knospe. »Keith«, berichtigte er. »Soll ich aufhören, Tess?«

»N-nein . . .«

Keith begann sich ihrer anderen Brust zu widmen, und Tess schloß die Augen, als sie seine Zungenspitze auf ihrer Haut spürte. Silberne Flecken tanzten vor ihren Augen, und sie fragte sich, ob sie zu dem Sturm gehörten, der den Wagen schüttelte, oder ob sie aus ihr selber kamen.

Sie stöhnte verlangend auf.

Keith begann sie auszuziehen. Sie merkte es, und doch schien es sich um eine ganz andere Person zu handeln, nicht um sie selbst. Dann war auch er nackt: Seine Kleider waren wie durch Zauberhand verschwunden und in jenem merkwürdigen silbernen Nebel untergegangen.

»Nimm mich«, sagte sie.

»Noch nicht«, antwortete er heiser.

Dann beugte er sich über ihren Körper und küßte und reizte sie, bis er ihre empfindsamste Stelle gefunden hatte.

Tess schrie auf, vor Angst und vor Verlangen, doch er

beruhigte sie mit sanftem Streicheln und leisen, zärtlichen Worten. Und während seine Hände sie zähmten, versetzte sein Mund sie in einen Zustand wilder Gier, der sie aufschreien, stöhnen und sich hin und her werfen ließ.

Keith war ihr Liebhaber, versetzte sie in süße Qualen. Er hielt sie am Boden fest, während ihr ganzer Körper danach verlangte, sich in die Luft zu erheben, in unbekannte Gefilde, von denen sie ahnte, daß sie das Paradies sein mußten. Keith küßte sie und spielte auf ihrem Körper wie auf einem Instrument, und dann kam es ... eine Sturzwelle von Empfindungen, eine Explosion von Gefühlen, die Tess für immer veränderten.

Ihre Hände sanken herab. Ihre Haut überzog sich mit einem leichten Schweißfilm, und ihr Atem kam flach und unregelmäßig. Keith küßte die Innenseite ihrer Schenkel, rollte sich sanft auf sie und preßte seine Lippen auf ihren Mund.

Als er in sie eindrang, schrie Tess auf. Ein stechender Schmerz zerriß sie innerlich.

Keith versteifte sich. Ärger und Schock erschienen in seinen vor Leidenschaft glühenden Augen. Als er sich zurückzog, umklammerte Tess seine Schultern und drängte ihm einladend ihren Schoß entgegen. Alle ihre Instinkte drängten sie, ihn jetzt nicht fortzulassen, ihn bei sich zu behalten.

Keith schien es zu spüren und stöhnte lustvoll auf. »Du ... kleine ... Hexe ...« flüsterte er mit geschlossenen Augen.

Tess lächelte verträumt. Sie hatte ihn jetzt, und sie war sicher, Keith Corbin genauso beherrschen zu können, wie er sie wenige Minuten zuvor. Ihr Schmerz war verflogen und einem überwältigenden Verlangen gewichen, das sie dazu trieb, die Erregung, die sich auf Keith' Gesicht abzeichnete, noch zu steigern.

»O Gott ...« murmelte er gepreßt und bemüht, die

Bedürfnisse seines eigenen Körpers zu beherrschen. »Tess . . .«

Langsam und nur von ihrem Instinkt geführt, begann sie sich unter ihm zu bewegen und stellte triumphierend fest, daß er sich ihrem Rhythmus bereitwillig anpaßte.

Während sie sich aneinanderklammerten und im uralten Rhythmus der Liebe bewegten, fühlte Tess sich in unbekannte Höhen gleiten. »Joel!« schrie sie auf dem Höhepunkt ihrer Ekstase auf.

Eine Sekunde – oder den Bruchteil einer Sekunde – später spannte sich sein Körper, und Keith stöhnte wie im Fieber auf, um dann erschöpft auf Tess herabzusinken, während sie spürte, wie sich seine Leidenschaft in ihr entlud. Aber der Name, den er murmelte, war nicht ihr eigener. Nein, er hatte *Emily* gesagt . . .

Das intensive Glücksgefühl, das Tess eben noch beherrscht hatte, verwandelte sich augenblicklich in tiefste Niedergeschlagenheit, und heiße Tränen stiegen in ihre Augen.

Keith' Körper lag schwer auf ihrem, er rührte sich nicht. Aber sie spürte, wie zornig er war, und wollte ihn anschreien, ihm sagen, daß sie ihn haßte und verachtete. Doch ihre Kehle war wie zugeschnürt, sie brachte kein Wort heraus.

Irgendwann schien Keith die Kraft zu finden, sich zurückzuziehen. Auch er bebte noch von der Heftigkeit ihrer Vereinigung, aber er warf Tess nur einen ärgerlichen Blick zu und begann sich wortlos anzuziehen.

Ungeduldig streifte er seine Hosen über, seine Socken, seine Stiefel. Tess befürchtete schon, sein Hemd müsse zerreißen, so heftig zerrte Keith daran. Und sie war immer noch nicht fähig, auch nur ein einziges Wort zu sagen.

Er knöpfte sein Hemd zu und maß Tess mit einem verächtlichen Blick.

Es war zuviel für sie. Sie ertrug es nicht. Doch bevor sie den Blick abwenden konnte, bemerkte sie die goldene Kette mit dem Ring um seinen Hals. Er war verheiratet. Lieber Gott im Himmel, er war verheiratet!

Das brachte ihre Stimme zurück. »Du Schuft!« schrie sie, richtete sich abrupt auf und griff nach ihren Kleidern, die sie mit zitternden Händen überzog.

Keith bemühte sich nicht einmal, sein Hemd zu schließen und den verdammten Ring zu verbergen. Statt dessen stemmte er die Hände in die Hüften und beobachtete Tess kühl, während sie sich mit ihren Kleidern abmühte.

»Wie konntest du?« zischte sie empört. »Wie konntest du nur?«

Seine Verachtung war fast körperlich zu spüren. »Wie konnte ich *was*?« entgegnete er schließlich barsch.

Tess bebte vor Scham, Entsetzen und Schmerz. »Wie konntest du deine Frau betrügen?« schluchzte sie, entsetzt über das, was sie beide getan hatten.

»Meine Frau ist tot«, erwiderte er in verhaltenem und doch irgendwie drohendem Ton. Dann riß er die Wagentür auf, sprang hinaus und knallte die Tür hinter sich zu.

Tess gab sich keine Mühe mehr, zu denken, zu verstehen oder sich anzuziehen. Sie schlug beide Hände vors Gesicht und gestattete sich den Luxus, ihre Tränen ungehindert fließen zu lassen. Sie schluchzte, fluchte und heulte.

Und trotz des Lärms, den sie veranstaltete, hörte sie Keith draußen fluchen. Der Maulesel wieherte schrill, worauf Keith mit einer Serie von gotteslästerlichen Bemerkungen antwortete. Dann erklang ein metallisches Geräusch, als habe er mit irgend etwas gegen den Wagen geschlagen.

Tess war sicher, daß es die gleiche Schüssel war, die dieser Verrückte zwei Tage zuvor nach Gott geschleudert hatte. Nach Gott! Das hieß, daß sie ganz allein mit einem

Verrückten war, auf einer wenig befahrenen Straße, und keine Möglichkeit hatte, umzukehren oder vor ihm zu fliehen.

Als ihr zu Bewußtsein kam, daß sie sich diesem Verrückten hingegeben hatte, willig und voll sinnlicher Begierde, warf Tess den Kopf in den Nacken und stieß einen Wutschrei aus, der Keith Corbin und seinen Maulesel verstummen ließ.

6

»Spring nicht in den Bach!« warnte Tess, als sie trotz ihres Ärgers mit einer gewissen Zärtlichkeit beobachtete, wie Keith durchs Lager stürmte, die Kaffeekanne aufhob und sich prompt dabei verbrannte.

Bei ihren Worten schien er seine Verletzung zu vergessen. Er blieb stehen und schaute Tess fragend an. »Warum?« fragte er rauh.

»Was soll das heißen, ›warum‹? Es ist dumm, in eiskaltes Wasser zu springen – das hättest du beim letzten Mal schon merken sollen.«

Keith preßte die Lippen zusammen und maß sie mit wütenden Blicken. »Es gehört nicht zu meinen Gewohnheiten, unerfahrene Mädchen zu entjungfern, Miss Bishop«, entgegnete er kalt. »Warum hast du mich im Glauben belassen, du wärst . . .«

»Weil ich wollte, daß du mich als Frau ansiehst und nicht als kleines Kind«, antwortete sie beherrscht, während sie auf ihn zuging und seine verletzte Hand in ihre nahm. Die Brandwunde war nicht von Bedeutung.

»Bist du je auf den Gedanken gekommen, daß du mit dem Feuer spielst, wie man so schön sagt?«

Tess schaute lächelnd zu ihm auf. »*Ich* habe mich nicht verbrannt.«

»Das wird sich erst noch zeigen müssen«, entgegnete er grob, und obwohl er keine Anstalten machte, ihr seine Hand zu entziehen, blieb seine Haltung kühl und abweisend. »Stell dir vor, du wärst jetzt schwanger?«

Die Vorstellung entsetzte Tess, aber das ließ sie sich nicht anmerken. »Meine Mutter hat nie geheiratet«, informierte sie ihn. »Ich bin selbst ein uneheliches Kind.« Sie machte eine Pause und zuckte mit den Schultern. »Wenn ich ein Kind allein aufziehen müßte, würde ich es tun.«

»Deine Logik hat nur einen schwachen Punkt!« sagte er und beugte sich vor, bis seine Nasenspitze nur Zentimeter von Tess' entfernt war. »Das Kind wäre auch meins. Glaubst du, ich würde zulassen, daß mein Sohn oder meine Tochter von einer Frau aufgezogen werden, die freie Liebe praktiziert?«

Vielleicht war Tess eine Schauspielerin wie ihre Mutter. Jedenfalls gelang es ihr, den Schmerz, den seine Worte in ihr hervorriefen, zu verbergen und sogar zu lächeln. »Vielleicht hat nicht Missis Hollinghouse-Stone mich verändert, sondern du«, sagte sie, im Bewußtsein, ihn zu ärgern, was sie mit tiefer Befriedigung erfüllte. »Mir hat es gefallen, was eben zwischen uns geschehen ist. Sogar sehr, Keith.«

»Das habe ich gemerkt!« versetzte er empört. »Sag mal, kennst du die Regeln wirklich nicht? Weißt du nicht, daß Jungfrauen über ihre verlorene Unschuld weinen, anstatt frech zu sagen, es hätte ihnen Spaß gemacht?«

Wieder zuckte Tess mit den Schultern. »Ich habe vor, es von nun an öfter zu tun«, behauptete sie kühn und war entzückt über die hilflose Wut, die sich auf Keith' attraktiven Zügen abzeichnete.

»Portland ist eine große Stadt, und ich bin sicher, daß ich dort eine Menge Gelegenheiten . . .«

Keith packte ihre Schultern, schüttelte sie hart und ließ sie wieder los. Das Flackern in seinen Augen bewies, daß er Tess durchschaut hatte.

»Du kannst zwischen hier und Portland üben«, sagte er heiser.

Tess war so verblüfft, daß sie zuerst kein Wort herausbrachte. Und dann hielt sie es für klüger, das Thema zu wechseln. »Erzähl mir von Emily«, forderte sie Keith auf.

»Von wem?«

»Von deiner Frau«, erwiderte Tess errötend. »Du hast ihren Namen gemurmelt, als du . . .«

Keith wandte sich ab. »Nein.«

Tess ging um ihn herum und schaute zu ihm auf. »Doch«, beharrte sie. »Ich habe dir von meiner Mutter und allem anderen erzählt. Es ist nur fair, daß ich etwas über deine Frau erfahre. Und wenn du schon dabei bist, Mister Joel Shiloh-Keith Corbin, kannst du mir auch gleich verraten, warum deine Familie so verzweifelt bemüht ist, dich zu finden!«

»Geh in den Wagen zurück«, forderte er sie auf, sah sie aber nicht dabei an.

»Nein. Nicht bevor du meine Fragen beantwortet hast.«

»Wie du willst«, sagte er und ging zum Wagen, um den störrischen Maulesel anzuschirren.

Er hatte doch wohl nicht vor, sie hier allein zu lassen? Tess wurde so aufgeregt bei dem Gedanken, daß sie wütend zu Keith hinübermarschierte.

»Du würdest mich hier zurücklassen? Nach allem, was geschehen ist?«

»Zurücklassen? Ich würde dich am liebsten umbringen.«

Tess trat einen Schritt zurück, aber dann begriff sie, daß dieser Mann trotz seines offensichtlichen Wahnsinns nie jemanden verletzen würde. Er strahlte eine unbewußte Güte aus, die ihn von allen anderen Männern unterschied, die sie je gekannt hatte. »Erzähl mir von Emily«, sagte sie bittend.

Keith schaute sie nicht an, ging nur zur anderen Seite des Wagens, bis der Maulesel zwischen ihm und Tess stand. »Sie hieß nicht Emily«, begann er, und so viel Zärtlichkeit klang in seiner Stimme mit, daß es Tess einen schmerzhaften Stich versetzte. »Ihr Name war Amelie. Sie starb nur wenige Minuten nach unserer Trauung.«

Tess schluckte. »Das tut mir furchtbar leid«, sagte sie leise und es war die reine Wahrheit, obwohl sie noch nie eine derartige Eifersucht empfunden hatte wie jetzt. »Wie ist das passiert?«

Keith zögerte und musterte Tess mit ausdruckslosem Blick. »Es war eine Explosion. Jemand hatte Dynamit in der Kirche gelegt. Die Zeremonie fand draußen statt – sonst wären wir alle dabei umgekommen. Die Glocke ... die Glocke traf Amelie, und sie war auf der Stelle tot.«

Tess schlug die Hand vor den Mund und wandte sich kurz ab, als die schrecklichen Bilder vor ihr erstanden, die seine Worte heraufbeschworen hatten. »Lieber Gott.«

»Es gibt keinen Gott«, versetzte Keith hart, und damit war für ihn das Thema abgeschlossen.

Sie reisten schweigend weiter, bis sie gegen Mittag eine kleine Stadt erreichten. Keith hielt den Wagen auf der Hauptstraße an, die nicht viel mehr als eine breite Schlammspur war, und begann seine Flaschen mit Laudanum, Biberöl und Haarwasser anzubieten. Sein begeisterter Vortrag lockte Neugierige aus allen Ecken der Stadt an, und jene, die Geld hatten, gaben es bereitwillig aus.

Tess' Erstaunen wurde immer größer. Keith Corbin sprach mit einer Autorität, die man einem einfachen Hausierer nicht zugetraut hätte; er führte seine Zuschauer so mühelos an der Nase herum, als sei es nichts anderes als ein Spiel für ihn.

»Wo bist du zur Schule gegangen?« fragte Tess, als fast alle ›Medizin‹ verkauft war und sie sich bei einer herzhaften Mahlzeit in einem Restaurant gegenübersaßen.

Keith lächelte und griff nach dem Salzstreuer. »In Oxford«, erwiderte er gelassen.

»Oxford?« Tess traute ihren Ohren nicht. »Die berühmte Universität in ...«

»England«, warf Keith lächelnd ein und schien ihre Verwirrung sehr zu genießen.

»Warum fährst du als Hausierer durch die Gegend, wenn du in Oxford studiert hast?«

Keith hob seinen Löffel mit Kartoffelpüree. »Um zu essen.«

Tess war begierig, mehr zu erfahren, aber sie sah ein, daß Keith nichts mehr erzählen würde, und bitten wollte sie ihn nicht. So zuckte sie nur mit den Schultern und konzentrierte sich darauf, ihre Mahlzeit zu beenden.

Derora Beauchamp war wütend wie nie zuvor in ihrem Leben. Obwohl ein feuriger Stich bei jedem Schritt durch ihren Knöchel ging, hinkte sie die Treppe hinauf in Tess'

Zimmer. Wie erwartet waren die besten Kleider ihrer Nichte und die Kamera verschwunden.

Mit verweinten Augen erschien Juniper in der Tür, rang die Hände und bemühte sich, ihre Tränen zurückzudrängen. »Sie ist nicht hier?« fragte die alte Frau schluchzend.

»Nein, das ist sie nicht.« Derora blickte nachdenklich an die Zimmerdecke. »Sie ist mit diesem gutaussehenden Hausierer durchgebrannt«, erklärte sie dann entschieden. »Hast du das Telegramm abgeschickt?«

Juniper nickte. »Ja, Madam.«

»Dann besteht vielleicht doch noch eine Chance, sie zu finden«, überlegte Derora laut. »Hast du schon eine Antwort erhalten?«

»Nein, Madam. Der Junge sagte, er würde sie sofort vorbeibringen, falls etwas kommt. Missis Beauchamp . . .«

Deroras Knöchel schmerzte, und außerdem hatte sie dank der Treulosigkeit ihrer Nichte eine Menge Geld verloren. »Was ist?« fragte sie gereizt.

»Unten ist ein Mann, der nach Miss Olivia fragt.«

»Hast du ihm nicht gesagt, daß sie nicht mehr hier ist?«

Juniper schüttelte den Kopf.

»Ach, verflixt«, seufzte Derora. Sie wurde es allmählich leid, Olivias hartnäckige Verehrer zu empfangen. Was wollten diese Männer noch von Olivia. Von einer Frau, die schon lange nichts mehr geben konnte und nur noch stumm ins Leere starrte?

Während Derora die Treppe hinunterhumpelte, dachte sie über ihre Schwester nach. Das arme Mädchen war schon als Kind sehr merkwürdig gewesen. Sie hatte behauptet, mit Onkel Henry sprechen zu können, ihn zu sehen und zu berühren – und das Jahre nach seinem Tod! Und dann den Verstand zu verlieren aus Trauer über den Verlust eines Mannes, während es hundert andere Männer gab, die Olivia begehrten!

Derora ruhte sich einen Moment aus, als sie den Treppenabsatz erreichte. Den Fotos nach zu urteilen, die ihre Schwester besaß, war Asa Thatcher nicht einmal ein attraktiver Mann gewesen. Nur sehr wohlhabend und einflußreich ...

Ein großer, auffallend hagerer Mann stand im Salon am Kamin. Er trug einen schlichten, aber sehr gut geschnittenen Anzug.

»Was kann ich für Sie tun?« fragte Derora zurückhaltend.

Der Mann drehte sich um, und Derora schnappte verwirrt nach Luft. Scharfe braune Augen unter buschigen Brauen, in einem skelettartig dünnen Gesicht, betrachteten sie prüfend. Du liebe Güte, diesen Mann kannte sie doch – wo hatte sie ihn bloß schon einmal gesehen?

»Ich suche Miss Olivia Bishop«, sagte er. »Mein Name ist ...«

Derora wußte plötzlich, wer er war, und fragte sich, wie ein solcher Mann eine Schönheit wie Tess gezeugt und die dauerhafte Liebe einer zweifellos verrückten, aber hinreißend schönen Frau wie Olivia Bishop gewonnen haben konnte. »Asa Thatcher«, unterbrach Derora ihn ruhig.

Der Mann nickte zustimmend, dann seufzte er schwer. »Ich habe eine weite Reise hinter mir, Madam«, sagte er leise. Abraham Lincoln, dachte Derora, das ist es. Er sieht wie Abraham Lincoln aus! »Sagen Sie mir bitte, wo ich meine ... wo ich Missis Bishop finden kann.«

Derora hegte keinen Groll gegen diesen Mann. Sie war der Ansicht, daß Olivia bekommen hatte, was sie verdiente, nachdem sie sich mit einem verheirateten Mann eingelassen hatte. Aber es bereitete ihr dennoch ein gewisses Vergnügen, zu antworten: »Ich fürchte, ich habe schlechte Nachrichten für Sie, Mister Thatcher. Meine arme, liebe Schwester ist schon seit einigen Jahren in einer geschlossenen Anstalt untergebracht.«

Asa sah aus, als habe sie ihn geschlagen. Er lehnte sich an den Kamin und ließ den Kopf hängen. Lieber Gott! dachte Derora betroffen. Was hat meine schöne, lebhafte Schwester bloß in diesem sauertöpfischen Schwächling gesehen?

»Wo?« fragte er schließlich rauh. »Wo ist diese ... dieser Ort, wo sie meine Livie festhalten?«

Das in seiner Stimme mitklingende Gefühl weckte ganz neue Überlegungen in Derora. Bisher hatte sie angenommen, Olivia sei nichts als ein hübsches Spielzeug für Asa Thatcher gewesen, und sie hatte dabei nicht ein einziges Mal bedacht, daß er die Gefühle ihrer Schwester erwidern könnte. »Das Sanatorium nennt sich *Harbor Haven* und befindet sich in Portland. Ich kann Ihnen die Adresse geben, wenn Sie mir einen Moment Zeit lassen, in meinen ... Rechnungen nachzusehen.«

Asa Thatcher war kein Narr, das war klar. Er verstand Deroras diskreten Hinweis augenblicklich. »Sie haben für Livies Unterhalt gezahlt?«

Derora hielt es für unnötig, zu erwähnen, daß Tess dafür gearbeitet hatte. »Ja, Mister Thatcher«, antwortete sie bescheiden, »und ich schäme mich nicht, zu sagen, daß es eine sehr kostspielige Anstalt ist. Und dann war da natürlich auch noch Ihre Tochter ...«

Der hagere Mann lebte zusehends auf. »Meine Tochter! Ist sie wenigstens hier?«

»Es tut mir leid. Tess hat uns ... verlassen.«

Asa schwankte und erblaßte. »Verlassen?« wiederholte er bestürzt.

»Oh, es tut mir so leid für Sie!« Derora eilte zu ihrem Besucher hinüber und ergriff fürsorglich seinen Arm. »Ich wollte damit nicht sagen, daß Tess gestorben ist! Es geht ihr gut.« Sie führte den erschütterten Mann zu einem

Sessel, auf dem er sich dankbar niederließ. »Ich meinte nur, daß sie ... nun ja ... sie ist durchgebrannt. Mit einem Mann.«

Asa bedeckte sein vogelscheuchenähnliches Gesicht mit einer Hand. »Liebt sie ihn?« fragte er seufzend.

Derora schenkte einen Brandy für ihren Gast ein und reichte ihm das Glas. Dann nahm sie Mister Thatcher gegenüber Platz. »Tess versteht ... verzeihen Sie mir ... mit Männern umzugehen. Diesen Hausierer scheint sie völlig verhext zu haben und ...«

»Hausierer?« rief Asa Thatcher überraschend zornig aus. »Meine Tess, meine schöne Tess ist mit einem *Hausierer* durchgebrannt?«

Derora senkte den Kopf, um ihr Lächeln zu verbergen. »Ich fürchte ja, Mister Thatcher.« Als sie wieder aufschaute, standen Tränen in ihren Augen, und ihr Lächeln war verblaßt, denn Olivia Bishop war nicht die einzige Schauspielerin in der Familie. »Gott ist mein Zeuge, Sir«, sagte sie erstickt, »daß ich mich um Tess bemüht habe, nachdem unsere arme Olivia zusammengebrochen war ... aber so ganz allein ... und so arm ...«

»Ich verstehe, liebe Dame«, beruhigte Asa Thatcher sie sofort. »Ich verstehe. Eine Last, die mir zustand, hat zu lange auf Ihren Schultern geruht. Den Zustand meiner Familie habe ich ausschließlich mir selbst zu verdanken.«

Und mir das Dach über ihren Köpfen und das Brot in ihrem Bauch, dachte Derora gereizt. »Wir tun alle, was wir für unsere Pflicht halten, Mister Thatcher«, entgegnete sie würdevoll.

Asa hatte seinen Brandy getrunken, und nun richtete er sich entschieden auf. »Und meine Pflicht ist, meine Schäflein einzusammeln«, sagte er ruhig. »Tess stand ihrer Mutter immer sehr nahe. Deshalb ist es möglich, daß ich sie in der Nähe des Sanatoriums, wo Livie lebt, auch finden werde.«

Derora dachte blitzschnell nach. »Sie ... Sie werden doch beiden ... liebe Grüße von mir übermitteln?«

Es war genau die richtige Mischung aus zärtlicher Sorge und hingebungsvoller Treue. Asa Thatcher zückte lächelnd seine Brieftasche, gab Derora eine beträchtliche Summe und versprach, ihr durch seine Bank in St. Louis noch mehr zukommen zu lassen, um sie für ihre Ausgaben zu entschädigen.

Derora bemühte sich, eine erstaunte Miene aufzusetzen. »Oh, das ist aber viel zuviel, Mister Thatcher«, log sie. »Schließlich ist Olivia meine Schwester ... es war meine Pflicht ...«

Asa befand sich bereits auf dem Weg zur Tür. »Nein, es wäre *meine* Pflicht und Schuldigkeit gewesen, mich um meine Familie zu kümmern, und ich wünschte, ich hätte es getan.«

Derora mußte ihre ganze Beherrschung aufbieten, um nicht zu lachen und den dicken Packen Banknoten zu zählen, den Asa ihr gegeben hatte. Aber ihre Neugierde war noch stärker als ihre Geldgier. »Mister Thatcher, Sie lieben meine Schwester sehr, nicht wahr? Dann sagen Sie mir doch bitte, warum Sie Tess und Olivia so ... so abrupt aus ihrem Haus geworfen haben.«

Seine schmalen Schultern sackten herab, ein wehmütiger Blick erschien in seinen Augen. »Das war das Werk meiner verstorbenen Frau und meiner Tochter Millicent. Ich habe nichts davon gewußt, bis es zu spät war.«

»Wollen Sie damit sagen, daß es Ihre Frau und Ihre Tochter waren, die Tess und Olivia fortschickten? Daß es nicht auf Ihre Veranlassung hin geschah?«

»Ich hätte lieber auf mein tägliches Brot verzichtet, als Livie oder unser kleines Mädchen aufzugeben. Aber da ich mich zu jener Zeit auf einer Geschäftsreise befand, war es ein leichtes für die Anwälte meiner Frau, Livie zu überzeugen, daß der Räumungsbefehl von mir kam. Als ich aus New York zurückkam ...« Sein blasses Gesicht verzerrte sich vor echter, tiefempfundener Qual. »Da waren sie fort.«

»Die Briefe!« erinnerte Derora sich plötzlich. »Olivia hat Ihnen so viele Briefe geschrieben ... und Tess ebenfalls.«

»Ich habe nie Briefe erhalten«, entgegnete Asa Thatcher, und Derora glaubte ihm. »Erst nach dem Tod meiner Frau – vor knapp zwei Wochen – fand ich heraus, was geschehen war. Millicent, meine Tochter, hatte sich verliebt, und dieses Gefühl muß so etwas wie Mitleid in ihr ausgelöst haben. Jedenfalls gestand sie mir, daß ihre Mutter und sie die Briefe abgefangen und verbrannt hatten.«

»Mein Gott!« rief Derora entsetzt, in Erinnerung an Olivias Verzweiflung und Tess' Haß.

Asa nahm ihre Hand und drückte sie. »Ich muß jetzt meine liebe Olivia suchen. Tausend Dank, Madam, für Ihre übergroße Freundlichkeit.«

Derora spürte die Geldscheine in ihrer Hand und schenkte ihm ein strahlendes Lächeln. »Gern geschehen, Mister Thatcher«, erwiderte sie aufrichtig. »Möge Gott Sie auf Ihrer Reise begleiten.«

Thatcher lächelte sein trauriges Lächeln, dann war er fort.

Juniper stand mit großen Augen in der Tür. »Dieser Mann ist das lebendige Abbild von Abraham Lincoln!« rief sie verblüfft.

Derora zeigte ihr lächelnd die Geldscheine. »Was hältst du von der Idee, dein eigenes Gästehaus zu haben, Juniper?« fragte sie lockend. »Fünf Dollar Anzahlung, fünf Dollar pro Woche, und dieses Haus gehört dir ganz allein!«

»Abgemacht!«

Tess begann sich erst Gedanken um die kommende Nacht zu machen, als sie weit entfernt waren von der kleinen Stadt, wo Keith das meiste seiner Ware verkauft hatte, und anhielten, um das Lager aufzuschlagen.

Graue Wolken ballten sich am Himmel zusammen, ein Sturm lag in der Luft. Keith band den Maulesel unter einem Baum an, wo er Schutz vor dem Regen finden würde, und dicht neben einem Bach, der ihn mit Wasser versorgte.

Tess lehnte mit verschränkten Armen am Wagen und schaute argwöhnisch zu, wie Keith ein Feuer anzündete.

»Willst du mir nicht helfen«, fragte er schroff, »anstatt herumzustehen und mich anzugaffen?«

»Es wird regnen«, antwortete Tess mit einem besorgten Blick auf den Himmel.

Keith zuckte nur die Schultern. Er wußte sehr gut, worüber Tess sich Sorgen machte, aber er dachte nicht daran, sie zu beruhigen. Mit vielsagendem Lächeln ging er an ihr vorbei und kletterte in den Wagen. Nachdem er die Suche sehr geräuschvoll veranstaltet hatte, kam er mit einem Stück Leinwand zurück, das an vier Pfosten befestigt war. Immer noch lächelnd errichtete er eine Art Schutzdach, das ihr Feuer vor dem Verlöschen bewahren würde, falls es tatsächlich regnen sollte.

»Was ist so lustig?« erkundigte sich Tess gereizt. Warum grinste er die ganze Zeit?

»Du«, antwortete er kurz und überprüfte die Standfestigkeit der Pfosten. »Zieh mir ein paar dicke Äste herüber, ja? Wir brauchen noch mehr Holz.«

»Äste?«

»Du erwartest doch nicht, daß ich alles tue, oder? Du mußt dir deinen Unterhalt in dieser Welt schon selbst verdienen, mein Kind.« Er drehte sich um und betrachtete sie belustigt. »Wie, das bleibt dir überlassen«, fügte er in vielsagendem Ton hinzu.

»Wenn du dir einbildest, ich würde ...«

»Ich dachte, du wärst eine Anhängerin der freien Liebe«, unterbrach Keith sie schmunzelnd. »Wolltest du damit nicht die Welt verändern, Miss Bishop? Mit Krieg, Hunger und Armut aufräumen, indem du dich mir geschenkt hast?«

Tess errötete. »Wie soll *das* denn Krieg und Hunger beenden?«

»Tja, das frage ich mich eigentlich auch. Aber das ist es doch, was die Anhänger der freien Liebe glauben, oder? Bitte, jetzt hast du Gelegenheit, eine Lanze für den Weltfrieden zu brechen. Die wirst du dir doch nicht entgehen lassen, oder?«

»Du Wüstling! Der *Weltfrieden* interessiert dich doch gar nicht – dir ist nur deine eigene Befriedigung wichtig!«

»Geht uns das nicht allen so?«

Tess hätte ihm gern die Augen ausgekratzt. »Mir nicht«, behauptete sie.

»Trotzdem werde ich heute abend mit dir schlafen, Tess. Ich werde dich ...«

»Du wirst überhaupt nichts mit mir tun!«

Er lachte nur.

Und da Tess wußte, daß er sie nur zu küssen brauchte, um all ihre guten Vorsätze zunichte zu machen, drehte sie sich abrupt um und floh in die Büsche, um das Holz zu sammeln, das sie brauchten. Vielleicht würde die Anstrengung, es zu zerkleinern, ihn so müde machen, daß ...

Sie fand mehrere große Äste und schleppte sie zum Lager zurück.

Eine Stunde später hockten sie am Lagerfeuer und aßen den Eintopf, den sie aus dem Restaurant mitgebracht hatten, und Keith wirkte leider überhaupt nicht müde...

»Was kann ein Mann sich noch mehr wünschen?« bemerkte er philosophisch, während er seine langen Beine ausstreckte und seinen Rücken an eine Kiste mit Laudanumflaschen lehnte. »Ein warmes Feuer. Eine heiße Mahlzeit. Und eine Frau. Was könnte ich noch verlangen?«

Tess hätte ihm ganz andere Dinge nennen können, die *sie* sich wünschte – ein heißes Bad, Shampoo und vielleicht eine Tasse Tee –, aber sie sprach es nicht aus. Schließlich war es nicht Keith' Schuld, daß sie ohne diese Annehmlichkeiten auskommen mußte.

»Ein Feuer hast du«, stimmte sie zu, »und eine heiße Mahlzeit auch. Aber keine Frau, Keith Corbin. Jedenfalls nicht diese hier.«

»Warum nicht?« neckte er sie lächelnd.

Tess konnte es nicht verhindern – zwei dicke Tränen rollten über ihre Wangen. »Weil ich mich erst noch ein bißchen erholen muß«, sagte sie aufrichtig. »Ich war noch Jungfrau, vergiß das nicht.«

Keith' Belustigung verblaßte, und nun war es Zärtlichkeit, was aus seinen Augen sprach. »Warum hast du mich nicht daran gehindert, Tess? Warum hast du es mir nicht gesagt?«

Tess ließ den Kopf hängen und strich ärgerlich über ihre feuchten Wangen. »Ich glaube, weil ich... weil ich wollte, daß du mich liebst.«

Keith gab einen gereizten Laut von sich, machte jedoch keine Anstalten, sie zu berühren. Er schien zu spüren, daß sie es nicht ertragen hätte, jedenfalls nicht in diesem Augenblick. »Weißt du was, kleine Tess? Du bist die verwirrendste Frau, der ich je begegnet bin. Als du mir hättest sagen können, daß du noch Jungfrau warst, hast du es nicht getan. Und nun, wenn es deinen Stolz retten könnte zu behaupten, ich hätte dich gezwungen ...«

Tess schaute entrüstet zu ihm auf. »Aber das ist doch nicht wahr! Du hast mich nicht gezwungen! Ich wollte ...«

»Das würden die meisten Frauen nicht zugeben.« Nun kam er doch an ihre Seite und strich ihr ungewöhnlich sanft übers Haar. »Sag mir nur eins, Tess. Als du behauptet hast, es hätte dir gefallen, wolltest du mir da nur schmeicheln, oder war es wirklich so?«

Wieder wich sie seinen Blicken aus. »Ich habe es ernst gemeint«, gab sie zu. »Es war ... meinst du, es wäre so mit jedem Mann?«

Keith legte tröstend einen Arm um ihre Schultern. »Ich hoffe nicht«, sagte er merkwürdig rauh.

Da erklang leiser Donner über ihnen, und ein kühler Wind bewegte die Birkenblätter.

»Ich wünschte, ich könnte ein Bad nehmen«, sagte Tess leise, weil ihr nichts Besseres einfiel.

Keith lachte und zog sie an sich. »Du wirst dein Bad bekommen«, versprach er.

Tess schaute verwundert und voller Zuneigung zu, wie er Wasser in einen Kessel füllte und ihn aufs Feuer setzte. Dieser Mann ist mir ein Rätsel, dachte Tess und wußte jetzt schon, wie schwer es sein würde, ihn aufzugeben. Unmöglich ... Und doch würde ihr gar nichts anderes übrigbleiben, wenn sie Portland erreichten.

7

Asa Thatcher hatte in der vergangenen Stunde größere Schocks erlebt, als er ertragen zu können geglaubt hatte – seine geliebte Olivia in einer Anstalt und seine kleine Tess mit einem Hausierer durchgebrannt! Doch Asa war nicht dumm, und daher wußte er, daß er die beschämende Lage seiner Familie nur sich selbst zuzuschreiben hatte. Mit geballter Faust, um seinem Zorn Luft zu machen, schlug er auf die Reling des Dampfschiffes.

Da an diesem Nachmittag kein einziger Zug mehr die verschlafene kleine Stadt in Oregon verlassen hatte, nicht einmal jener, mit dem er gekommen war, hatte Asa eine Passage auf der *Columbia Queen* gekauft, einem etwas schäbigen Vergnügungsdampfer, aber das störte ihn nicht. Er wollte nur so schnell wie möglich Portland erreichen.

Der Kapitän hatte ihm versichert, daß sie schon am nächsten Morgen im Hafen der großen Küstenstadt einlaufen würden.

Asa seufzte und starrte nachdenklich in das jadegrüne Wasser des Columbia River. Was für ein Narr war er doch gewesen, in all diesen Jahren auf Olivia und Tess zu verzichten und eine Ehe aufrechtzuerhalten, die ihn und seine Frau nur unglücklich gemacht hatte. Bitte, lieber Gott, wenn ich Livie zurückbekomme, wenn du mir eine zweite Chance bei ihr gibst ...

Der Tumult, der plötzlich entstand, als eine junge Frau sich lautstark und auf dramatische Art beklagte, verführt und ausgenutzt worden zu sein, holte Asa aus seinen Gedanken zurück. Aber es war der große, gutaussehende Begleiter der jungen Frau, der Asas Aufmerksamkeit auf sich zog. War es... Nein, das war doch nicht möglich, oder?

Es war möglich. Es war Rod.

Asa überlegte kurz und ging dann auf seinen Sohn zu. Es schien tatsächlich ein Tag der Überraschungen zu sein.

»Mein Papa wird dich zwingen, mich zu heiraten!« heulte das Mädchen, eine kleines, plumpes, rothaariges Ding. »Du kannst nicht einfach verschwinden und vergessen, was du getan hast, Roderick Waltam!«

Asa seufzte. Also hatte Rod sich nicht geändert. Und benutzte noch immer den Mädchennamen seiner Mutter. ›Asa Thatcher, Jr.‹ war ihm nie gut genug gewesen – in Princeton hatte er den Namen in Asa Thatcher II umgeändert, aber auch das war nicht zu seiner Zufriedenheit gewesen. Schließlich hatte er begonnen, sich Roderick zu nennen, und ›Waltam‹ statt Thatcher.

»Rod?«

Er drehte sich um und erkannte, sprachlos vor Erstaunen, seinen Vater. Heiße Röte schoß ihm in die blassen Wangen. »Vater?«

Die Schiffssirene heulte auf, und die rothaarige junge Dame drehte sich um und rannte über die Gangway ans Ufer zurück.

»Mein Papa wird dich schon finden!« schrie sie Roderick vom Ufer zu. »Vergiß das nicht, Roderick Waltam . . .«

Ihre Stimme klang leiser und war bald nicht mehr zu hören, als das Schiff sich allmählich vom Ufer entfernte. Asa Jr. und Asa Sr. standen sich auf dem schlüpfrigen Deck gegenüber und blickten sich in die Augen.

»Mutter ist . . .« begann Rod heiser.

Asa nahm den Arm seines Sohnes und schob ihn auf die Reling zu, wo sie in Ruhe reden konnten, während das Schiff in elegantem Bogen auf den Fluß hinauszog. »Sie ist vor zwei Wochen gestorben«, sagte er ruhig.

Rod holte tief Atem. »Wie hast du mich gefunden?«

»Es war Zufall«, erwiderte Asa aufrichtig, wie es seine Art war. »Aber ich freue mich darüber. Dieses Mädchen . . .«

Rod grinste unvermutet. »Emma. Ist sie nicht erstaunlich? Ich bin noch nie einer Frau wie ihr begegnet.«

Asa verkniff sich eine vorwurfsvolle Bemerkung über Rodericks mangelnden Respekt vor Frauen. Denn welches Recht hatte er, Asa Sr., darüber zu sprechen, wo er Livie durch seine eigene Unentschlossenheit in den Wahnsinn getrieben hatte? Und Tess – Gott allein wußte, was aus Tess geworden war!

Roderick beobachtete Emmas immer kleiner werdende Gestalt, wie sie wie eine aufgescheuchte Henne am Flußufer entlanglief und drohend die Fäuste hob, bis sie schließlich nicht mehr zu sehen war. Und Asa hatte plötzlich das Gefühl, als brächte sein Sohn dem Mädchen eine gewisse Zuneigung entgegen.

»Hat Mutter sehr gelitten?« fragte der junge Mann schließlich.

»Nein«, konnte Asa zu seiner Erleichterung erwidern. »Sie starb ganz plötzlich – im Schlaf. Du hättest uns einmal schreiben können, Asa – wir haben uns große Sorgen um dich gemacht.«

Das glatte Gesicht seines Sohnes verhärtete sich. »Mein Name ist Rod«, versetzte er schroff. »Und da ich nichts mehr mit euch zu tun haben wollte, warum hätte ich euch schreiben sollen? Dich hat doch nichts außer deiner Arbeit und deiner Geliebten interessiert, wer immer sie auch gewesen sein mag. Und Mutter und Millicent verbrachten ihre Zeit damit, sie ausfindig zu machen und zu zerstören.«

Asa seufzte und lehnte sich an die Reling, müde wie ein alter Mann. Angenommen, es gelang ihm nicht, Olivia nach all dieser Zeit davon zu überzeugen, daß er sie immer noch liebte? Angenommen, sie würde nie wieder die Olivia sein, die er gekannt hatte?

»Wer war sie?« fragte Roderick widerstrebend.

»Eine Schauspielerin«, antwortete Asa leise. »Ihr Name war ... Olivia Bishop.« Erst jetzt hob er den Kopf und wagte es, seinem Sohn in die Augen zu schauen. »Ich liebe sie sehr, Rod. Sie hat mir ein Kind geboren.«

Rod war weiß wie die Wand; Asa hatte nicht damit gerechnet, daß die Nachricht sich als so großer Schock für seinen Sohn erweisen würde. »Bishop«, murmelte Roderick, um dann leise hinzuzufügen: »Nein. Nein, das kann einfach nicht sein.«

Asa deutete auf die Stadt. »Sie kam hierher, meine Livie, nachdem deine Mutter und deine Schwester sie aus ihrem Haus geworfen hatten. Hier in diese Stadt.«

»Ihr Kind«, sagte Rod gepreßt. »Dein Kind ...«

Asa lächelte unwillkürlich beim Gedanken an seine Tochter, es tat gut, mit jemandem über sie sprechen zu können. »Tess«, begann er. »Du wirst sie mögen, Rod. Sie ist ...«

Rod umklammerte die Reling und sah aus, als habe er zuviel Opium genossen. »Mein Gott!« flüsterte er entsetzt.

Asa fand nun doch, daß sein Sohn ein bißchen übertrieb; immerhin war Rod inzwischen ein erwachsener Mann. Er mußte doch wissen, daß Männer sich Geliebte hielten und dabei oft illegitime Kinder zeugten ... »Rod?« fragte er besorgt.

»Ich kenne Tess«, sagte Roderick, nun schon etwas ruhiger. »Sie ist wunderschön und wild und bezaubernd, und ich habe sie begehrt. Gott sei Dank, daß ich statt ihrer Emma bekommen habe.«

Jetzt war es Asa, der Erschütterung zeigte, blaß und unsicher wurde. »Gibt es hier auf dem Boot etwas zu trinken?« fragte er heiser.

Emma Hamilton wischte wütend ihre Tränen ab, während sie über die Straße auf Derora Beauchamps Haus zueilte. Tess würde wissen, was zu tun war. Tess wußte immer Rat.

Von plötzlicher Scham überwältigt, blieb Emma vor Missis Beauchamps Zaun stehen. Und wenn man ihr nun ansehen konnte, was sie mit Roderick gemacht hatte? Hinterließen diese Sünden, so angenehm sie auch sein mochten, sichtbare Spuren an einem Menschen?

Dann nahm sie sich zusammen. Es war lächerlich, wie sie sich benahm. Wenn die unglaublich schönen, verruchten Dinge, die Roderick mit ihr getan hatte, Spuren hinterlassen würden, wäre Derora Beauchamps Körper mit Narben übersät ...

Ihr Koffer mit dem Nachthemd, ihrer Zahnbürste und einem Kleid zum Wechseln lag noch unter dem Verandaboden, wo sie ihn am Abend zuvor zurückgelassen hatte. Klar, sie hatte ja vorgehabt, die Nacht bei Tess zu verbringen...

Emma klopfte leise an die Tür. Die schwarze Haushälterin, die Emma schon immer ein bißchen gefürchtet hatte, öffnete sofort.

»Sie ist nicht mehr hier«, erwiderte sie schroff auf Emmas Frage nach Tess.

Emma schwankte vor Entsetzen. »W-was... w-wo...« stammelte sie.

Juniper machte ein ungeduldiges Gesicht. »Miss Tess ist mit diesem Hausierer durchgebrannt«, sagte sie. »Gestern nacht.«

Emma wurde übel. Sie war allein, mutterseelenallein. Roderick war fort, und Tess ebenfalls. Wie konnten sie ihr so etwas antun?

»Alles in Ordnung, Missy?« erkundigte sich die schwarze Frau streng.

»Ich...« Wie eine Schlafwandlerin drehte Emma sich um.

»Ja, ich ...« Sie bückte sich beschämt und hob ihren Koffer auf. Es war zu erwarten gewesen, daß ein Mann sie, Emma, benutzte und dann im Stich ließ, aber Tess war ihre Freundin... Wie konnte sie fortgehen, ohne sich von Emma verabschiedet zu haben?

Der Koffer schlug gegen ihre Beine, als sie zum Tor ging, und die Tränen strömten ihr ungehindert übers Gesicht. Sie wußte nun, daß sie verloren war. Und Tess war nicht da, um ihr in dieser Lage beizustehen.

Tess hatte sie verraten.

Emma mahnte sich zur Vernunft. Wenn Roderick sie aufgefordert hätte, mit ihm durchzubrennen wie der Hausierer Tess, wäre Emma ohne Zögern mitgegangen.

Wie konnte sie es da ihrer Freundin übelnehmen, daß sie nicht anders reagiert hatte?

Mit ihrer freien Hand strich sie über ihren Bauch. Da war ein Baby, das unter ihrem Herzen wuchs, dessen war sie ganz sicher. Aber wie sollte sie es ihren Eltern erklären? Und wie lange würde es dauern, bis das Baby kam – eine Woche? Einen Monat?

Ach, Tess, dachte Emma verzweifelt. Warum hast du mich ausgerechnet jetzt im Stich gelassen?

Sie war in der Stadtmitte angelangt, vor dem Ladenlokal ihres Vaters, und ging am Eingang vorbei zu jener Hintertür, die in die Wohnung führte, in der sie ihr Leben lang das behütete Kind gewesen war.

Ihre Mutter, die einen Brotteig auf dem Küchentisch ausrollte, schaute lächelnd zu ihr auf. »Hallo, Emma. Hattest du einen schönen Abend mit Tess?«

Mit zitternden Lippen wandte Emma sich ab und stellte ihren kleinen Koffer auf das Sofa. Was Tess erlebt hat, weiß ich nicht, dachte sie mit bitterer Belustigung, aber *ich* habe in meinem ganzen Leben noch nie so viel Spaß gehabt. »Mama!« rief sie schluchzend.

Cornelia Hamilton ließ ihre Arbeit ruhen und wischte sich die Hände an ihrer Schürze ab. »Was hast du, Kind?« fragte sie besorgt.

Emma mußte es jemandem erzählen. Und Tess war fort. Verdammt, Tess, warum erlebst du immer nur die guten Seiten von allem? Warum hatte *ihr* Mann sie mitgenommen, während Emmas Verehrer auf seinem verdammten Schiff abgedampft war?

»Emma«, drängte ihre Mutter sanft.

Emma brachte es nicht über sich, Roderick die Schuld an den nächtlichen Ereignissen zuzuschieben; sie wußte, daß ein solcher Zwischenfall ihren Vater gefährlich zornig stimmen würde. Und sein Ärger durfte auf keinen Fall Rod treffen. »Mama«, sagte sie weinend, »o Mama, ich schäme mich so sehr! Ich war gar nicht bei Tess heute nacht... ich war mit einem Mann zusammen.«

Cornelia wurde leichenblaß. »Mit einem Mann?« wiederholte sie bestürzt. »Lieber Himmel, Emma... mit wem? Mit welchem Mann?«

Emma schluckte, bat den Himmel in einem stummen Gebet um Vergebung und sagte: »Mit Joel Shiloh, dem Hausierer, Mama. Ich dachte, er liebte mich... ich dachte, er würde mich heiraten.«

Cornelia sank auf das Sofa. Sie schien alle Kraft verloren zu haben, und Emma bekam auf einmal Angst. »Hat er dich gezwungen, Emma? Hat dieser unmögliche Mensch dich dazu gezwungen?«

Doch so weit wollte Emma ihre Lügerei nicht treiben. »Nein, Mama«, antwortete sie mit zitternder Stimme. »Er... er hat mich umworben. Ich dachte... ich glaubte...«

»Wo ist er jetzt, Emma? Dieser Mann, meine ich?«

Emma schluchzte herzzerreißend. »Das ist das Schlimmste, Mama – er hat mich verführt und ist dann... ist dann mit Tess durchgebrannt!«

Cornelia war eine gutherzige, vernünftige Frau, aber Emma wußte, daß sie Tess Bishop schon immer sehr gemischte Gefühle entgegengebracht hatte. Es gefiel ihr nicht, daß Tess ihr Haar offen trug, und sie fand es unpassend für ein junges Mädchen, allein mit dem Fahrrad durch die Gegend zu fahren und Fotos zu machen. Insgeheim – das ahnte Emma – schien sie Tess auch übelzunehmen, daß ihr alles soviel leichter fiel als ihrer Tochter.

All diese Gefühle zeichneten sich nun auf dem blassen Gesicht ihrer Mutter ab. Cornelia stand auf, ein bißchen unsicher noch, aber sie preßte die Lippen zusammen und wirkte sehr entschlossen, als sie ihre Schürze ablegte. »Wir werden sehen, Emma.«

Emma schaute mit großen Augen zu, wie Cornelia die kleine Wohnung verließ, und ihr wurde ganz übel, als ihr zu Bewußtsein kam, was sie angerichtet hatte. Angenommen, ihr Vater käme auf den Gedanken, Tess und Joel Shiloh zu verfolgen? Angenommen ...

Es war alles zuviel für sie. Emma stürzte in ihr Schlafzimmer, warf sich aufs Bett und überließ sich den schlimmsten Kopfschmerzen, die sie je in ihrem Leben erfahren hatte.

Tess machte das schmale Bett im Wagen so ordentlich wie möglich. Dann, während der Regen auf das Dach trommelte und sie Keith draußen vor dem Wagen hörte, zog sie sich rasch aus und begann zu baden – soweit man es ›baden‹ nennen konnte.

Keith hatte ihr ein kratziges Handtuch gegeben, ein Stück Buttermilchseife und einen Waschlappen. Natürlich war keine Badewanne vorhanden, aber das Wasser im Kessel war angenehm heiß, und damit gab sich Tess zufrieden.

Als sie sich gründlich gewaschen hatte – was eine beachtliche Zeit in Anspruch nahm – und ihr Nachthemd trug, ging sie zur Wagentür und öffnete sie zögernd. Wo sollte sie schlafen? Was würde geschehen, wenn Keith in den Wagen kam?

Sie warf einen Blick auf das Bett und errötete in Erinnerung dessen, was dort geschehen war. Ob es heute wieder dazu kommen würde?

Einerseits hoffte Tess es, denn eine solche Ekstase, wie sie sie in Keith' Armen erlebt hatte, war aufregend neu für sie. Andererseits jedoch wußte sie, daß es nicht recht war, was sie machten, und dieses Bewußtsein veranlaßte sie, die Tür wieder zuzuschlagen.

Sie ging zum Bett und setzte sich auf die Kante. Aber

sie war so müde, daß sie schließlich zwischen die Laken kroch, sich dicht an die Wand drängte und mit halbgeschlossenen Augen das unruhige Flackern der Petroleumlampe beobachtete.

Irgendwann ging die Tür auf. Ein kalter Luftzug drang herein.

»Tess.«

Sie versteifte sich unwillkürlich. »Geh«, sagte sie.

»Es ist mein Wagen«, erinnerte Keith sie, nicht unfreundlich. »Und mein Bett. Deshalb werde ich bleiben, kleine Tess.«

Sie hörte das leise Rascheln von Kleidungsstücken und drängte sich noch dichter an die Wand.

»Du könntest unter dem Wagen schlafen«, schlug sie schüchtern vor.

»Wenn du das für eine gute Idee hältst«, entgegnete er seufzend, während er sich auf der Bettkante niederließ, »kannst du es gern tun. Aber ich habe vor, in meinem Bett zu schlafen.«

Wie zur Bestätigung seiner Worte trommelte der Regen noch heftiger auf das Dach. Tess hörte Keith' Stiefel auf den Boden fallen, und dann spürte sie seinen warmen Körper neben sich im Bett. Ein angenehmes Kribbeln lief über ihren Rücken, und sie versuchte, noch ein wenig näher an die Wand zu rutschen. »Wenn du ein Gentleman wärst...« versuchte sie es noch einmal.

Glas klickte, dann herrschte völlige Dunkelheit, und Keith lachte. »Ein Gentleman? Ich? Wer hat so etwas behauptet?«

»Ich natürlich nicht«, murmelte Tess und rückte noch näher an die Wand.

Wieder lachte er und streckte genüßlich seine langen Beine aus. Er war nackt und jeder Muskel an ihm hart und warm. Tess spürte, wie bei der Berührung mit ihm ihre Sinne erwachten. Ein verzehrendes Feuer breitete sich in ihrem ganzen Körper aus, und sie hatte das Gefühl, vor Verlangen nach ihm zu vergehen.

»Laß uns reden«, sagte Keith jedoch nach einer Weile, und an seiner Bewegung merkte Tess, daß er auf dem Rücken lag und die Hände hinter dem Kopf verschränkt hatte.

»Worüber?« fragte sie gereizt, wütend auf sich, auf ihn und die ganze Welt.

»Über freie Liebe«, antwortete er amüsiert.

Tess war seiner ständigen Scherze über dieses Thema allmählich überdrüssig. Sie richtete sich wütend auf und schaute auf ihn herab. Aber es war so dunkel, daß sie sein Gesicht nicht erkennen konnte. »Na schön!« platzte sie heraus. »Dann habe ich eben nicht den Mut gehabt, es zu versuchen!«

Keith lachte schallend und zog sie in seine Arme, bis sie flach auf seiner Brust lag, den Kopf an seiner Schulter. Der Ring, den er am Hals trug, preßte sich schmerzhaft in ihre Wange, und sie rückte ein wenig von Keith ab.

»Du hast sie geliebt«, sagte sie und starrte in die Dunkelheit.

Es langes, bedrohliches Schweigen entstand; sie spürte, wie Keith' Arm sich versteifte. »Ja. Ich habe Amelie geliebt«, gab er schließlich mit rauher Stimme zu, die bewies, daß seine Gefühle unverändert waren.

Tränen sammelten sich in Tess' Augen. Sie war froh darüber, daß es dunkel war und Keith sie nicht sehen konnte. Bald – vielleicht schon morgen – würden sie Portland erreichen. Dann war er für sie verloren. Aber Amelie würde bei ihm sein, selbst über den Tod hinaus, und ihr Ring, der an seinem Hals hing, würde sein Herz auch weiterhin zum Schlagen bringen.

Ich hasse sie, dachte Tess.

»Hast du je mit Amelie geschlafen?« fragte sie hart, weil es so dunkel war und sie sich so verletzt fühlte.

Wieder Schweigen. Sie hatte einen weiteren Fehler gemacht; nun war er wütend. Aber dann antwortete er ganz ruhig: »Nein. Gott weiß, daß ich es wollte. Das Warten war sehr hart. Aber sie war so rein und süß . . .«

Rein und süß. Tess war bis ins Innerste verwundet. Amelie war rein und süß gewesen, zu tugendhaft, um vor der Hochzeitsnacht berührt zu werden, ein Engel, der es verdiente, verehrt und auf ein Podest gestellt zu werden. Während sie, Tess . . .

Keith schien ihre Gefühle zu ahnen. »So habe ich es nicht gemeint«, sagte er sanft.

»Wie dann?« entgegnete sie zaghaft. Seine rechte Hand lag auf ihrem Po, und sie konnte nichts dagegen tun: Sie begehrte Keith trotz ihres Ärgers. Und obwohl sie sich für ihre Gefühle haßte.

»Amelie war eine ganz andere Frau als du«, erklärte er lahm.

»Ja, tugendhaft, nicht wahr?« erwiderte Tess giftig. »Keine Anhängerin freier Liebe.«

Keith lachte und strich zärtlich über ihren festen kleinen Po.

»Freie Liebe. Die bloße Erwähnung davon hätte Amelie in einen hysterischen Zustand versetzt.«

Tess' Kehle war wie zugeschnürt vor Qual.

»Tess.«

Nein, sie würde nicht mehr mit ihm sprechen. Vorbei. Aus.

»Faß mich an, Tess.« Seine Stimme klang eher bittend als gebieterisch – wäre es nicht so gewesen, hätte sie ihn ins Gesicht geschlagen. »Bitte, faß mich an. Hilf mir, zu vergessen.«

Das war nicht fair. Er forderte eine Frau auf, ihn zu trösten, während er eine andere liebte und von dieser anderen träumte. Und doch war Tess nicht fähig, ihm diesen Trost zu verwehren. Sie richtete sich auf, bis sie auf dem schmalen Lager neben ihm kniete, zog die Laken zurück und begann seinen glatten Körper zu streicheln.

Seine Muskeln zogen sich zusammen, als sie ihre Fingerspitzen über seine Brust gleiten ließ, seine schmale Taille und seine muskulösen Schenkel.

»Ach, Tess«, sagte er aufstöhnend, »warum brauche ich dich nur so sehr? Warum?«

Ihre Hände glitten tiefer und – ehe sie wußte, wie es geschah – schlossen sie sich um sein Glied.

Sie spürte, wie sehr Keith ihre Liebkosung genoß, aber auch, daß er überrascht war.

»Was soll ich tun?« flüsterte sie ihm zu. »Sag mir, was dir gefällt.«

Er gab einen Laut von sich, der wie ein Schluchzen klang. »Was ich bei dir getan habe, Tess . . . o bitte.«

Was er bei ihr getan hatte. Natürlich. Sie senkte den Kopf, und ihr Haar bedeckte wie ein seidener Fächer seinen Bauch. Doch bei der ersten Berührung mit ihren warmen Lippen krümmte er den Rücken und stieß einen heiseren Schrei aus.

»Habe ich dir weh getan?« fragte Tess erschrocken.

Er lachte, ein heiseres, gequältes Lachen, das seine Antwort Lügen zu strafen schien. »Nein. Gott, nein!«

Erleichtert senkte sie erneut den Kopf. Sein Stöhnen und die unruhigen Bewegungen seiner Hände in ihrem Haar vermittelten ihr ein Gefühl von Triumph und wilder Freude. Während sie Keith erfreute, wie er es von ihr erbeten hatte, entdeckte sie die Macht, die sie über ihn besaß, und das erfüllte sie mit einem Gefühl, das nicht mit Worten zu beschreiben war.

Irgendwann bäumte er sich auf und stieß ein paar Worte aus, die Tess nicht verstehen konnte. Dann ließ er sich auf die Matratze zurücksinken, und es klang fast so, als schluchzte er. Tess folgte ihm, gab ihn auch jetzt nicht frei, nicht einmal nach seiner Niederlage.

»Nein«, bettelte er schließlich, »bitte . . .«

In jenem Augenblick wurde Tess das ganze Ausmaß ihrer Macht bewußt. Nun begriff sie endlich, warum die Menschen sie suchten, um sie kämpften und dafür starben. Und auch sie würde sie so leicht nicht aufgeben.

»Tess!« stöhnte Keith.

Sie war begierig nach dieser Macht, hungerte nach dem Vergnügen, das es ihr bereitete, ihm Vergnügen zu schenken. »Ich will mehr von dir«, hörte sie sich sagen. »Viel mehr.«

Wieder stöhnte er, diesmal resigniert, erwartungsvoll und in hoffnungsloser Hingabe. Sie küßte und reizte ihn, bis seine Erregung von neuem wuchs, dann rollte sie sich auf die Seite und zog ihn über sich, ohne auch nur einen Augenblick in ihren Liebkosungen innezuhalten.

Als er schließlich keuchend um Erlösung von der süßen Qual bat, trieb sie ihn in eine wilde, alles verschlingende Ekstase, die ihn vor Lust ihren Namen schreien ließ. *Ihren* Namen, nicht Amelies.

Sehr viel später, als Keith wieder einigermaßen ruhig auf dem Rücken lag, berührte Tess zaghaft sein Gesicht. Es war naß vor Tränen.

»Warum?« fragte sie entsetzt. »Warum, Keith? Warum weinst du?«

Keith packte ihre Handgelenke, stieß sie von sich und wandte ihr den Rücken zu.

Doch diesmal war Tess nicht verletzt, denn sie spürte, daß es weder Zorn noch Haß war, was ihn zum Weinen veranlaßte. »Keith?«

»Was?« krächzte er.

»Gehörst du zu jenen Menschen, die nicht vor anderen weinen?«

Er lachte rauh. »Nein. In meiner Familie ist es üblich, zu weinen.«

»Warum bist du dann . . .«

»Warum mußtest du mir bloß begegnen, Tess?« unterbrach er sie und drehte sich auf den Rücken. »Warum?«

Tess zuckte die Schultern. »Was für eine alberne Frage!«

»Verdammt!« rief er. »Ich war so glücklich! Ich brauchte niemanden!«

»Das ist keine Art, glücklich zu sein«, widersprach Tess. »Im übrigen warst du nicht glücklich. Überhaupt nicht. Du hattest dich vor der Welt versteckt. Du warst auf der Flucht, und soweit ich sehen kann, bist du es noch immer.«

»So? Was weißt du denn schon?«

Wenn er vorher nicht zornig war, dann war er es jetzt. Und das war Tess ganz recht, denn auch sie war jetzt sehr aufgebracht. »Ich weiß, wie ich dich verrückt machen kann!« sagte sie böse. »Ich weiß, wie ich dich zum Betteln und Flehen bringen kann!«

Darauf folgte ein schrecklich langes Schweigen, das Tess Zeit gab, ihre Worte zu bereuen. Sie wollte sich gerade entschuldigen, als er ganz unvermutet sagte: »Das ist beiderseitig, meine Liebe.«

Tess preßte sich automatisch an die Wand, aber wie schon zuvor ohne Erfolg. »Gute Nacht«, wagte sie noch zu sagen.

»Gute Nacht? Ha!« meinte Keith und zog sie in seine Arme zurück. »Ich habe noch einiges mit dir vor, meine Liebe, und dann werden wir sehen, wer wen verrückt macht und wer hier wen zum Schreien und Betteln bringt!«

Tess zog die Decke bis ans Kinn hinauf. »Laß mich in Ruhe.«

Er lachte nur und stand auf, um die Lampe anzuzünden. Der Anblick seines nackten Körpers überwältigte Tess so sehr, daß sie sich die Decke über den Kopf zog.

Doch Keith riß sie herunter und zog Tess aus dem Bett, bis sie auf zitternden Beinen vor ihm stand, ihr Haar eine wilde, aufgelöste Mähne. Keith betrachtete sie verwundert und keineswegs verärgert. »Komm her, Tess«, forderte er sie leise auf. »Komm her zu mir.«

Sie tat es, weil ihr gar nichts anderes übrigblieb, und er küßte sie leidenschaftlich. Wieder war es um ihre Vernunft geschehen. Als er ihr das Nachthemd über den Kopf zog und beiseite warf – selbst als er vor ihr niederkniete und das Gesicht in ihrem weichen Haar vergrub –, protestierte sie nicht.

Er liebkoste sie, reizte sie und spielte mit ihren Sinnen, bis sie am ganzen Körper bebte, ihre Hände in seinem Haar vergrub und laut seinen Namen in die stille Nacht hinausschrie. Als sie es nicht mehr aushielt, hob er sie auf und legte sie aufs Bett, um seine erregenden Liebkosungen fortzusetzen, bis sie bettelte und schrie und ihn um Gnade bat ...

8

Harbor Haven war nicht die strenge, nüchterne Einrichtung, die Asa Thatcher befürchtet hatte. Nein, es war ein recht hübsches Backsteingebäude, flankiert von hohen Tannen und mit einem herrlichen Ausblick auf Portlands geschäftigen Hafen.

Sein Herz klopfte wie wild, als er über die breite Einfahrt auf die Tür zuging. *Lieber-Gott-laß-sie-mich-erkennen,* flehte Asa bei jedem Schritt. *Lieber-Gott-laß-sie-mich-noch-lieben . . .*

Eine rundliche Frau saß am Empfang und schaute

lächelnd auf, als Asa die Eingangshalle betrat. Gut. Es schien ein freundlicher Ort zu sein, mit freundlichen Menschen.

Asa fragte nach Miss Olivia Bishop und wurde in einen sonnendurchfluteten Raum geführt, mit großen Fenstern, die auf den Hafen hinausgingen. Vor einem dieser Fenster saß Olivia, ganz zart und verbraucht, ihr einst mahagonifarbenes Haar von grauen Strähnen durchzogen und die schmalen Hände im Schoß gefaltet.

»Erwarten Sie nicht zuviel«, warnte die freundliche Krankenschwester, die Asa begleitete. »Sie spricht mit niemandem – nicht einmal mit ihrer Tochter.«

Asa spürte, wie sich eine eiserne Faust um sein Herz schloß. Dennoch ging er langsam auf Olivias Sessel zu und hockte sich vor ihr auf den Boden. »Livie«, sagte er leise.

Ihre haselnußbraunen Augen waren von dunklen Schatten umgeben, aber erstaunlicherweise flackerte so etwas wie Erkennen in ihnen auf.

Asa nahm Olivias Hände unendlich zärtlich in die seinen. »Livie, ich bin gekommen, um dich mit nach Hause zu nehmen.«

Olivias einst so schöner Mund, nun schmal und farblos, zuckte, dann hob sie ganz langsam beide Hände und legte sie um Asas Gesicht. »Asa«, sagte sie mit verträumter Stimme. »O, Asa ...«

Asa Thatcher schämte sich seiner Tränen nicht, als er niederkniete und den Kopf auf Olivias Schoß legte. »Livie«, schluchzte er. »Meine Livie ...«

»Pst«, sagte sie und strich ihm beruhigend über das dichte dunkle Haar. »Weine nicht, mein Liebling, du bist bei mir. O Asa ... wenn das nur ein Traum ist, überlebe ich es nicht ...«

Asa hob den Kopf und legte schüchtern seine Hände um ihr geliebtes Gesicht. Für einen Augenblick schien auch er die Gewißheit zu suchen, daß es kein Traum war. »Ich hätte dich vor langer Zeit schon heiraten sollen«, sagte er heiser. »Vor langer, langer Zeit. Kannst du mir verzeihen, Livie? Willst du mich heiraten – heute noch?«

»Ja, Asa. O ja!«

Asas Freude und Erleichterung waren so groß, daß er wieder zu weinen begann, und es störte ihn nicht im geringsten, daß Livies Krankenschwester gerührt zusah. Sollte die ganze Welt ihn sehen – einen gebrochenen Mann, den nur eine einzige Frau heilen konnte.

Tess war müde, und ihre Knie zitterten noch von der schamlosen, verzehrenden Leidenschaft der Nacht. Die Sonne war schon golden am Horizont aufgegangen, als Keith sie endlich schlafen ließ. Oh, sie haßte ihn dafür, daß er sie immer wieder rücksichtslos auf den Gipfel der Ekstase getrieben hatte, ohne sie auch nur ein einziges Mal wirklich zu nehmen – aber sie liebte ihn auch.

Sein lächerlicher Hausiererwagen hielt vor Harbor Haven. Keith zog die Bremse und lächelte auf seine immer noch empörte Begleiterin herab.

»Ich hasse dich«, sagte sie.

»Ich hasse dich auch, Liebes«, erwiderte er freundlich. »Außer wenn du deine Beine um meinen Nacken schlingst.«

Tess sprang vom Kutschbock und maß Keith mit einem zornigen Blick. »Du könntest mir etwas mehr Respekt erweisen«, versetzte sie. »Ein bißchen Anstand . . .«

Keith tippte sich an den Hut und lächelte vielsagend, aber der Blick in seinen blauen Augen verriet unendliche Zärtlichkeit. »Ich habe einiges zu erledigen«, sagte er, als habe er kein Wort gehört. »In einer Stunde hole ich dich wieder ab.«

»Du brauchst nicht zurückzukommen, Keith Corbin! Wenn ich dich nie wiedersehe, wird es immer noch ...«

Keith seufzte. »Ich weiß. Wenn du mich ›nie‹ wiedersiehst, wird es immer noch viel zu früh sein!«

»Würdest du mir jetzt bitte mein Fahrrad und meine Kamera geben? Und meinen Koffer.«

Keith zog spöttisch eine Augenbraue hoch. »Willst du deine Kamera und den Koffer in den Fahrradkorb packen und damit durch Harbor Haven brausen? Falls es so ist, kann ich dir garantieren, daß sie dich gleich dabehalten.«

Tess zögerte. »Nun ja, dann ...«

»Ich bin in einer Stunde wieder da«, wiederholte er mit der Geduld eines Schulmeisters. Und dann fuhr er ab, mit allem, was Tess auf dieser Welt besaß.

Während sie den vertrauten Weg zum Sanatorium hinaufeilte, überlegte sie fieberhaft, wie sie genug Geld verdienen konnte, um den Aufenthalt ihrer Mutter in dieser Klinik zu bezahlen. Plus ihren eigenen Unterhalt. Ja, wie nur?

Tränen stiegen ihr in die Augen, und sie bereute nun, Deroras Rat nicht befolgt zu haben. Sie hätte das Telegramm abschicken und ihren Anteil an der Belohnung kassieren sollen. Denn dann wäre sie jetzt noch unberührt und bräuchte sich keine Sorgen um die Unterhaltskosten für ihre Mutter zu machen.

Miss Elsmore, die Stationsschwester, lächelte, als Tess die Halle betrat. Sie strahlte sie geradezu an.

»Ihre Mutter ist nicht hier«, sagte sie.

Keith' erster Besuch galt dem Telegraphenamt, und die Botschaft, die er diktierte, war kurz und bündig und so eindeutig, daß sie sogar von seinen dickköpfigen Brüdern verstanden werden mußte.

Danach schickte er an seine Bank in Port Hastings ein

etwas höflicheres Telegramm mit der Bitte, ihm Geld zu überweisen. Die Antwort ließ nicht lange auf sich warten.

›*Sämtliche Auszahlungen für dieses Konto gesperrt.*‹

Wütend zerknüllte Keith die handgeschriebene Botschaft in der Hand und ratterte ein Antwortschreiben herunter, das den Angestellten des Telegraphenamts in seinem Drehsessel herumfahren ließ.

»Das können wir nicht schreiben!«

Keith marschierte wie ein eingesperrter Löwe durch das Büro. Während er noch überlegte, was er tun sollte, klickte das Telexgerät erneut, und der Postbeamte kritzelte hastig die Nachricht ab.

Dann starrte er das Blatt in seiner Hand an, als traute er seinen Augen nicht. »Nicht zu fassen«, murmelte er.

Keith wußte, daß die Nachricht für ihn bestimmt war und riß sie dem schmächtigen Beamten ungeduldig aus der Hand.

»Bleib, wo Du bist, Du kleiner Hurensohn. Ich bin auf dem Weg nach Portland, um Dir in den Hintern zu treten. Gruß, Jeff.«

Keith zerknüllte das Papier und warf es an die Wand. »Warum kann er so was schreiben, wenn ich es nicht kann?« herrschte er den armen Angestellten an.

Der kleine Mann bebte vor Angst. »Nun ja, anscheinend können Sie es doch, wenn Sie wollen«, gab er nach.

»Gut.« Die Antwort beruhigte Keith ein bißchen, veranlaßte ihn sogar zu einem Lächeln. Seine Rückantwort bestand aus zwei Worten, nicht mehr, und veranlaßte den Postbeamten, laut aufzustöhnen. Aber er schickte sie widerspruchslos ab.

»Ich werde meinen Job verlieren!« prophezeite er düster.

Kurz darauf kam die Antwort herein.

»Danke, aber ich liebe meine Frau. Adam und ich sehen

Dich morgen im Grand Hotel. Die Nummer des Zimmers kennst Du. Jeff.«

Es war zu einem Spiel geworden. Keith lächelte böse, lehnte sich an den Schreibtisch und diktierte seine Antwort.

»Ich will mein Geld, ihr Bastarde. Habt ihr nichts Besseres zu tun, als in der Bank herumzuhängen?«

Die nächste Botschaft war wie folgt: *»Ihr seid beide Idioten. Wißt ihr nicht, daß das Geld kostet? Ich werde veranlassen, daß Du Deine Zahlungen bekommst, und ich freue mich schon darauf, Dir den Hals zu brechen. Adam.«*

»Dann tu es, großer Bruder. Keith.«

»Das werde ich, kleiner Bruder. Adam.«

Der Postbeamte war inzwischen einem hysterischen Anfall nahe. »Mr. Corbin, ich muß Sie bitten . . .«

Er tat Keith leid, und so bezahlte er seinen Anteil an dem telegraphischen Streitgespräch und sagte beim Abschied: »Ich werde in der Corbin-Suite im Grand Hotel sein. Wenn Sie von neuem Nachricht von meiner Bank erhalten, schicken Sie mir sofort einen Botenjungen vorbei.«

Dann fuhr Keith zähneknirschend zum elegantesten Hotel in ganz Portland. Er nahm die Suite seiner Mutter nicht gern in Anspruch, aber was blieb ihm anderes übrig, ohne einen Pfennig Geld? Auf diese Weise hatten er und Tess wenigstens ein Dach über dem Kopf und konnten ihre Mahlzeiten auf die Rechnung setzen lassen.

Er fuhr also zum Grand Hotel und belegte die Suite. Nur für Tess. Ausschließlich für Tess.

Tess saß auf den Eingangsstufen und sah schrecklich einsam und verlassen aus. Bei ihrem Anblick vergaß Keith den Streit mit seinen Brüdern, stieg rasch vom Bock und rannte auf Tess zu.

»Was ist passiert?« fragte er, während er vor ihr niederkniete und schon das Schlimmste befürchtete.

Tess' schönes, elfenhaft zartes Gesicht war tränenüberströmt.

»Er ist gekommen und hat sie abgeholt. Er ist hier, Keith. Er ist hier!«

Keith nahm kopfschüttelnd ihre Hände. »Wer ist hier, Kleines? Sag es mir!«

»Asa ... Asa Thatcher ... Er hat meine Mutter ...«

Keith zog sie auf die Beine und sah, daß sie schwankte und ihr Gesicht völlig blutleer war. »Er ist dein Vater, nicht?«

Tess nickte abwesend. »Keith, sie war nicht kräftig genug, um fortzugehen ... Vielleicht hat er sie in irgendeine schreckliche Anstalt gesteckt ...«

Keith dachte rasch nach. »Haben sie keine Nachricht für dich hinterlassen?« fragte er, während er Tess auf den Kutschbock hob.

»Ich soll sie im Grand Hotel treffen. Suite Siebzehn.«

Das erinnerte Keith wieder an das bevorstehende Rendezvous mit seinen Brüdern, ebenfalls im Grand Hotel, und er runzelte die Stirn. Verdammt, wie er es haßte, nachgeben zu müssen und auf Adam und Jeff zu warten wie ein gescholtenes Kind! »Dann ist es doch ganz einfach, Tess«, sagte er brüsk. »Wir fahren ins Grand Hotel und reden mit Thatcher.«

Tess starrte nur stumm vor sich hin und preßte die Lippen zusammen.

Sie war so zart und zerbrechlich, seine Olivia. Was natürlich nicht anders zu erwarten ist, nach allem, was sie durchgemacht hat, dachte Asa mitleidig.

Sie saß ihm in einem samtgepolsterten Sessel gegenüber und schaute sich so scheu in der eleganten Suite um, als erwartete sie, daß sie sich jeden Augenblick in Luft auflösen müßte.

»Träume ich wirklich nicht?« fragte sie schüchtern.

Asa hätte am liebsten geweint. Oder laut geschrien vor Freude. Aber vor allem wollte er diese Frau heiraten, bevor die Umstände sie von neuem trennen konnten. »Nein, mein Liebling. Du träumst nicht.«

Er hatte ihr längst erklärt, wie es zu ihrer Trennung gekommen war, aber nun wiederholte er alles geduldig noch einmal.

»Wir können heiraten?« fragte Olivia verwundert. Und wieder fragte Asa sich, wie ein solch bezauberndes Wesen, eine so vielbegehrte Frau wie Olivia einen Mann wie ihn lieben konnte.

»Heute noch, mein Liebling«, sagte er rauh vor Gefühl.

»Heute noch«, stimmte sie zu. »Aber Tess? Was ist mit Tess?«

Asa seufzte. Er hatte sich schon einige Gedanken über Tess' beschämende Lage gemacht. »Sie müßte jeden Augenblick hier eintreffen«, sagte er beruhigend, ohne ihren Begleiter, den Hausierer, zu erwähnen. In ihrem gegenwärtigen, sehr schwachen Zustand waren Livie keine weiteren Belastungen zuzumuten.

Keith, der neben ihr stand, warf ihr einen ungeduldigen Blick zu und klopfte selbst. »Kopf hoch, Tess«, flüsterte er ihr zu. »Es ist dein Vater, den du sehen wirst, nicht Dschinghis Khan.«

Die Tür von Suite Siebzehn ging auf, und Tess stockte der Atem. Asa Thatcher war noch dünner, als sie ihn in Erinnerung hatte, und bei weitem nicht attraktiver, aber er strahlte eine ganz neue, für sie ungewohnte Kraft und Entschlossenheit aus.

Seine dunklen, eingefallenen Augen betrachteten seine

Tochter prüfend, dann glitt sein Blick zu Keith – über dessen abgenutzte Kleider und den verstaubten Hut.

»Kommt herein«, sagte er schroff und trat zurück.

Olivia saß auf einem Sessel, schaute Tess strahlend an und streckte einladend die Arme nach ihr aus. »Tess«, sagte sie mit erstickter Stimme.

Tess warf sich ihrer Mutter in die Arme und fiel vor ihrem Sessel auf die Knie. »Mama ... es geht dir gut? Du bist wieder gesund?«

Olivia zog Tess an sich heran und strich zärtlich über ihr aufgelöstes Haar. »Es geht mir schon viel besser«, versicherte sie leise. »Ach, Tess, mein kleiner Wildfang! Hast du keine Haarnadeln?«

Es war ein glückliches, wenn auch tränenreiches Wiedersehen. Und als Tess erfuhr, daß Asa Thatcher beabsichtigte, die Frau zu heiraten, die so viele Jahre seine Geliebte gewesen war, und für sie sorgen wollte, wie sie es verdiente, schaute Tess sich im Zimmer um und merkte zum ersten Mal, daß Keith verschwunden war.

Leise Verzweiflung beschlich sie. War er für immer fortgegangen, ohne sich von ihr zu verabschieden?

Asa, der während des Gesprächs zwischen Mutter und Tochter diskret am Kamin gestanden hatte, las die Frage in Tess' Augen, aber sie erkannte keine Antwort in seinen.

Minuten später, als eine sehr erschöpfte, aber glückliche Olivia in einem angrenzenden Raum zu Bett gebracht worden war, zündete Asa eine Pfeife an und betrachtete Tess mit derart nachsichtiger Zuneigung, wie Tess sie noch nie an ihm gespürt hatte.

»Dieser Hausierer, Tess ... Liebst du ihn?«

Tess setzte sich auf den Sessel, den ihre Mutter gerade verlassen hatte. Sie hatte Asa Thatcher viel zu sagen, das meiste davon war nicht angenehm für ihn, aber jetzt war nicht der richtige Moment für eine Auseinandersetzung. Nicht, wenn Olivia ihn so sehr liebte, daß er sie in den

Wahnsinn treiben und sie wieder zur Vernunft bringen konnte, wie es ihm gefiel. »Ja«, sagte sie daher, denn es bestand kein Grund zu lügen.

»Hat er dich gebeten, ihn zu heiraten?«

Tess verlor allmählich die Geduld. Wie kam Asa Thatcher dazu, auf einmal die Vaterrolle zu übernehmen, nachdem er fünf Jahre lang nicht einmal ihre Briefe beantwortet hatte? Glaubte er etwa, sie habe den brutalen Hinauswurf aus seinem Haus in St. Louis vergessen? Ihre Mutter mochte in seine Arme zurücksinken wie die Heldin in einem schlechten Melodram, aber Tess hatte nichts dergleichen vor. »Nein, Mister Thatcher. Das allerletzte, was Keith will, ist, mich zu heiraten.«

Asa zog nachdenklich an seiner Pfeife. Es war ihm anzumerken, daß er Tess' Feindseligkeit spürte. »›Mister Thatcher‹, hm? Ich erinnere mich, daß du mich früher ›Papa‹ genannt hast. Erinnerst du dich nicht mehr, wie wir in der Kutsche ausgefahren . . .«

»Diese Zeiten sind vorbei«, fiel Tess ihm kühl ins Wort und straffte abweisend die Schultern.

»Nun ja, ich gebe zu, daß du heute zu alt bist, um noch auf meinen Schultern zu sitzen«, sagte Asa mit unbeirrtem Lächeln. »Und ich kann dir auch nicht übelnehmen, daß du böse auf mich bist, Tess. Aber wenn du mir die Chance gibst, erkläre ich dir alles – was in St. Louis geschah und dann in all jenen Jahren, in denen es so aussehen mußte, als liebte ich dich und deine Mutter nicht mehr.«

Tess wollte nicht an die glücklichen Tage vor seinem Verrat erinnert werden, als es noch Weihnachtsgeschenke gegeben hatte, schöne Kleider und endlose Ausfahrten in Asas Kutsche. Nein, daran wollte sie nie wieder denken. »Wir sind vertrieben worden«, sagte sie, ohne Asa anzusehen. »Wenn Tante Derora nicht gewesen wäre . . .«

»Ich habe deine Tante entschädigt«, warf Asa ein.

»Obwohl eine solche Schuld natürlich nie getilgt werden kann. Ich werde dieser Frau ewig dankbar sein.«

Tess hob erstaunt den Kopf und schaute ihren Vater an. Er hatte Derora gesehen – und bestimmt auch ihre sehr *einseitige* Version der Geschichte gehört. Tess war versucht, Asa von den Fußböden zu erzählen, die sie geschrubbt hatte, von den Mahlzeiten, die sie zubereitet und der Wäsche, die sie gewaschen hatte, um für ihren und ihrer Mutter Unterhalt zu zahlen. Aber dann verzichtete sie darauf. Was machte das jetzt noch?

»Derora war auf ihre Art sehr nett«, meinte sie daher nur, worauf ein unbehagliches, gespanntes Schweigen entstand. Keiner wußte so recht, was er sagen sollte.

Dann begann Asa zu erzählen – von den Machenschaften seiner inzwischen verstorbenen Frau und seiner Tochter Millicent; von seinen eigenen Bemühungen, Olivias und Tess' Aufenthaltsort zu erfahren; von den Detektiven, die er beauftragt hatte, nach ihnen zu suchen, und von den Briefen, die ihn nie erreicht hatten. Ganz zum Schluß erwähnte er das Geständnis seiner Tochter Millicent, das ihm nach so vielen Jahren ermöglicht hatte, Olivia und Tess zu finden.

Tess wehrte sich innerlich dagegen, aber sie glaubte ihm, denn die Wahrheit stand ganz klar in seinem Blick geschrieben.

»Du bist jetzt eine erwachsene Frau«, sagte er ruhig, als er seine unglaubliche Erzählung beendet hatte, »und die Zeit, in der ich dich noch beeinflussen konnte, ist vorbei. Aber was deine Mutter betrifft, so werde ich sie noch heute heiraten und sie – sobald sie etwas kräftiger geworden ist – nach St. Louis zurückbringen. Dort werde ich sie stolz als meine Frau vorstellen, und keiner wird mir je nachsagen können, daß wir eine beschämende Beziehung unterhalten haben.«

Tess betrachtete Asa verwundert. Es war ganz offensichtlich, daß dieser Mann ihre Mutter aufrichtig liebte. Und nun würde sie endlich – nach so vielen Jahren des Skandals und der Geheimnistuerei – die Herrin seines Hauses und seines Herzens sein.

Asa nahm das Gespräch wieder auf, weil Tess zu ergriffen schien, um etwas sagen zu können. »In gewisser Weise hast du unter meinem Verhalten ebenso zu leiden gehabt wie Livie, aber das ist jetzt vorbei. Ich werde dich vor dem Gesetz als meine Tochter anerkennen, und wenn Millicent und Rod einmal erben, steht dir der gleiche Anteil zu wie ihnen. Falls es dein Wunsch sein sollte, kannst du mit uns nach St. Louis gehen und den Platz in der Familie einnehmen, der dir von Rechts wegen zusteht.«

Ihren Platz in der Familie... in diesem stattlichen Haus mit seinem gepflegten Park, umgeben von livrierten Dienern und aufmerksamen Kammerzofen! Wie oft hatte sie auf der Straße vor dem Thatcher House gestanden und gewünscht, es einmal betreten zu dürfen! Oder dort willkommen zu sein...

»Nein, das könnte ich nicht«, sagte sie.

Asa schien nicht überrascht. »Wie du willst. Du wirst also hier in Oregon bleiben?«

Darüber hatte Tess noch nicht nachgedacht. »Ich weiß es nicht. Eigentlich wollte ich mir hier eine Stellung suchen, damit Mama im Sanatorium bleiben konnte...«

»Was ist mit diesem jungen Mann – Keith Corbin? Wie paßt er in deine Pläne?«

Tess starrte ihren Vater überrascht an, dann wurde ihr bewußt, daß Asa mit Keith gesprochen haben mußte, während sie mit ihrer Mutter beschäftigt gewesen war.

»Ich sehe ihn vielleicht nie wieder«, sagte sie offen. »Er versprach nur, mich sicher nach Portland zu bringen. Das ist alles.«

»Ich verstehe. Würdest du ihn heiraten, wenn es möglich wäre?«

Tess' Gesicht hellte sich auf. »O ja!« antwortete sie impulsiv, aber dann fiel ihr der Ring ein, den Keith noch immer um den Hals trug. »Aber er liebt eine andere Frau.«

Asa zog eine buschige Braue hoch. »Verzeih mir meine Offenheit, Liebes – aber du und dieser junge Mann, ihr seid intim gewesen, nicht wahr?«

Tess verriet sich durch ihren bestürzten Blick. Als sie sich von ihrem Schreck erholt hatte, war es bereits zu spät.

»Mr. Corbin würde dich also als seine Mätresse haben wollen, nicht als seine Frau.«

Die Worte trafen Tess wie eine Lanze. Nie, niemals würde sie die Mätresse eines Mannes sein! »Wenn ich nicht seine Frau werden kann, will ich auch nicht seine Geliebte sein.«

»Für diese Entscheidung ist es ein bißchen zu spät, findest du nicht?« versetzte Asa trocken.

Tess holte tief Luft und straffte die Schultern. »Ich will nicht über Keith Corbin sprechen«, sagte sie flach. »Er ... wir ... es war ein Fehler.« Sie schaute ihrem Vater trotzig in die Augen. »Aber wenn Sie wirklich bereit sein sollten, mich als Tochter anzuerkennen, wäre ich zwar nicht an der Erbschaft interessiert, aber vielleicht würde ich Sie um ein Darlehen bitten, weil ich ein kleines Geschäft eröffnen möchte.«

Asa schien interessiert. »Was für eine Art Geschäft?« fragte er, während er seine Pfeife im Kamin ausklopfte.

»Ich würde Fotos machen und sie entwickeln.«

»Du bist Fotografin?« fragte er entzückt. »Wie ist es dir nur gelungen, an einem Ort wie Simpkinsville einen solchen Beruf zu erlernen?«

Ich mache sehr gute Fotos, Mister Thatcher. Ich habe

mir das Geld für die Kamera erspart, und ich weiß, daß ich auch Bilder entwickeln könnte – wenn ich das entsprechende Material und Lehrbücher besäße.«

Asa lächelte. »Meinst du nicht, eine andere Art von Geschäft würde besser deinen Bedürfnissen entsprechen – ein Modewarengeschäft zum Beispiel?«

Tess verneinte entschieden. »Ich möchte Fotos machen.«

Asa – dieser Vater, an dem sie fast verzweifelt war, den sie gehaßt und geliebt hatte – lachte einfach! »Ich werde dir kein Darlehen geben, sondern dir einen Laden kaufen, und wir werden ihn mit allem füllen, was du brauchst. Und da neue Geschäfte anfangs nur wenig Profit abwerfen, werde ich dir ein Konto einrichten, von dem du leben kannst.«

Wieder war Tess so überwältigt, daß sie kaum ein Wort hervorbrachte. »Ich wollte nicht ... ich hatte nicht ...«

»Warum nicht, Tess? Ich bin ein reicher Mann. Gib mir die Möglichkeit, mit diesem kleinen Geschenk etwas an dir wiedergutzumachen. Immerhin war dein Bruder in Princeton, und deine Schwester hat eine ausgedehnte Europareise bekommen – unter anderem.«

Tess konnte sich kaum vorstellen, Geschwister zu besitzen. Obwohl sie natürlich von ihrer Existenz gewußt hatte, waren sie immer so unwirklich für sie gewesen wie Prinzen und Prinzessinnen aus irgendwelchen Märchen. »Wenn ich das Geld nicht zurückzahlen darf, nehme ich es nicht an«, sagte sie.

Asa schüttelte verblüfft den Kopf. »Darüber sprechen wir später, Liebes. Aber ich warne dich – ich bin sehr starrsinnig und gewöhnt, meinen Willen durchzusetzen.«

»Ich auch«, entgegnete Tess aufrichtig.

»Vielleicht hast du das von mir.« Er machte eine Pause und betrachtete sie schmunzelnd. »Gott sei Dank, daß du das Aussehen von deiner schönen Mutter geerbt hast und nicht mir ähnelst, wie deine arme Schwester Millicent.«

Tess wurde plötzlich neugierig auf den Prinzen und die Prinzessin. »Und mein Bruder? Wie sieht er aus?«

Asa zog seine Brieftasche und holte zwei kleine Fotografien heraus, die er Tess wortlos reichte.

Das erste, was sie sah, war das Gesicht ihrer Schwester Millicent. Sie hatte tiefliegende, kummervolle Augen wie Asa, und der strenge Knoten, zu dem sie ihr mausbraunes Haar geschlungen hatte, ließ ihre Ohren unnatürlich groß wirken. Das Leben schien trotz aller Privilegien Millicents nicht sehr gnädig mit Tess' Halbschwester umgegangen zu sein – das war aus ihrer grimmigen Miene eindeutig zu schließen.

»Millicent hat vor kurzem einen sehr feinen Mann geheiratet«, erzählte Asa. »Er ist Arzt und hat vor, in die Mission nach Afrika zu gehen. Ich bin überzeugt, daß meine Tochter den Eingeborenen die Furcht vor dem Herrn beibringen wird, ob sie es nun wollen oder nicht.«

Tess lächelte und nahm das zweite Foto in die Hand, aber dann erstarrte sie. Ihre Augen wurden weit, und sie hielt unbewußt den Atem an. Er war sehr viel jünger auf dem Bild und sah längst nicht so verlebt aus wie heute, aber es war zweifellos Roderick Waltam, der sie von dem Foto anlächelte!

»Das kann nicht sein!«

Asa lachte. Rods Reaktion war ähnlich, als er erfuhr, daß die Tess Bishop, die er in Simpkinsville kennenlernte, seine eigene Schwester ist.

In diesem Augenblick, fast wie auf ein Stichwort hin, betrat Roderick Waltam die Suite, steckte den Schlüssel in seine Rocktasche und bedachte Tess mit einem boshaften Lächeln.

»So, so«, sagte er, »da ist sie also, meine kleine Schwester ... die Hausiererfrau. Du bist doch jetzt seine Frau, meine Süße? Ich hoffe es sehr, Kleines. Denn wir wollen doch keine unehelichen Bälger in der Familie haben, oder?«

9

»Was fällt dir ein, so mit deiner Schwester zu sprechen! Ich will dergleichen nie wieder hören!« fuhr Asa auf, bemüht, der schlafenden Olivia zuliebe nicht zu laut zu werden.

Roderick, der in Simpkinsville so freundlich zu Tess gewesen war und sogar ihr Fahrrad repariert hatte, schien außerordentlich verärgert über die Erkenntnis, eine zweite Schwester zu besitzen. Er ließ sich in den Sessel neben Tess fallen und bedachte sie von neuem mit diesem kalten, verächtlichen Lächeln. Doch seine Worte, als er sprach, waren an seinen Vater gerichtet. »Ich sage, was ich will. Ich brauche nichts von dir.«

»Nein?« erwiderte Asa gelassen. »Deinem Aussehen nach zu urteilen, scheinst du keinen Pfennig zu besitzen. Wie willst du deine Unterkunft und dein Essen bezahlen?«

Roderick schien unsicher zu werden. Bevor er jedoch etwas erwidern konnte, erklang ein gellender Schrei aus dem angrenzenden Schlafzimmer.

»Asa! Asa!«

Es verstimmte Tess ein wenig. Hätte ihre Mutter nicht sie rufen können statt Asa? War nicht sie diejenige gewesen, die all diese Jahre für ihre Mutter gesorgt hatte? Aber Asa hatte schon immer den wichtigsten Platz in Olivias Leben eingenommen, und so würde es auch weiterhin sein: Es war Asa, nach dem sie rief, und Asa, der aufsprang, um zu ihr zu eilen.

»Wir wußten von ihr«, bemerkte Roderick flach und ohne Tess dabei anzusehen.

»Ich weiß.«

Nun schaute er sie doch an, und sein Lächeln war ein bißchen traurig und nicht mehr so boshaft wie zuvor. »Du warst allerdings eine Überraschung für mich. Millicent muß von dir gewußt haben, aber ich ganz sicher nicht.«

»Das tut mir leid«, erwiderte Tess. »Roderick ...«

»Rod«, unterbrach er sie.

»Rod, ich weiß nicht, wie ich es sagen soll ... aber in Simpkinsville, in jener Nacht, als die Show stattfand ... Meine Freundin Emma ...«

Tess sah, wie ihm das Blut in die Wangen stieg. »Ja, Emma.« Er starrte jetzt in den Kamin, als wäre dort etwas überaus Interessantes zu sehen.

Tess sank mit einem Seufzer in ihren Sessel zurück. Also war es passiert – das Schlimmste. Hätte sie Emma doch nur gezwungen, sie zu begleiten, als sie zu Derora zurückging! »Sie ist noch so jung, Rod. Und so unschuldig.«

Rod stand auf, trat an den Kamin und drehte Tess' und ihrer anklagenden Miene den Rücken zu. »Ich habe noch nie jemanden erlebt, der seine Unschuld derart bereitwillig ablegte«, erwiderte er nach langem Schweigen.

»Ihr Vater ist ein hart arbeitender, anständiger Mann, Rod, aber er ist ein sehr reizbarer Charakter. Wenn sie ihm erzählt hat, was du getan hast, wird er dich bis zu seinem letzten Atemzug verfolgen.«

»Das hat sie auch gesagt. Sie hat es mir noch vom Ufer aus nachgeschrien.«

Wäre sie weniger besorgt um Emma gewesen, hätte Tess gelacht. Sie konnte sich den Zorn ihrer Freundin bestens vorstellen, aber sie wußte auch, wie Emma leiden mußte. Sie war immer ein behütetes Kind gewesen, die arme kleine Träumerin, und hatte bestimmt geglaubt, Hingabe und Ehe gingen Hand in Hand. Wie enttäuscht und verängstigt sie jetzt sein mußte! »Du hättest deine romantischen Eskapaden auf Derora beschränken können«, stellte Tess kühl fest. »Für sie ist es ein Spiel. Aber Emma hat mit Sicherheit einen Heiratsantrag erwartet und davon geträumt, ihr kleines Häuschen einzurichten, in dem sie ihre Kinder aufziehen und Rosen züchten konnte.«

Rods Schultern versteiften sich ein wenig. »Von einem Schauspieler? Du meinst, sie erwartete von einem Schauspieler . . .«

»Emma hätte es von jedem Mann erwartet, der sie kompromittierte, Rod. Es war gemein und rücksichtslos von dir, sie auf diese Weise zu benutzen und dann im Stich zu lassen. Und wenn sie nun ein Kind erwartet?«

Rod drehte sich abrupt zu Tess um, und sie sah das unsichere Flackern in seinen Augen. Also schien er doch so etwas wie ein Gewissen zu haben. »Das klingt, als wäre es allein meine Schuld. Sie hätte ja auch nein sagen können, oder? Gezwungen habe ich sie bestimmt nicht – der Himmel ist mein Zeuge, daß *sie* es war, die mich fast gezwungen hat!«

»Emma war verliebt. Blind verliebt. Aber sie ist kein Mädchen, das man benutzt und dann fallenläßt, Rod.« Im Gegensatz zu mir, fügte Tess in Gedanken hinzu. Ob Keith Portland schon verlassen hatte?

»Da wir gerade über das Thema Moral sprechen, Schwesterherz«, warf Rod grollend ein, »wo steckt denn eigentlich dein Mann?«

»Mein Mann?«

»Emma sagte, du wärst mit diesem Hausierer durchgebrannt, diesem Joel Sowieso. Sie sagte auch, du würdest ein Kind von ihm erwarten. Angesichts dessen finde ich es äußerst interessant, daß du die Frechheit besitzt, mir Moralpredigten zu halten.«

»Das hat sie gesagt?« rief Tess fassungslos.

»Ist es wahr?« entgegnete Rod.

»Natürlich nicht!« Aber ihre Empörung ließ augenblicklich nach, als sie an Keith dachte und was er mit ihr getan hatte. Sie besaß wirklich kein Recht, Rod irgendwelche Vorwürfe zu machen. Abgesehen von der Lüge über das ›Durchbrennen‹ hatte Emma nichts als die bittere Wahrheit gesagt. »Sie hatte kein Recht dazu«, schloß Tess lahm.

»Du wirst also in die Fußstapfen deiner Mutter treten und die Geliebte eines Hausierers sein. Obwohl dein Leben natürlich ganz anders aussehen wird. Mein Vater ist wenigstens ein reicher Mann. Ich kann mir vorstellen, daß die Großzügigkeit eines Hausierers gewissen Grenzen unterworfen . . .«

Tess stand auf und schlug ihrem Halbbruder mitten ins Gesicht.

Seine Reaktion überraschte sie ein wenig. »Bin ich der Wahrheit zu nahe gekommen?« erkundigte er sich mit spöttischem Lächeln, und diese Worte trafen Tess härter, als wenn er zurückgeschlagen hätte. »Du willst dich nicht von einem Mann aushalten lassen wie deine Mutter, wenn ich dich richtig einschätze.«

Tess war so erschüttert, daß ihr übel wurde. Sie zog sich in ihren Sessel zurück und atmete tief durch, um nicht zu weinen. »Wußtest du, daß dein Vater mich eingeladen hat, in eurem Familiensitz in St. Louis zu leben?« fragte sie leise. »Ich habe es abgelehnt, und jetzt bin ich froh darüber. Ich würde mein Leben lang zu hören bekommen, daß meine Mutter eine Gefangene in einem goldenen Käfig war, nicht wahr, Rod?«

Ihr niedergeschlagener Ton mußte Rod besänftigt haben; er kehrte zu seinem Sessel zurück, faltete die Hände und wirkte beinahe freundlich. Aber er war ja auch ein Schauspieler. »Du wärst nicht glücklich in St. Louis«, sagte er schließlich. »Frauen wie meine Mutter und meine Schwester würden dir das Leben zur Hölle machen. Sie würden dich nie akzeptieren, denn für solche Frauen stellst du eine Bedrohung dar.«

»Dann wird meine Mutter dort auch nicht glücklich sein«, murmelte Tess bedrückt.

»Wenn mein Vater sie so sehr liebt, wie er behauptet, wird er sie anständig einzuführen wissen und dann mit ihr an einen anderen Ort ziehen. Ich kenne Olivia nur flüchtig, aber jeder Narr kann sehen, daß sie zu schwach ist, um mit heimtückischem weiblichen Haß und Intrigen fertig zu werden.«

Tess verspürte den dringenden Wunsch, das Thema zu wechseln. Die letzten Tage waren zu aufregend für sie gewesen, und nun brauchte sie ein Bad, etwas zu essen und Ruhe – viel Ruhe.

Als Asa aus dem Schlafzimmer zurückkam – Olivia

hatte einen Alptraum gehabt und schlief nun wieder ruhig –, erklärte er, die Suite gemietet zu haben, weil sie Platz für alle bot. Er zeigte Tess ihr Zimmer, und ihre bedrückte Stimmung lockerte sich ein wenig, als sie es sah.

Ein ausgedehntes Bad erfüllte zumindest zwei ihrer dringendsten Bedürfnisse – sie wusch ihr Haar und blieb so lange in dem duftenden heißen Wasser liegen, bis sie sich völlig entspannt fühlte. Dann zog sie den Flanellbademantel über, den Asa ihr diskret überlassen hatte, und ging in ihr Zimmer zurück.

Dort, auf einem Servierwagen, wartete ein Tablett mit dampfend heißem Tee und eine zugedeckte Silberplatte mit gebackenem Huhn, Salzkartoffeln, grünen Bohnen und einer köstlichen Sauce. Tess' Magen knurrte laut, als sie sich auf die Bettkante setzte, um zu essen, und sie überlegte, daß sie nun eigentlich keinen Grund mehr hatte, unglücklich zu sein.

Vielleicht wäre sie es auch nicht gewesen, aber dazu hätte sie Keith Corbin nie kennenlernen dürfen ...

Nach dem Essen schenkte Tess sich eine Tasse Tee ein, rollte den Servierwagen hinaus und schlüpfte zwischen die duftenden, gestärkten Laken.

Schon bald fiel sie in einen tiefen, ungestörten Schlaf. Als sie erwachte, herrschte Dämmerlicht im Zimmer, und eine rundliche Frau in raschelndem Satin stand am Fußende ihres Betts.

Tess war so erschrocken, daß sie unwillkürlich eine Hand an ihre Kehle legte. »Was ... wer ...«

»Ich bin Missis McQuade«, sagte die Frau freundlich. »Ich besitze ein Modewarengeschäft auf der anderen Straßenseite, das ich ganz allein führe ...« sie seufzte tief – »seit mein armer Alexander verschieden ist.«

»Oh«, meinte Tess nur, die nicht viel mehr begriff als vorher.

»Ich bin hier, um Ihnen Kleider und andere Dinge vorzuführen. Es ist alles im Salon.« Missis McQuade strahlte Tess an.

»Ihr Papa ist ein großzügiger Mann. Er sagte, ich solle Sie und die andere Dame mit allem ausstatten, was Sie brauchen, und nicht auf die Kosten achten.«

Asa wollte ihr neue Kleider kaufen. Tess biß sich auf die Unterlippe und überlegte, wie sie ihre Ablehnung formulieren sollte. Es war durchaus angebracht, daß er für Olivias Garderobe aufkam, aber für Tess war er nicht verantwortlich, jedenfalls nicht in dieser Hinsicht.

»Ich darf keine Absage akzeptieren«, warnte Missis McQuade Tess lächelnd. »Und wenn ich ganz ehrlich sein soll, Missy, muß ich zugeben, daß mein Geschäft heute längst nicht mehr so viel einbringt wie früher.«

Mit anderen Worten, dachte Tess, ich würde Unglück und finanzielle Schwierigkeiten auf sie herabbeschwören, falls ich mich weigerte, etwas von ihr zu kaufen...

Sie seufzte. Schon bald würde auch sie im Geschäftsleben stehen und sich um ihre Einkünfte sorgen. Sie hatte nicht vor, Missis McQuade aus Stolz um ihren Gewinn zu bringen. Im übrigen besaß sie nichts außer dem, was sie am Leibe trug – Keith hatte noch immer ihren Koffer, und der Himmel mochte wissen, wo er war.

»Wenn Sie etwas Unterwäsche hereinbringen könnten«, sagte sie schließlich schüchtern.

Missis McQuade nickte strahlend, ging hinaus und erschien zwei Minuten später mit einem Armvoll Hemdchen, Miedern und Höschen, einige spitzenbesetzt, andere bestickt, aber alle aus Seide oder Satin, so ganz anders als der Musselin, den Tess in letzter Zeit getragen hatte. So schöne Dinge hatte sie seit St. Louis nicht mehr besessen.

Als Missis McQuade ihr diskret den breiten Rücken zuwandte, stand Tess auf und probierte ein mit weißer

Spitze besetztes Höschen aus blauem Satin an. Dann streifte sie entzückt das passende Mieder dazu über und ließ liebevoll ihre Hand über das herrlich kühle Material gleiten. Oh, wie sehr sie es vermißt hatte, schöne Kleider zu besitzen!

Die Anprobe nahm eine lange Zeit in Anspruch. Tess entschied sich für leichte Tageskleider aus Musselin und Baumwollstoffen, praktische Röcke und Blusen, die sie in ihrem Laden tragen konnte, und dicke, gerippte Strümpfe. Für Bälle oder Feste – sollte sie je dazu eingeladen werden – wählte sie ein Kleid aus butterblumengelbem Batist, das sie auch zur Trauung ihrer Mutter tragen konnte.

Missis McQuade plauderte unablässig über die bevorstehende Feier, sagte, wie sehr sie Hochzeiten liebte und wie schön die Kleider waren, die Missis Thatcher ausgesucht hatte. Ganz zum Schluß reichte sie Tess einen Kamm aus Elfenbein, eine Bürste, ein Spiegelset und ein Päckchen Haarnadeln.

»Ihre Mama wünscht, daß Sie Ihr Haar für die Zeremonie aufstecken«, sagte sie streng und musterte Tess' lange, glänzende Mähne mit gutmütigem Vorwurf. »Soll ich Ihnen dabei helfen?«

Tess unterdrückte ein Lächeln. »Ich glaube, das schaffe ich schon, Missis McQuade, aber trotzdem vielen Dank. Auch dafür, daß Sie mir all diese schönen Kleider gebracht haben.«

Missis McQuade sammelte die Sachen ein, die Tess nicht behalten wollte, und verließ nach einigen höflichen Abschiedsworten diskret den Raum.

Als Tess allein war, zog sie das herrliche gelbe Kleid an und begann, ihr langes Haar zu einer Frisur für die Trauung aufzustecken, die seit mindestens zwanzig Jahren überfällig war.

Die Zeremonie fand eine Stunde später im Salon der

Suite statt. Ein Friedensrichter sprach die Worte vor, und Tess und Rod fungierten als Trauzeugen.

Olivia sah ganz entzückend aus in ihrem fließenden langen Kleid aus elfenbeinfarbener Seide. Ihre Füße steckten in zierlichen goldenen Schuhen und ein halbes Dutzend diamantbesetzte Kämme hielten ihr mit grauen Strähnen durchsetztes mahagonifarbenes Haar zusammen. Sie wirkte wie eine Märchenfee.

Ihrer Mutter zuliebe bemühte sich Tess, das Leid und die Mühsal der vergangenen fünf Jahre zu vergessen und sich über Olivias Glück zu freuen. Aber als sie die diamantbesetzten Kämme betrachtete, konnte sie doch nicht umhin, daran zu denken, wie sie ohne all diese Dinge gelebt hatten.

Als die Trauung vorüber war und Küsse und Gratulationen ausgetauscht worden waren, forderte Asa Tess und Rod mit jungenhaft verschmitztem Lächeln auf, ein gutes Restaurant und eins von Portlands berühmten Unterhaltungslokalen aufzusuchen.

»Er will uns loswerden«, flüsterte Rod seiner Schwester zu.

Tess errötete. Sie hätte sich eigentlich lieber auf ihr Zimmer zurückgezogen. War es möglich, daß Asa und ihre Mutter ihre Ehe . . . vollziehen wollten? Aber darüber mußten sie doch längst hinaus sein, oder? Und Olivia war so krank gewesen . . .

»Komm schon, Tess«, beharrte Rod und zog Tess ungeduldig aus dem Raum. Mit der anderen Hand befingerte er neugierig den großzügig bemessenen Packen Geldscheine, den sein Vater ihm in die Tasche des neuen schwarzen Rocks gesteckt hatte. Auch Roderick schien die finanzielle Lage der Witwe McQuade beträchtlich aufgebessert zu haben.

Tess begann sich auf das Essen im Restaurant zu freuen, aber als sie die Eingangshalle des Hotels erreichten, sank ihre Stimmung auf den Nullpunkt. An einer Wand lehnte ihr Fahrrad, ihr Koffer steckte im Korb, und ihre Kamera lag auf einem Tisch.

Nun wußte sie, daß Keith Corbin nicht zurückkommen würde, nicht einmal, um sich von ihr zu verabschieden. Und obwohl sie sich äußerlich nichts anmerken ließ, ging ein schmerzhafter Stich durch ihr Herz.

Keith schritt ungeduldig in der eleganten Halle auf und ab. Er hatte gebadet, sich rasiert, gegessen und trug saubere Kleider.

Bereit, meinen Brüdern gegenüberzutreten, dachte er mit bitterem Spott.

Tess. Er wußte nun, daß sie in Sicherheit war: daß es jemanden gab, der sich um sie kümmerte. Asa Thatcher hatte ihm klar genug zu verstehen gegeben, wieviel ihm an seiner Tochter lag, und Keith hatte Missis McQuade mit ihren Kleidern seine Suite betreten sehen. Er wußte, daß vieles davon für Tess bestimmt war und freute sich für sie, obwohl er auch ein bißchen traurig war. Es hätte ihm soviel Spaß gemacht, ihr selbst all diese schönen Dinge zu kaufen.

Er steckte die Hände in die Hosentaschen. Seine Bank in Port Hastings hatte das verlangte Geld geschickt; er konnte seinen Wagen mit Vorräten beladen und sich wieder auf die Reise machen.

Ein nachdenkliches Lächeln zeigte sich auf seinem Gesicht. Tess würde keine Schwierigkeiten haben. Sie wurde geliebt und umsorgt. Nichts hinderte ihn daran, sein altes Leben wieder aufzunehmen . . .

Die Vorstellung, wie wütend seine Brüder sein würden, wenn sie kamen und ihn nicht mehr antrafen, erheiterte ihn sehr. Es geschah ihnen nur recht.

Keith drehte sich entschlossen um und ging zu seiner

Suite zurück. Eine halbe Stunde später war er schon auf der Straße und so weit von Portland entfernt, daß die Stadt nicht mehr zu sehen war, als er sich noch einmal umdrehte.

Keine der Szenen, die Emma sich ausgemalt hatte, reichte an das heran, war ihr Vater aufführte, als er von ihrem Erlebnis mit Joel Shiloh, dem Hausierer, erfuhr. Ihr Vater wurde so wild, daß Emma vor Angst am ganzen Körper zitterte. Er würde diesen unglückseligen Halunken hängen lassen, zeterte er. Er würde ihn erschießen. Er würde einen Zaunpfosten nehmen und Joel Shiloh totschlagen ...

Emma erschauerte bei seinen Worten, denn sie wußte, daß er Joel all das antun würde und mehr, falls er ihn je finden sollte, wenn auch vielleicht in anderer Reihenfolge. Was nützte es schon, jemanden zu erschießen, den man vorher aufgehängt hatte, um ihn dann zu Tode zu prügeln? »Papa, ich ...«

Jessup Hamiltons ohnehin schon rotes Gesicht wurde erst purpurrot, dann blau. Er griff sich mit der Hand ans Herz, sackte in sich zusammen und glitt langsam auf den Boden.

Emma wußte, daß es zu spät war, ihm die Wahrheit zu sagen, als sie neben ihm niederkniete. Sie hatte ihn umgebracht. Sie hatte ihren eigenen Vater getötet, weil sie eine Hure war und eine feige Lügnerin.

Emmas Mutter versuchte, ihren Mann durch verzweifeltes Schütteln ins Leben zurückzurufen. Ihre Knöchel traten weiß hervor, als sie ihre Hände um seine reglosen Schultern klammerte. »Hol den Arzt ... Emma ... hol den Arzt!«

Ihrer Mutter zuliebe stand Emma auf und nahm ihren Umhang vom Haken an der Tür. Es war völlig sinnlos,

Doktor Smithers zu holen, aber Cornelia würde es helfen, das wußte sie. Wie betäubt ging Emma durch die kühle Aprilnacht zum Haus des Arztes.

»Mein Papa ist tot«, sagte sie zu seiner Frau, die ihr die Tür öffnete. »Mama will, daß der Doktor kommt.«

Doktor Smithers war ein junger Mann, der seine Arbeit sehr ernst nahm. Er ergriff seine Tasche, nahm Emmas Arm und zog sie mit sich zu dem nicht weit entfernten Haus der Hamiltons.

Jessup Hamilton war wirklich tot, und als der Arzt und Emma eintrafen, hatte Cornelia es auch begriffen. Sie schaute die Tochter, die sie bisher so sehr geliebt hatte, mit kalten, haßerfüllten Augen an. Selbst als der Priester Jessup Hamilton den letzten Segen erteilte und der Totengräber kam, um seine Leiche mitzunehmen, stand noch kalter Haß in Cornelias Augen.

»Du!« sagte sie drohend zu ihrer Tochter, als sie allein waren.

Es war eine Anklage, und Emma wußte es. Ihr Vater würde noch leben, wenn sie keine solche Hure gewesen wäre und nicht diese Lügen über Joel Shiloh verbreitet hätte. Und wenn sie sich nicht Roderick Waltam in die Arme geworfen hätte ...

Und jetzt war nicht einmal Tess hier, um sie zu trösten, um alles zu erklären und Emma zu versichern, daß es doch nicht ihre Schuld war!

Während Emma ihre Reisetasche packte, zuckte ein schmerzhafter Krampf durch ihren Bauch, dann breitete sich eine feuchte Wärme zwischen ihren Schenkeln aus. Emma wußte nicht viel über die Funktionen des weiblichen Körpers, aber eins war ihr klar: wenn ihre monatliche Regel gekommen war, konnte sie nicht schwanger sein.

Trotz ihrer Naivität entging Emma nicht die Ironie der Lage. Da sie blutete, konnte sie nicht schwanger sein. Sie hätte also auch nicht zu lügen brauchen und über den Vorfall schweigen können. Wenn sie gewartet hätte, nur diese paar Stunden, wäre alles ganz anders gekommen.

Um diese Zeit fuhren keine Schiffe und keine Züge mehr. Es war dunkel und kalt, und aus dem *Blue Hammer Saloon* drangen lautes Pianogeklimper und lachende Stimmen.

Hört auf damit, dachte Emma, als sie ihre Tasche vor Deroras Pension abstellte und auf die Tür zuging. Und bevor ihr zu Bewußtsein kam, daß Tess gar nicht mehr da war, hatte sie schon angeklopft.

Derora war in gnädiger Stimmung. Warum sollte sie auch nicht, wo sie doch endlich von ihrem Gästehaus befreit war, von Tess und Simpkinsville? Sie zog die verwirrte, stammelnde Emma ins Haus und fragte sie behutsam aus, bis sie begriff, daß Jessup tot war und Cornelia ihre Tochter dafür verantwortlich machte.

Doch nicht einmal die sanfteste Frage konnte Emma dazu bringen, Derora zu verraten, was Missis Hamilton zu einer solchen Anklage veranlaßt hatte.

»Ich verlasse Simpkinsville heute abend, Emma«, sagte Derora. »Ich habe eine Kutsche gemietet, damit ich noch heute abreisen kann. Ich fahre nach Portland und habe vor, unterwegs einige Besuche zu machen. Willst du mich nicht begleiten? Ich bin sicher, daß Tess in Portland ist. Vielleicht finden wir sie, und ihr beide könnt euch zusammen ein Zimmer mieten.«

Emmas Gesicht hellte sich ein bißchen auf. »Ich muß Tess sehen«, bestätigte sie.

»Gut, dann kommst du mit. Aber laß uns noch eine Tasse Tee trinken, bevor wir uns auf den Weg machen.«

Emma nickte, und Derora ging in die Küche, um eine kurze Nachricht an Cornelia Hamilton zu schreiben, in der sie Emmas Mutter ihr Beileid aussprach und ihr versicherte, daß sie sich um Emma kümmern werde. Dann schickte sie Juniper mit der Nachricht fort, kochte Tee und beglückwünschte sich dazu, ein solch guter Mensch zu sein.

Von Portland würde sie natürlich nach San Francisco weiterreisen, und von dort – ach, wer konnte das schon wissen? Emma konnte sich als unangenehme Bürde erweisen, falls sie Tess nicht fanden...

Derora zuckte die Schultern. Wenn Tess nicht aufzufinden war, würde sie Emma zu ihrer guten Freundin Missis Hollinghouse-Stone schicken. Lavinia war eine reiche Witwe und führte ein großes Haus, in dem ganz bestimmt eine Stellung für ein liebes Kind wie Emma zu finden war.

Tess' Kehle war wie zugeschnürt vor Verzweiflung, und sie starrte schweigend auf ihren Teller mit dem appetitlichen Roastbeef.

»Iß«, befahl Rod ungeduldig.

Er ist fort, dachte Tess bedrückt. Er ist fort. Es war fast, als sei Keith tot, so tief empfand sie seinen Verlust.

»Ich habe keinen Hunger«, sagte sie.

Rod strich Butter auf eine Scheibe Brot und sagte gedehnt: »Trauerst du deinem Hausierer nach, meine Liebe?«

Fing er schon wieder damit an? Tess ertrug es einfach nicht. »Ja, wenn du es unbedingt wissen willst«, entgegnete sie kühl.

»Jetzt verstehe ich, warum du so verärgert warst, als du hörtest, daß ich deine Freundin verführt habe«, bemerkte Rod, und Tess sah ihm an, daß er nun wieder gemein werden würde. »Unser Freund Joel Shiloh hat dir das gleiche angetan, nicht wahr?«

»Nein!«

»Du bist nicht nur schön, du bist auch eine Lügnerin, Tess. Wenn du das Fleisch nicht ißt, gib es mir.«

»Warum behandelst du mich so?« flüsterte Tess und bemühte sich, nicht vor ihm loszuweinen. »Ich kann nichts dafür, daß ich so . . . daß ich eine . . .«

»Daß du ein Bastard bist«, warf Rod hilfreich ein.

Tess hob ihr Glas und schüttete seinen Inhalt in das grinsende Gesicht ihres Halbbruders. Der Wein tropfte wie roter Regen von seinen Augenbrauen, färbte sein Gesicht, sein Hemd und das blütenweiße Tischtuch des eleganten Restaurants des Grand Hotel.

»Soll das heißen, daß wir nun doch nicht mehr ins Theater gehen?« erkundigte Roderick sich gelassen, während er geziert mit einer Serviette den Rotwein von Gesicht und Hemd abtupfte.

Tess konnte nicht anders – sie mußte lachen. »Du würdest danach noch mit mir ausgehen?« fragte sie verblüfft.

Er lächelte, jeder Zoll ein Schauspieler. »O ja. Etwas anderes bleibt mir gar nicht übrig. Wir können ja nicht gut hinaufgehen und ihnen die Hochzeitsnacht zerstören, oder?«

Daran hatte Tess nicht gedacht. Es war gut, daß Rod einen so vernünftigen Standpunkt einnahm. »So kannst du nicht ins Theater gehen«, wandte sie mit einem Blick auf sein beflecktes Hemd ein. »Die Leute würden dich auslachen.«

»Geteiltes Leid ist halbes Leid«, erklärte Rod gelassen, hob sein Glas, nippte an dem Wein und schüttete den Rest lächelnd über Tess' Kleid.

10

Der Burgunder ergoß sich über das gesamte Oberteil von Tess' geliebtem gelben Kleid. »Du hast es ruiniert!« zischte sie wütend, während sie versuchte, den Wein mit einer Serviette abzutupfen.

»In dieser Welt, meine Süße, bekommt man, was man gibt. Du kannst dir sicher denken, daß wir nun hinaufgehen und unser verliebtes Pärchen stören *müssen*!«

Tess war verärgert, aber es war kein echter Zorn. Schließlich hatte sie ihm als erste den Wein ins Gesicht geschüttet. »Ich werde dir nie verzeihen, daß du mein schönes Kleid ruiniert hast«, murmelte sie, während sie sich vom Tisch erhoben.

»Kauf dir ein neues«, sagte Rod und ignorierte die neugierigen Blicke der anderen Gäste, als er Tess seinen Arm bot. Und Tess stellte verblüfft fest, daß er sogar mit Weintropfen im Haar und rotbeflecktem Hemd die gelassene Überlegenheit eines echten Gentlemans ausstrahlte.

Vor Suite Siebzehn wartete Tess nervös, während Rod die Lage erkundete. Auf der anderen Seite des Korridors befand sich eine weitere Suite, und um sich abzulenken, trat Tess vor die Tür und betrachtete die Bronzeplatte, die daran befestigt war.

›Corbin‹, stand darauf, und darunter – in etwas zierlicheren Buchstaben – ›Privat‹.

Tess war sehr verblüfft. Obwohl sie gewußt hatte, daß Keith' Familie reich war – warum hätten sie wohl sonst ein Vermögen für Hinweise über ihren Sohn geboten –, hätte sie nie vermutet, daß sie *so* reich sein könnten. In Anbetracht des Wagens, des Maulesels und des schäbigen Huts, den Keith trug, konnte sie sich ihn nur schwer als reich vorstellen.

Etwas veranlaßte sie, die Türklinke zu versuchen, und tatsächlich gab sie nach. Tess spähte in den dunklen Raum. Vielleicht war Keith ja doch nicht abgefahren – die Vorstellung erfüllte sie mit einer Lebensfreude, als sei sie gerade von den Toten auferstanden. Vielleicht war er noch in Portland!

»Keith?« sagte sie leise, obwohl sie wußte, daß er nicht in der Suite war. Aber weit konnte er nicht sein, denn sonst wäre die Tür doch abgeschlossen gewesen?

Tess trat widerstrebend auf den Korridor hinaus und zog die Tür zu. Als Rod zurückkam, stand sie in einiger Entfernung von der Corbin-Suite und schaute ihm mit unschuldiger Miene entgegen. »Nun?«

»Wir können ruhig hineingehen«, erwiderte ihr Halbbruder schmunzelnd. »Sie sitzen am Kamin und spielen Whist.«

Tess bemühte sich, an den Neuvermählten vorbeizukommen, ohne gesehen zu werden, aber ihre Mutter rief sie zu sich.

Errötend wandte Tess sich um.

»Was ist...?« flüsterte Olivia entsetzt, als sie den häßlichen Fleck auf dem Kleid ihrer Tochter sah.

»Wir hatten einen kleinen Unfall«, warf Rod lächelnd ein, jetzt ganz der fürsorgliche Bruder.

Asa legte die Karten auf den Tisch und musterte seinen Sohn mit weisen Augen. »Merkwürdig, daß dich das gleiche Schicksal getroffen hat«, bemerkte er mit leisem Spott.

»Zieh dich bitte gleich um, Liebes«, sagte Olivia mißbilligend. »Vielleicht ist das Kleid noch zu retten.«

Als Tess gehorsam – und dankbar – das Zimmer verließ, kam ihre Mutter ihr nach. Ihre Finger zitterten ein wenig, als sie Tess beim Aufknöpfen des Mieders half.

»Ich werde in einigen Wochen fortgehen, Tess«, sagte Olivia schüchtern.

So, das war es also – die erste Gelegenheit, ungestört mit Tess zu sprechen, und die schien Olivia sich nicht entgehen lassen zu wollen.

»Ja«, erwiderte Tess und schlüpfte aus ihrem Kleid. Auch auf ihrem Hemdchen waren Weinflecken, und insgeheim verfluchte sie Roderick Waltam-Thatcher oder wie immer er auch heißen mochte. Es war immer noch besser, als an Olivias bevorstehende Abreise zu denken...

»Du könntest mit uns kommen«, schlug Olivia vor, während sie den Fleck auf dem gelben Batist untersuchte. »Vielleicht würdest du in St. Louis einen netten jungen Mann kennenlernen. Du könntest auch ein College besuchen oder...«

»Ich kann dich nicht begleiten, Mutter«, wandte Tess abwehrend ein. »Ich fühle ... weißt du, ich glaube, mein Leben ist hier. Ich kann es dir nicht erklären, aber ...«

»Nenn es Schicksal«, unterbrach Olivia sie mit bemerkenswerter Sicherheit, wenn man bedachte, was sie alles durchgemacht hatte. »Du hast schon einen Mann kennengelernt, nicht wahr, Tess?«

Das Direkte der Frage, das Unerwartete machte es Tess unmöglich, mit einer Lüge zu antworten. »Ja«, sagte sie bedrückt.

»Ist er verheiratet?«

Eine heftige Erwiderung lag Tess auf der Zunge, aber sie hielt sie zurück. Keith war vielleicht nicht mit einer lebenden Frau verheiratet, aber gebunden war er trotzdem an die tote Amelie. »Er ist Witwer, Mama.«

Olivia seufzte erleichtert. Wer kannte die Qual, einem verheirateten Mann anzugehören, besser als sie? Die Schande, das Warten, die Unsicherheit ... »Besteht eine Hoffnung auf ein Leben mit diesem Mann, Tess? Kann er – will er – dir ein Zuhause geben? Wirst du seinen Namen tragen und ihm Kinder gebären?«

Tess senkte beschämt den Kopf. »Ich glaube nicht, Mutter. Aber ich werde auch nicht seine Geliebte sein. Ich werde arbeiten und lernen und ... vielleicht eines Tages einem anderen Mann begegnen.«

Sanft berührte Olivia das Gesicht ihrer Tochter. »Du bist sehr weise, meine Kleine. Ich habe Asa immer geliebt, vom ersten Augenblick an, und nur ihn, und deshalb haben wir so leiden müssen, du und ich. Ich kann nicht sagen, daß ich es nicht noch einmal tun würde, gesetzt den Fall, ich könnte von vorne beginnen. Das ist egoistisch von mir, ich weiß, aber was Asa betrifft, besitze ich keinen Stolz. Ich bin dazu geboren, bei ihm zu sein.«

Tess brachte kein Wort heraus. Die Kraft der Liebe, die

diese Frau für Asa Thatcher empfand, erfüllte die Atmosphäre so stark, daß Tess der Atem stockte.

»Einige wenige Dinge scheine ich allerdings richtig gemacht zu haben, Tess. Schau dich an – du bist stark, du bist schön, und du bist unabhängig. Teilweise vielleicht, weil Asa immer an erster Stelle bei mir kam und ich mich nie bemüht habe, es zu verbergen.«

Tess sagte noch immer nichts. Es tat weh, ihre Mutter dies aussprechen zu hören, obwohl sie es schon immer gewußt hatte.

Olivia umfaßte die Schultern ihrer Tochter. Ihre Hände zitterten ein wenig. »Es ist nicht leicht für eine Mutter, es ihrer Tochter einzugestehen. Es fällt mir wirklich schwer. Aber wir waren immer ehrlich zueinander, du und ich. Und selbst wenn es dich jetzt ein bißchen schmerzt, wirst du es eines Tages verstehen.«

Manchmal verstand Tess, aber jetzt war nicht ein solcher Augenblick. »Warum, Mutter? Was habe ich falsch gemacht? War ich schlecht?«

»Du warst und bist ein Geschenk des Herrn. Ich habe dich zärtlich geliebt, und so wird es immer sein. Aber eine Frau sollte ihren Mann mehr lieben als ihre Kinder, Tess. Das klingt hart, ich weiß, aber wenn du einen Mann liebst wie ich Asa – und ich hoffe, daß es eines Tages dazu kommen wird –, wirst du es begreifen.«

»Was ich nicht begreife, Mutter, ist deine Treue zu diesem Mann!« platzte Tess heraus, weil sie den schwachen Zustand ihrer Mutter für einen Moment vergessen hatte.

Aber Olivia wirkte alles andere als schwach. Sie richtete sich sehr gerade auf, und ihre dunklen Zigeuneraugen blitzten. »Ich schätze mich glücklich, ihn zu kennen und ihn zu lieben. Und selbst wenn ich nie seine Frau hätte werden können, wäre ich weiterhin mit Freuden seine Mätresse gewesen!«

»Das ist es, was uns unterscheidet, Mutter. Ich werde

nie das Spielzeug eines Mannes sein. Ich lasse mich nicht besuchen, wenn er gerade nichts Besseres zu tun hat! Ich lasse mich nicht verstecken wie ein beschämendes Laster und mich mit Geschenken zum Schweigen bringen! So sehr könnte ich einen Mann nie lieben.«

Für einen Moment sah es aus, als wollte Olivia ihre Tochter schlagen. Aber der Schlag war nicht körperlicher, sondern geistiger Natur. »Dann bedauere ich dich, mein liebes Kind. Du tust mir von ganzem Herzen leid.«

Unter dem Vorwand, ein anderes Kleid aus dem Schrank holen zu wollen, wandte Tess sich ab. Aber es waren Tränen, die sie vor ihrer Mutter verbergen wollte, und sie hielt sie grimmig zurück, bis Olivia den Raum verlassen hatte.

Der Bühnenvorhang öffnete sich im gleichen Augenblick, als Tess und Rod ihre Plätze einnahmen. Ein verstohlener Blick auf ihren Halbbruder verriet Tess, daß er sich in der Vorstellung sonnte, selber auf dieser Bühne zu stehen.

Nach der Szene mit ihrer Mutter in sehr düsterer Stimmung, vertiefte Tess sich in ihr Programm. Das Stück nannte sich ›Die Leiden eines Unschuldigen‹, und die Hauptrollen spielte ein berühmtes Bruder-Schwester-Paar mit dem Namen *The Golden Twins.*

Auf dem ganzen Weg zum Theater hatte Rod nicht aufgehört, ihr Talent zu preisen, ihren Ruhm und ihr engelgleiches Aussehen. Tess hatte noch nie von den *Goldenen Zwillingen* gehört und hörte Rod kaum zu, während sie durch die Kutschenfenster auf die Straße starrte und sich in einen klapprigen Wagen sehnte, der statt von zwei rassigen Pferden von einem störrischen Maulesel gezogen wurde.

Und jetzt, im verdunkelten Theatersaal, glaubte sie wieder Keith' Hände auf ihrer Brust zu spüren ... seine

Lippen auf ihrem Mund ... Sie erschauerte, und eine verräterische Wärme breitete sich in ihrem Körper aus. Vielleicht war sie ja doch nicht anders als ihre Mutter ...

Tess versuchte, sich auf die Vorstellung zu konzentrieren. Das Stück war übertrieben sentimental und langweilte Tess sehr, doch die berühmten *Goldenen Zwillinge* waren etwas ganz anderes. Noch nie zuvor in ihrem Leben hatte Tess zwei derart schöne, derart perfekte Menschen gesehen. Beide hatten dichtes, silber-blondes Haar und so auffallend grüne Augen, daß sie sogar aus beträchtlicher Entfernung zu erkennen waren, und die Haut des Mannes war so makellos wie die der Frau.

»Möchtest du sie kennenlernen?« fragte Rod, als der dritte Akt beendet war und stürmischer Applaus aufbrauste.

»Wen?« fragte Tess verwirrt.

»Die Goldenen Zwillinge«, antwortete er lächelnd. »Ich weiß, Simpkinsville war ein Loch, aber du mußt doch trotzdem schon von ihnen gehört haben!«

»Nein. Und den Namen – *Die Goldenen Zwillinge* – finde ich ausgesprochen lächerlich«, erwiderte Tess herablassend.

»Dummchen«, sagte Roderick lächelnd. »Sie heißen Cynthia und Cedrick Golden und sind Zwillinge. Ergo ...«

»Oh.«

»Oh? Ist das alles, was du dazu zu sagen hast?«

»Was sollte ich sonst sagen, Rod? Daß ich ihnen die Füße küssen möchte? Für immer und ewig ihre Sklavin sein will? Ich bin müde und würde gern nach Hause fahren.«

»Wir gehen nicht eher, bis wir mit meinen Freunden gesprochen haben. Entweder kommst du jetzt mit oder du bleibst hier sitzen und läßt dich von irgendwelchen zurückgebliebenen Holzfällern begaffen. Die Entscheidung liegt bei dir.«

Einen Bruder zu haben war ganz schön lästig! Tess war gar nicht sicher, sich daran gewöhnen zu können. Aber da sie nicht ›angegafft‹ werden wollte, wie Rod es nannte, stand sie widerstrebend auf und erlaubte ihrem Bruder, sie hinter die Bühne zu führen.

Hier wimmelte es von Menschen, von Schauspielern und ihren Bewunderern. Aus der Nähe sahen die *Golden Twins* sogar noch besser aus – sie waren einfach atemberaubend schön, wie zwei exquisite französische Porzellanfiguren – in jeder Beziehung perfekt. Es schien sogar ein Strahlen von ihnen auszugehen.

Sie konnten keine gewöhnlichen Sterblichen sein. Nicht mit diesen Gesichtern, diesen Zähnen, diesem Haar. Sie mußten verirrte Engel sein, die sich ungewollt von den himmlischen Pfaden entfernt hatten ...

»Roderick!« zwitscherte das schöne Geschöpf namens Cynthia, bevor sie ihm lächelnd die alabasternen Arme um den Nacken schlang und ihren wohlgeformten Körper an seinen preßte.

»Also doch kein Engel«, murmelte Tess. Obwohl es ihr egal war, was Miss Golden mit Rod tat oder umgekehrt. Sie konnten sich vor ihr auf den Boden legen und ... es war ihr völlig gleichgültig. Sie wollte nur nach Hause.

»Und wer ist das?« sagte der männliche Teil des schönen Paars gedehnt. Seine Augen waren jadegrün wie Cynthias und von schweren dunklen Wimpern umgeben. Sein Blick ruhte auf Tess' Busen.

Sie begann sich unbehaglich zu fühlen. Komisch, daß der anzügliche Blick dieses Schauspielers sie so aus der Fassung bringen konnte, nach allen Freiheiten, die sie Keith Corbin gestattet hatte! Aber irgendwie war dieser Goldene Zwilling viel zu schön ...

»Meine Schwester«, stellte Rod sie vor und löste sich aus Cynthia Goldens Armen. »Tess Bishop.«

»Ihr Name ist Bishop. Du nennst dich manchmal Thatcher und manchmal Waltam. Wie kann sie da deine Schwester sein?« wandte Cedrick ein, während Cynthia den schönen Mund verzog und schmollend zu Roderick aufschaute.

»Sie ist auf der falschen Seite des Betts geboren«, war Rods gleichmütige Antwort.

Tess wäre am liebsten im Erdboden versunken. Hätte er nicht sagen können, sie stammte aus einer zweiten Ehe oder so etwas? Warum war er manchmal so nett zu ihr und dann wieder so gemein?

»Ihr Bruder ist ein sehr ungezogener Mensch«, warf Cedrick mit besänftigendem Lächeln ein. »Aber sagen Sie mir doch, meine Liebe – haben Sie je daran gedacht, zum Theater zu gehen?«

»Was soll ich denn dort?« fragte Tess stirnrunzelnd.

Cedrick lachte. Es wirkte sehr einstudiert. »Schauspielern. Interessieren Sie sich für das Theater?«

»Nein«, erwiderte Tess flach.

»Tess ist sehr ehrlich«, bemerkte Rod mit einem nachsichtigen Blick auf seine Schwester. »Ihre Mutter war übrigens auch Schauspielerin.«

»Dann müssen Sie doch mit unserer Kunst vertraut sein!« sagte Cedrick schmeichelnd.

»Keineswegs«, antwortete Tess, der Cedrick und Cynthia aus irgendeinem ihr unverständlichen Grund immer unsympathischer wurden. »Theaterbesuche sind mir nie gestattet worden, und als ich alt genug war, es selbst zu entscheiden, spielte meine Mutter nicht mehr. Sie lebte stets nur für meinen Vater.«

»Ich muß Sie überreden, wenigstens eine Rolle unserer neuesten Aufführung zu lesen!« sagte Cedrick flehend, und es klang so verzweifelt, als ginge es dabei um Leben oder Tod.

Tess schüttelte den Kopf. »Niemals.«

»Sagen Sie nie niemals, meine Schöne«, warnte Cedrick

und drohte ihr mit dem Finger wie einem aufsässigen Kind.

»Nennen Sie mich nicht *meine Schöne*«, antwortete Tess, und Rod, der neben ihr stand, versetzte ihr prompt einen Stoß in die Rippen.

»Entzückend«, murmelte Cedrick, der anscheinend beschlossen hatte, Tess' Worte zu ignorieren. »Entzückend. Rod, du mußt deine Schwester zu uns nach Hause bringen. Morgen schon.«

»Ich habe keine Zeit«, sagte Tess abweisend.

»Wir werden kommen«, erklärte Rod bestimmt.

Noch auf dem ganzen Rückweg stritten sie über das Thema.

»Tu das nicht noch mal, Rod!« schimpfte Tess, als sie in der Kutsche saßen.

»Ich werde weder morgen noch sonst irgendwann zu diesen Leuten gehen!«

»Cedrick war sehr beeindruckt von dir«, gab Rod zu bedenken, und es klang fast wie ein Kompliment.

»Na und? Ich war es aber nicht von ihm. Er ist ein eitler Geck, und – falls ich mich nicht sehr irre – auch ein Wüstling!«

»Er könnte mir ein festes Engagement in einem richtigen Theater verschaffen! Dann hätte ich die Möglichkeit, *Hamlet, Macbeth oder Richard III.* zu spielen!«

»Na großartig!« Tess seufzte. Es war eine dunkle Nacht, aber Tausende von Sternen erhellten den Himmel und funkelten so hell, als wären sie zum Greifen nahe.

»Cedrick Golden besitzt die Macht, mir *alles* zu geben, was ich will!« beharrte Rod.

»Du armer Narr«, sagte Tess und wandte den Kopf, um ihren Bruder in der halbdunklen Kutsche anzusehen. »Rod ... du bist doch nicht etwa ... ich meine ... du gehörst doch wohl nicht zu jenen Männern ...«

»Natürlich nicht!« meinte Rod wütend. »Hast du nicht

gesehen, wie Cynthia Golden sich an mich herangeschmissen hat?«

»Ich dachte schon, sie würde dich hinter eine Truhe ziehen und dich vergewaltigen«, war Tess' freimütige Antwort. »Wenn du an Mister Goldens Aufführungen teilnehmen willst, kannst du es genauso über Cynthia erreichen und mich aus dieser häßlichen Geschichte herauslassen.«

Rod schmollte sichtlich. »Er ist sehr interessiert an dir«, murmelte er, als sie sich dem Hotel näherten.

»Ich lasse mich nicht gegen ein Kostüm und einen Pappdolch eintauschen, Rod. Also vergiß es.«

Rod war nun so wütend, daß er, als die Kutsche vor dem Hotel hielt, hinausstürmte und Tess allein auf der Straße zurückließ.

Doch daran war sie gewöhnt. Sie stieg so würdevoll wie möglich aus, bezahlte den Fahrer und schritt hocherhobenen Hauptes in die Halle.

Es gab dort einen Aufzug, aber Tess zog es vor, ihn nicht zu benutzen. Sie erinnerte sich noch an das merkwürdige Quietschen und Ächzen des Gefährts, als sie mit Keith hinaufgefahren war.

Der Korridor im obersten Stockwerk war leer. Tess ging zur Tür von Suite Siebzehn und wandte sich dann, ein bißchen außer Atem vom Treppensteigen, ganz unbewußt zur Tür der gegenüberliegenden Suite und klopfte.

Als keine Antwort kam, drückte sie die Klinke nieder und trat leise ein. Kein Laut war zu vernehmen. Etwas mutiger geworden, betätigte Tess den Schalter, der die Gaslampen anzündete.

Die Suite war nicht, wie sie erwartet hatte, wie Asas Suite eingerichtet. O nein, sie war ganz, ganz anders ...

Und Tess kam sich vor wie eine Einbrecherin. »K-Keith?« rief sie zaghaft.

Keine Antwort.

»Keith!«

Wieder keine Antwort. Wo steckte er bloß? In irgendeinem Saloon, um sich sinnlos zu betrinken? Oder bei einer Frau?

Alles, nur das nicht! dachte Tess, die Keith lieber im Gefängnis gesehen hätte als bei einer Frau. Nach kurzer Überlegung beschloß sie zu warten, denn nach allem, was zwischen ihnen vorgefallen war, glaubte sie wenigstens das Recht auf einen Abschied zu haben.

Neugierig schaute sie sich in der Suite um, trotz des leisen Schuldgefühls, dessen sie sich nicht erwehren konnte. Die Suite bestand aus fünf großen Schlafzimmern, einer gutausgestatteten Küche, zwei Bädern und einer Bibliothek, die sogar über einen Billardtisch verfügte.

Als Tess über den grünen Filz strich, kam sie sich fast wie eine Sünderin vor. Bestimmt hatte noch keine Frau gewagt, an diesem Tisch zu spielen; es war ein Vergnügen, das ausschließlich Männern vorbehalten war.

Gähnend beschloß sie, Keith zu überreden, ihr das Billardspielen beizubringen, sobald er zurückkam. Bis dahin würde sie sich auf das bequeme Ledersofa unter dem Fenster setzen . . .

Tess öffnete ein Auge und schloß es wieder. Du liebe Güte, da waren zwei Männer im Billardzimmer – zwei beeindruckend große Männer, und keiner von ihnen war Keith. In der Hoffnung, nicht bemerkt zu werden, blieb Tess ganz still liegen und rührte sich nicht.

»Sieh dir das an!« rief einer der Männer, und Tess spürte, daß er vor ihr stand.

»Allmächtiger!« sagte der andere – aus einiger Entfernung, aber nicht ganz so weit entfernt, wie Tess gehofft hatte.

Ihre Nase zuckte, und sie war ganz sicher, daß selbst

ein Tauber das aufgeregte Klopfen ihres Herzens hören mußte.

»Mach die Augen auf, kleine Fee«, befahl der Riese, der ihr am nächsten stand, aber es klang nicht unfreundlich.

Tess schloß einen Kompromiß und öffnete ein Auge. Der Mann war blond wie Keith und hatte markante, sehr männliche Gesichtszüge. Seine Augen waren von dem auffallendsten Blau, das sie je gesehen hatte, und blitzten vor Ärger.

Wenn der Erzengel Michael auf die Erde herabkäme, würde er so aussehen, dachte Tess beeindruckt.

»Wer sind Sie?« fragte er und beugte sich leicht vor.

Tess drückte sich noch fester an den Sofarücken. »Ich ... wer sind Sie?«

»Laß sie in Ruhe, Jeff«, wandte der andere Mann ein, und als Tess neugierig an dem Erzengel vorbeispähte, sah sie einen dunkelhaarigen, verwirrend attraktiven Mann mit den gleichen tiefblauen Augen wie der andere. »Du erschreckst sie ja zu Tode!«

Jeff trat widerstrebend zurück. Seine Miene verriet, daß er Tess am liebsten erwürgt hätte. »Wer sind Sie?« wiederholte er gereizt seine Frage.

»M-mein Name i-ist Tess. Tess Bishop.«

»Wo ist mein Bruder?«

Jetzt richtete sich Tess erschrocken auf. Er meinte natürlich Keith. Wen sonst? »Das weiß ich nicht. Wirklich nicht.«

»Deshalb haben wir Sie auch in seiner Suite entdeckt, nicht wahr?« donnerte Jeff.

»Beruhige dich«, ordnete der andere Mann an. »Es ist ganz offensichtlich, daß sie nicht mit Keith zusammen war. Sonst hätten wir sie doch nicht auf der Couch gefunden, du Narr!«

»Ich würde Ihnen sagen, wo er ist, wenn ich es wüßte«,

log Tess, um sich die Sympathie des dunkelhaarigen Mannes auch weiterhin zu sichern.

Und tatsächlich kam er zu ihr und hockte sich vor das Sofa. »Ich bin Adam Corbin«, sagte er, »und dieser Verrückte dort ist mein Bruder Jeff. Wir haben nichts Böses mit Ihnen vor, und mit unserem Bruder Keith auch nicht. Wir möchten nur mit ihm sprechen, um uns zu vergewissern, daß es ihm gutgeht.«

Obwohl Adam Corbin ganz leise redete und sehr freundlich, wußte Tess, daß er ihrer Versicherung, ihnen Keith' Aufenthaltsort zu verraten, falls sie ihn kannte, keinen Glauben schenkte. »Ich habe ihn seit gestern nicht mehr gesehen«, sagte sie rasch.

»Dieser Bastard!« murmelte Jeff, während er wie ein unruhiger Tiger durch das Zimmer wanderte.

»Ich wäre Ihnen dankbar, wenn Sie in meiner Gegenwart auf derartige Ausdrücke verzichteten!« protestierte Tess, obwohl sie dazu ihren ganzen Mut zusammennehmen mußte.

Adams blaue Augen funkelten belustigt, und jetzt nahm er Tess' Hände in seine. »Sie glauben immer noch, wir wollten ihm etwas antun, nicht wahr?«

»Sie haben eine Belohnung auf seine Ergreifung ausgesetzt!«

»Ergreifung?« Adam mußte sich sichtlich beherrschen, um nicht zu lachen. »Seien Sie einmal ganz ehrlich, Tess: Können Sie sich vorstellen, daß Keith sich *ergreifen* läßt?«

Tess biß sich auf die Lippe und dachte nach. Dann schüttelte sie den Kopf. »Nein, wahrscheinlich nicht«, gab sie zu.

»Wir haben ein Telegramm von einer Frau aus Simpkinsville erhalten, in dem sie behauptet, Keith gesehen zu haben. Angeblich benutzt er den Namen Joel Shiloh. Sie schrieb auch, ihre Nichte Tess sei mit diesem Joel Shiloh durchgebrannt.«

Derora! Tess senkte den Kopf. »Ich bin nicht wirklich mit ihm durchgebrannt«, flüsterte sie. »Aber da ich mit meiner Tante nicht mehr leben konnte, hat Keith mich nach Portland mitgenommen.«

»Und?«

Tess erwiderte Adams prüfenden Blick. »Ich glaube, er ist weitergezogen. Ich habe die ganze Nacht auf ihn gewartet, um mich von ihm zu verabschieden und . . .«

»Ein schöner Priester«, murmelte Jeff, ohne in seiner Wanderung innezuhalten.

»Priester?« Tess verschluckte sich fast, als sie an all die schönen, sündhaften Dinge dachte, die sie mit Keith getan hatte. »Er ist *Priester?*«

Adam richtete sich zu seiner vollen Höhe auf. »Ja. Oder zumindest war er es.«

»Bis Amelie starb«, meinte Tess, und der bedauernde Ton in ihrer Stimme galt nicht dem toten Mädchen, sondern ihren eigenen, unerfüllten Hoffnungen.

»Am Tag ihres Begräbnisses warf er seinen Priesterkragen in den Fluß«, sagte Adam schroff. »Er ritt in jener Nacht davon, und keiner von uns hat ihn seither wiedergesehen.«

»Er trauert immer noch um sie.« Tess' Stimme klang so bedrückt, daß sie damit mehr verriet, als sie ahnte. »Er liebt sie auch heute noch.«

»Er ist ein Narr!« versetzte Jeff barsch.

Tess beschloß, daß ihr mindestens einer von Keith' Brüdern unsympathisch war und wollte Jeff schon scharf zurechtweisen. Aber Adam kam ihr zuvor.

»Ist er das, Jeff?« Die Frage klang ruhig und gelassen, aber es lag ein drohender Unterton darin. Fast wie eine Warnung. »Was wäre geschehen, wenn Fancy an jenem Tag umgekommen wäre?«

»Es war nicht Fancy. Und auch deine Banner nicht. Was willst du also damit sagen?«

»Das ist ganz einfach. Keith scheint Amelies Tod noch nicht überwunden zu haben und will nichts von seinem früheren Leben wissen. Und dazu gehören auch wir, Jeff. Bisher habe ich es nur vorgeschlagen, aber jetzt ist es ein Befehl: Wir werden ihn in Ruhe lassen, Jeff. Wir rufen alle Detektive zurück, und wir nehmen die Annoncen aus den Zeitungen.«

»Aber . . .«

»Aber nichts. Keith ist ein erwachsener Mann und längst nicht mehr der kleine Junge, für den wir früher Schläge einsteckten. *Wenn* und *falls* er zurückkommen will, wird er es tun.«

»Verdammt, Adam, ich liebe meinen Bruder!«

Tess warf dem Erzengel einen verwunderten Blick zu.

»Ich auch.« Adam Corbins blaue Augen richteten sich flüchtig auf Tess' schmales Gesicht. »Wir alle. Und deshalb werden wir ihn von jetzt an in Ruhe lassen.«

»Und wenn er uns braucht?« wandte Jeff ein, und Tess glaubte einen feuchten Schimmer in seinen Augen zu sehen.

Das Weinen ist in meiner Familie üblich, hatte Keith in jener Nacht im Wagen zu ihr gesagt, als er selbst geweint hatte . . .

»Ich muß jetzt gehen«, sagte sie. Keiner der Männer schien es zu hören, und keiner versuchte sie aufzuhalten.

11

Keith Corbin umklammerte den Ring wie einen Talisman, der ihn von all seinen negativen Gefühlen befreien konnte. »Amelie«, murmelte er beschwörend vor sich hin. »Amelie ...«

Aber ihr Name vollbrachte keine Wunder mehr. Er vermißte Tess noch immer, begehrte sie auch jetzt noch ... mehr als je zuvor.

Es war ein herrlicher Morgen. Am klaren Himmel zogen Vögel ihre Kreise, und sogar der alte Maulesel wieherte leise, als wollte er in das Gezwitscher einstimmen.

»Du findest das wohl lustig«, sagte Keith, den Blick anklagend zum Himmel erhoben. »Dann will ich dir mal was sagen. Ich glaube nicht mehr an dich. Und nichts, was du tust, wird mich dazu bringen, diese Frau zu heiraten . . .«

Er brach verwirrt ab. Was stand er hier herum und sprach mit jemandem, an dessen Existenz er gar nicht glaubte? Und wer hatte überhaupt von Heirat gesprochen?

Der Maulesel wieherte.

»Habe ich dich um deine Meinung gebeten?« fuhr der Mann ihn an und begann das Lagerfeuer mit Erde zuzuschütten. Doch der Gedanke, mit Tess verheiratet zu sein und eine ganze Schar fröhlicher, blauäugiger Kinder mit ihr zu haben, ging ihm nicht mehr aus dem Kopf. Er stellte sich vor, ein Haus für sie zu bauen, das Predigen wieder aufzunehmen . . .

»Nein!« schrie er zornig. »Nein!«

Er brach das Lager ab, ohne Kaffee getrunken oder gefrühstückt zu haben. Während er den Maulesel anschirrte, nahm er sich vor, nach Simpkinsville zurückzukehren und sich von nun an auf das zu konzentrieren, was wichtig war – sein Laudanum zu verkaufen, sein Biberöl und seine Leberpillen.

Nach dieser schnell getroffenen Entscheidung bestieg er zufrieden den Kutschbock, nahm die Zügel in die Hand und machte sich auf den Weg nach Portland.

Tess stand zögernd auf dem Korridor und fragte sich, was sie nun tun sollte. Wie sollte sie in diesem Aufzug –mit ihrem zerdrückten Kleid und aufgelöstem Haar – in die Suite ihres Vaters zurückkehren? Was sollte sie ihrer Mutter sagen? Oder Asa? Wie konnte sie ihnen ihre nächtliche Abwesenheit erklären?

Sie stand noch immer unentschlossen auf dem Korridor, als eine der Türen ihrer Suite aufging und Rod hinausschaute.

»Wo hast du bloß gesteckt?« flüsterte er ihr zornig zu.

Tess hoffte inständig, daß jetzt keiner von Keith' Brüdern herauskam und mit ihr sprach, denn sonst bestand Gefahr, daß Rod alle möglichen falschen Schlußfolgerungen traf. »Das brauche ich dir nicht zu sagen!« flüsterte sie zurück.

Rod schaute sich kurz um und trat dann auf den Flur. »Du bist in meiner Schuld, kleine Schwester. Ich habe Vater und Olivia gesagt, daß du früh ins Bett gegangen bist. Zum Glück bestanden sie nicht darauf, es nachzuprüfen.«

Tess seufzte schwer. »Was soll ich tun, Rod?«

»Zuerst machst du, daß du in dein Zimmer kommst – unsere Turteltauben schlafen noch –, und dann wirst du dich revanchieren, indem du mich zu Cynthia und Cedrick Golden begleitest.«

Widerspruch war sinnlos. Tess konnte nicht den ganzen Morgen auf dem Korridor stehen – in einem Kleid, dem man ansah, daß sie darin geschlafen hatte, und mit ihrem aufgelösten Haar. Außerdem wollte sie sich waschen, ihre Zähne putzen und etwas essen.

»Na schön«, stimmte sie widerstrebend zu.

Einen Moment später war sie in ihrem Zimmer, schloß mit klopfendem Herzen die Tür und zog sich rasch aus.

Zwanzig Minuten später betrat sie das Eßzimmer der Suite, angetan mit einem schlichten schwarzen Rock und einer weißen Bluse, um mit ihrer Familie zu frühstücken. Ihrer Mutter zuliebe hatte sie sogar ihr langes Haar zu einem lockeren Knoten aufgesteckt.

»Unsere Tochter ist schön wie eine Vision«, bemerkte Asa liebevoll und drückte Olivias Hand. Der Tisch war bereits gedeckt, es standen Platten mit Rührei, Speck, Würstchen und frischem Obst bereit.

»Ja, sie wirkt sehr tugendhaft, nicht wahr?« warf Rod ein und zwinkerte Tess verstohlen zu.

Tess nahm errötend ihren Platz ein.

»Heute sehen wir uns nach einem Laden für dich um«, verkündete Asa lächelnd. »Livie freut sich schon, an die frische Luft zu kommen. Du bist schon immer gern in der Kutsche gefahren, nicht wahr, Liebes?«

»Tess und ich haben heute schon was vor«, wandte Rod ein und forderte Tess mit einem warnenden Blick auf, seine Aussage zu bestätigen.

Tess schluckte und setzte zu einer Entgegnung an, aber Olivia kam ihr zuvor.

»Könntet ihr das nicht verschieben? Wenn wir heute nicht auf die Suche nach einem Laden für Tess gehen, wird Asa mich zwingen, den ganzen Tag im Bett zu bleiben.«

Asa betrachtete ihre schmale Hand in seiner und sah dann seinen Sohn an. »Ja, ich glaube, ihr könntet eure Pläne ändern«, meinte er ruhig.

Tess versteifte sich unwillkürlich, aus Angst, Rod könnte nun verraten, daß er sie morgens auf dem Korridor gefunden hatte. Es blieb ihr nichts anderes übrig, als ihn zu besänftigen, so schwer es ihr auch fiel.

»Könnten wir den lieben Cedrick und die liebe Cynthia nicht morgen besuchen, Rod?« schlug sie zaghaft vor.

Er wirkte gereizt und unentschlossen. »Warum nicht heute abend?«

»Da haben sie doch bestimmt eine Vorstellung«, wandte Tess so freundlich und unterwürfig ein, daß ihr fast übel davon wurde. »Bitte, Rod, laß uns morgen gehen.«

Er dachte nach. Schließlich nickte er. »Na schön. Morgen.«

Tess senkte den Kopf, um ihre Erleichterung zu verbergen.

Es war ihr Glück und auch ihr Pech, daß sie schon eine Stunde nach Verlassen des Hotels das perfekte Lokal für Tess fanden. Es befand sich in einem schmalbrüstigen Gebäude und hatte außer dem Laden und einem kleinen Hintergarten noch drei Räume im ersten Stock, die als Wohnung eingerichtet werden konnten. Der Fotograf, dem das Haus gehörte, verkaufte es mit einer beachtlichen Sammlung von Kameras, Entwicklungsmaterial und einer Menge unbezahlter Rechnungen.

»Es sieht so düster aus«, klagte Olivia, als sie die Spinnweben an den Deckenbalken sah. »Ach, Tess, wenn ich mir vorstelle, daß du an einem solchen Ort leben und arbeiten wirst...«

Doch Tess hatte sich bereits in jeden einzelnen Quadratzentimeter des winzigen Ladens verliebt. Immerhin würde er ihr gehören, und das allein machte vieles andere wieder wett.

Asa und Mister Lathrop, der frühere Besitzer, waren zur Bank gegangen, um alles Finanzielle zu regeln. Rod blieb, um ›nach den Frauen zu sehen‹, wie er sagte, und schaute sich so verächtlich um wie Olivia. Er berührte den kleinen Ofen aus Gußeisen, der mit einer dicken Staubschicht bedeckt war, und sagte: »Sieht mir nicht nach einem gutgehenden Geschäft aus. In sechs Monaten nagst du am Hungertuch.«

Tess wagte ihren Bruder nicht zu verärgern. Noch nicht. »Unsinn«, sagte sie fröhlich. »Der Laden braucht ein bißchen Farbe und eine gründliche Reinigung. Wenn Mister Lathrop keinen Erfolg hatte, dann nur, weil er sein Geschäft nicht ordentlich geführt hat.«

»Wenn du meinst«, antwortete Rod seufzend, aber insgeheim lachte er sie aus. Es bereitete ihm einen Heidenspaß, daß er Tess in der Hand hatte.

Sie merkte es und biß ärgerlich die Zähne zusammen. Jetzt, wo der Laden innerhalb so kurzer Zeit gefunden war, konnte er wieder auf seinen Besuch bei den ›Goldenen Zwillingen‹ bestehen, und vermutlich erwartete er sogar von ihr, daß sie freundlich zu diesem Gecken Cedrick war.

Andererseits – was konnte schon passieren bei einem Besuch am hellen Nachmittag? Sie würden Tee trinken, sich ein bißchen unterhalten, und Rod würde versuchen, Cedricks Aufmerksamkeit auf seine schauspielerischen Fähigkeiten zu lenken. Und dann fuhren sie zum Hotel zurück, und Tess konnte anfangen, Pläne für ihren Laden zu machen. Asa verstand etwas von Geschäften – sie würde ihn um Rat bei Buchführung und ähnlichen Dingen bitten.

Als Asa zurückkehrte, wirkte Olivia erschreckend müde und erschöpft, und ihr Mann beeilte sich, sie ins Hotel zurückzubringen.

Tess ging in die Küche der Suite und kochte Tee für ihre Mutter. Als sie das Tablett zu Olivia hineintrug, forderte ihre Mutter sie auf, sich für einen Moment zu ihr zu setzen.

»Ich mag diesen Laden nicht, Tess«, sagte sie klagend. »Er ist schmutzig und dunkel, und jeder Wüstling von der Straße könnte hereinkommen und dich überfallen.«

Tess unterdrückte ein Seufzen. Olivia war fünf Jahre lang keine Mutter gewesen, nicht durch ihre Schuld natürlich. Anscheinend wollte sie das nun wiedergutmachen, indem sie Tess alles erschwerte. »Mama, das Lokal befindet sich im besten Teil der Stadt –nur fünf Minuten von diesem Hotel entfernt!«

»Trotzdem. Ich möchte, daß du diese dumme Idee aufgibst und mit deinem Vater und mir nach St. Louis zurückkehrst.«

Tess versteifte sich. »Das werde ich nicht tun. Ich bin

kein Kind mehr, Mama. Ich könnte auch keins mehr sein, selbst wenn ich es wollte.«

»Es ist dieser zerlumpte Hausierer, nicht wahr? Ich weiß, daß du gestern nacht nicht in deinem Bett warst, Tess. Ich wollte dir gute Nacht sagen, aber du warst nicht da. Ich habe Asa nichts davon erzählt, aber das heißt nicht, daß ich es nicht tun werde.«

»Ich war nicht mit Keith zusammen, Mutter!« flüsterte Tess verzweifelt. O Gott, sie konnte sich vorstellen, was Asa tun würde, wenn es ihm zu Ohren kam! Vielleicht nahm er ihr den Laden wieder ab. Oder er bestand darauf, daß sie nach St. Louis mitkam. Das Gesetz räumte ihm beide Möglichkeiten ein.

»Wo warst du dann?«

»Ich ging in seine Suite – seine Familie besitzt eine Suite auf der anderen Seite des Korridors.« Tess senkte den Kopf und schluckte verlegen. »Ich weiß, daß es nicht richtig war, aber ich wollte Keith noch einmal wiedersehen. Ich wollte mich von ihm verabschieden, aber leider war er nicht da. Also setzte ich mich auf das Sofa, um auf ihn zu warten, und da muß ich wohl eingeschlafen sein, denn als ich erwachte, war es schon früher Morgen.«

»Ich verstehe«, sagte Olivia, die nicht das geringste zu verstehen schien. »Ist er fort? Für immer fort?«

Ein schmerzhafter Stich fuhr Tess durchs Herz. »Ja«, antwortete sie bedrückt. »Er ist fort.«

»Ich finde, du solltest wirklich mit uns nach St. Louis kommen. Im nächsten Frühjahr fahren wir nach Europa, und du könntest uns begleiten. Du würdest sicher jemanden kennenlernen und ...«

»Mutter, ihr könnt mich zwingen, mitzufahren. Aber ich bitte euch, es nicht zu tun.«

»Tess, ich liebe dich. Ich will doch nur ...«

Tess nahm Olivia die Tasse ab, stellte sie beiseite und nahm beide Hände ihrer Mutter. »Ich weiß, daß du mich liebst, Mama.« Sehr leise und sehr ernst fügte sie hinzu: »Ich liebe dich auch.«

Olivia schien zu erschrecken, als sie die geröteten, immer noch etwas schwieligen Hände ihrer Tochter sah.

»Derora hat dich wie eine Bedienstete behandelt«, flüsterte Olivia bestürzt.

Tess wagte es nicht, ihre Mutter anzuschauen, aber Olivia berührte ihre Wange und zwang sie, ihr in die Augen zu sehen.

»Du warst ein Dienstmädchen im Haus meiner Schwester«, sagte sie in strengem Ton, und in ihren dunklen Augen erschien ein Feuer, das Tess dort viele Jahre nicht mehr gesehen hatte.

»Sie... sie brauchte jemanden, der ihr half, nachdem ihr Mann sie verlassen hatte, Mama. Und du warst krank. Das Sanatorium war sehr teuer.«

»Ach, Tess...«

»Nicht, Mama! Mach dir bitte keine Vorwürfe. Du hättest es für mich doch auch getan, nicht wahr?«

»Ich bin nicht sicher, ob ich die Kraft dazu aufgebracht hätte, Tess. Du bist ein noch besserer Mensch, als ich je gedacht hätte. Und ich sehe ein, daß du durchaus imstande bist, dich in einer solch wilden Gegend zu behaupten.«

»Natürlich kann ich das, Mama, ich schwöre es dir. Und ich werde dir jede Woche schreiben. Ich schicke dir Fotos und erzähle dir von den Leuten, die zu mir kommen, um Aufnahmen machen zu lassen und...«

»Ach, mein liebes Kind!« Olivia weinte fast. »Es ist nicht leicht, Kinder zu haben. Sie werden erwachsen, und dann verlassen sie uns.«

»Du hast Asa.« Tess küßte ihre Mutter zärtlich auf die Stirn. »Du wirst sehr glücklich sein. Und laß dich nicht von diesen schrecklichen Frauen der guten Gesellschaft erniedrigen!«

Olivia lachte jetzt, obwohl ihre Augen noch immer feucht schimmerten. »Was für *schreckliche* Frauen meinst du denn, Tess? Die Freundinnen von Violetta Thatcher und ihrer Tochter Millicent?«

»Ja«, flüsterte Tess mit tränenerstickter Stimme. »Du bist so zart, so schwach. Sie könnten ...«

»Sie können gar nichts, außer über mich zu klatschen und mir gelegentlich einen Nasenstüber zu versetzen. Glaubst du, es interessierte mich, was diese eingebildeten Krähen von mir denken, Tess?«

»Aber dein Zusammenbruch ...«

»Ich *brach zusammen*, wie du es nennst, weil ich Asa für immer verloren zu haben glaubte. Jetzt gehört er wieder mir, und ich bin seine Frau. Alles andere, liebes Kind, ist unwichtig. Geh jetzt. Dein Bruder möchte gern seine Verabredung einhalten.«

Mein Bruder, dachte Tess unfreundlich. »Ja. Du wirst dich ausruhen, nicht wahr?«

»Ich verspreche es dir.«

»Und du wirst auch Asa nicht dazu überreden, mich nach St. Louis mitzunehmen?«

»Nein.« Es klang entschieden, endgültig, und Tess atmete erleichtert auf.

Die Goldens lebten in einem beeindruckenden Haus, das mußte sogar Tess zugeben. Es hatte einst einem Kapitän gehört, erzählte Cynthia stolz, als sie Tess und Rod durch die Eingangshalle in einen ausgesprochen eleganten Raum mit Blick auf den Ozean führte. Von den Fenstern aus konnte man die Wellen an den Strand schlagen sehen – und sogar hören.

Aus irgendeinem Grund rief dies ein merkwürdiges Unbehagen in Tess wach.

Tee wurde serviert, und Cedrick erschien in engen

schwarzen Hosen und einem auffallenden Smoking aus burgunderfarbenem Samt. Tess hatte ihn vorher mit einem Engel verglichen; nun dachte sie an Keith' Bruder Jeff und gestand Cedrick nur mehr den Rang eines Cherubims zu.

Sie plauderten alle eine Weile, wobei Tess sich bemühte, nicht ständig nach der Uhr auf dem Kaminsims zu schauen, und dann nahm Cynthia Rod bei der Hand und zog ihn lachend in einen anderen Teil des Hauses.

Tess war sehr aufgebracht darüber, aber sie konnte nichts dagegen tun, wenn sie sich nicht lächerlich machen wollte.

»Ich hatte gehofft, ein paar Minuten mit Ihnen allein sein zu können«, säuselte Cedrick.

Das kann ich mir vorstellen, du ... du Schauspieler, dachte Tess wütend, aber sie straffte nur die Schultern, lächelte ihn über den Rand ihrer Teetasse an und bemühte sich um eine damenhafte Haltung. »Warum?« fragte sie gelassen.

»Ich habe ein Stück geschrieben«, gestand Cedrick mit bedeutungsvollem Lächeln.

Jeder Schauspieler hat schon einmal ein Stück geschrieben, dachte Tess. »Oh, wie interessant!«

»Die Hauptrolle bekommt natürlich Cynthia.«

»Selbstverständlich.«

»Aber ich habe auch eine Rolle für Sie. Eine sehr gute sogar.«

»Ich bin Fotografin, Mister Golden, und keine Schauspielerin.«

Es war, als hätte sie nichts gesagt. Cedrick starrte verträumt in die Ferne. Tess vermutete, daß er dort sehr viel Zeit verbrachte – wie jeder gute Cherub. »Und natürlich habe ich auch eine Rolle für Ihren Bruder vorgesehen.«

Aha. Also war Cedrick doch nicht so dumm, wie er

aussah. »Und wenn ich die weibliche Rolle lese, wird Rod auch engagiert«, bemerkte Tess trocken.

»Sie sind nicht nur schön, sondern auch noch klug.«

»Und völlig uninteressiert an Ihren Vorschlägen, Mister Golden. Ich besitze weder Talent, noch habe ich das Verlangen . . .«

»Ich glaube, Sie besitzen ein sehr ausgeprägtes *Verlangen*«, fiel Cedrick ihr in anzüglichem Ton ins Wort.

Tess senkte errötend den Blick.

Cedrick beugte sich vor und berührte ihre Hand. »Aber, aber, meine Liebe – ich will Sie doch nicht zwingen. Keineswegs. Ich bitte Sie nur, die Rolle einmal probezulesen.«

Tess schluckte.

»Also gut. Ich bin bereit . . .«

»Na wunderbar! Mehr verlange ich ja gar nicht von Ihnen. Lassen Sie uns jetzt unseren Tee trinken und wie gute Freunde plaudern. Denn das sind wir doch, oder?«

Ein merkwürdiges Unbehagen erwachte in Tess. »Wo ist Rod?« fragte sie, ohne auf seine letzte Bemerkung einzugehen.

»Im siebten Himmel, vermute ich«, erwiderte Cedrick schmunzelnd.

Was er meinte, war völlig klar, und Tess spürte, wie ihr das Blut in die Wangen schoß.

Cedrick lachte kehlig. »Meine liebe, liebe Tess . . . machen Sie doch nicht so ein entrüstetes Gesicht! Sie müssen doch wissen, wie . . . wie liebevoll wir Theaterleute miteinander umgehen.«

Tess wußte es. Schließlich war sie in einem Haushalt aufgewachsen, in dem Schauspieler und Schauspielerinnen aus- und eingegangen waren, sich gegenseitig ›Darling‹ genannt und mit der gleichen Gelassenheit umarmt hatten, wie andere Leute einen Händedruck wechselten.

»Da ich selber keine Schauspielerin bin . . .« begann sie lahm.

Wieder lachte Cedrick. Aber dann schien er Mitleid mit Tess zu bekommen und erzählte ihr von seiner und Cynthias Kindheit – wie sie des ständigen Umherreisens müde geworden waren und beschlossen hatten, sich ein eigenes Theater zu kaufen.

Als Rod zurückkam – eine volle Stunde später –, sah er tatsächlich so aus, als habe er einen kurzen Besuch im Himmel gemacht.

Tess hätte ihn seines anzüglichen Grinsens wegen am liebsten ins Gesicht geschlagen.

»Wir sollten jetzt nach Hause gehen«, schlug sie verärgert vor, während sie die neunte Tasse Tee beiseite schob und aufstand.

»Hm«, seufzte Rod mit einem bedauernden Blick auf Cynthias vor Erregung glühendes Gesicht.

Tess fragte sich gerade, ob sie Cynthia gewaltsam aus Rods Armen entfernen mußte, um endlich gehen zu können, als Cedrick ihr ganz unerwarteterweise zu Hilfe kam.

»Laß es gut sein, Cynthia«, murmelte er, und seine Schwester gehorchte schmollend.

In der Kutsche maß Tess ihren Bruder mit einem eisigen Blick.

»Sieh mich nicht so an«, beklagte er sich. »So schlimm war es schließlich nicht. Cedrick hat dich nicht belästigt, oder?«

»Nicht körperlich«, sagte Tess und blickte auf das Manuskript in ihrer Hand.

»Ich habe mich gut unterhalten«, beharrte Rod.

»Das war nicht zu übersehen«, entgegnete Tess.

»Spiel bloß nicht die Prüde, Tess«, meinte ihr Bruder gereizt.

»Du bist schließlich auch kein Engel.«

Das war nicht abzustreiten. »Ich bin nur müde, Rod. Ich muß Pläne für meinen Laden machen und . . .«

»Dieser Laden ist ein Witz, das weißt du selbst. Der Hausierer wird zurückkommen, dir etwas zugrunzen, dich über die Schulter werfen und in seine Höhle schleppen.«

»Ich hasse dich, Rod Thatcher.«

Rod lächelte freundlich. »Ich bin erschüttert. Wo warst du eigentlich gestern nacht?«

»Das geht dich nichts an.«

»O doch! Ich bin dein Bruder. Wenn Vater und Olivia nach St. Louis fahren, werden sie dich in meiner Obhut zurücklassen.«

»Ich brauche niemanden, der auf mich aufpaßt.«

Rod ignorierte ihre Worte und seufzte nur ungeduldig. Doch als die Kutsche vor dem Hotel anhielt, zeigten beide beim Aussteigen eine geradezu rührende geschwisterliche Eintracht.

»Ich verachte dich«, flüsterte Tess strahlend, als Rod ihr aus der Kutsche half.

Rod küßte ihre Hand.

»Wenn ich ungestraft davon käme«, flüsterte er zurück, »würde ich dir mit Freuden deinen schlanken Hals umdrehen, *Darling*.«

Der Hausierer, der in einiger Entfernung stand, hatte nur das letzte Wort gehört, aber die Szene selbst sagte ihm genug.

Der Schauspieler. Verdammt, und er hatte sich den Kopf über Tess zerbrochen und war ihretwegen sogar zurückgekommen! Und sie ließ sich von diesem eingebildeten Schauspieler hofieren!

Keith Corbin empfand großes Mitleid mit sich selbst.

Tess' schockierte Miene, als sie ihn erblickte, tröstete

ihn ein wenig. Warum leuchteten ihre Augen bei seinem Anblick auf?

»Keith!« rief sie, scheinbar entzückt, als wäre sie tatsächlich froh über das Wiedersehen.

Keith brachte es nicht über sich, sie anzuschauen. Er wandte sich an den Schauspieler, der ein bißchen blaß geworden war. »Wir werden uns wiedersehen«, sagte er in leisem, drohendem Ton.

»Leider«, erwiderte Waltam.

Keith beglückwünschte sich zu seiner Vernunft und seiner Fähigkeit, die Fehler anderer zu übersehen. Schließlich war er dazu erzogen worden, in jeder Situation die Beherrschung zu wahren.

Er packte Roderick an den Rockaufschlägen und schleuderte ihn hart gegen die Mauer des Grand Hotels. Und das vor Tess und einer Menge gaffender Passanten.

Tess warf sich wie ein wütender, erschreckter Vogel auf ihn, umklammerte seinen Arm und rief wieder und wieder seinen Namen.

Was Keith' Wut nur noch mehr anstachelte.

Er versetzte dem Schauspieler einen Faustschlag in den Magen und lächelte grimmig, als er den lauten Schmerzensschrei vernahm, der darauf folgte.

Tess trat zwischen die beiden Männer. Ihre haselnußbraunen Augen standen voller Tränen, und das brachte Keith ein wenig zur Besinnung.

»Du Biest!« sagte sie.

Und bevor er antworten konnte, waren sie neben ihm, die Arme verschränkt, die blauen Augen von triumphierendem Glanz erfüllt. Seine Brüder.

Keith zog lächelnd seinen Hut. Es war ihm bewußt, daß Tess ihren keuchenden Verehrer in die Hotelhalle zog, aber dagegen konnte er im Moment nichts unternehmen.

»Hallo, Keith«, sagte Adam gelassen.

Keith grinste breit und riskierte einen Blick auf seinen Bruder Jeff, der mit wütendem Gesicht neben Adam stand.

Verdammt, dachte Keith, meinte jedoch lächelnd: »Ich habe euch schon überall gesucht!«

12

Während der nächsten beiden Tage begegnete Tess keinem der Corbin-Brüder. Wenn sie an der Suite vorbeiging, hörte sie des öfteren Geschrei, Gelächter oder das dumpfe Klicken von Billardkugeln, aber keiner der drei Männer ließ sich sehen.

Tess beschäftigte sich mit der Renovierung ihres Ladens und las die Bücher, die Mister Lathrop hinterlassen hatte. Nachts, wenn der Schlaf sich nicht einstellen wollte, las sie Cedrick Goldens Stück.

Es war erstaunlich gut, so gut, daß Tess es ihrer Mutter

zeigte, die als ehemalige Schauspielerin eine Autorität in diesen Fragen war.

Olivia las das Manuskript mit Interesse. »Die Rolle der Marietta Blake ist perfekt für dich«, sagte sie eines Tages zu Tess. »Und ja – selbst wenn es nur eine Nebenrolle ist, kann ich mir Rod durchaus als Colonel Wilmington vorstellen.«

Olivia sprach sehr liebevoll von Rod, fast, als sei er ihr eigener Sohn, und warum auch nicht? Während er sich bei Tess ein Vergnügen daraus machte, sie an ihre uneheliche Geburt zu erinnern, verwöhnte und verhätschelte er Olivia, und niemand hätte je gedacht, daß er ihr etwas Böses wünschte. Vielleicht tat er es auch nicht. Rod schien kein nachtragender Mensch zu sein. Keith Corbins brutalen Angriff vor dem Hotel hatte er bisher mit keinem Wort erwähnt.

»Ich will nicht Theater spielen«, sagte Tess leise. »Ich bin keine Schauspielerin.«

»Ich bin froh, daß du das sagst. Das Leben einer Schauspielerin ist nicht leicht, Tess.«

»Ich werde meinen Laden eröffnen, pünktlich zum vorgesehenen Termin.«

»Gut«, antwortete Olivia. Dann kam Asa herein, und augenblicklich richtete sich die Aufmerksamkeit ihrer Mutter auf ihn. Tess kam sich so überflüssig vor, daß sie still hinausging.

Sie beschloß, ihr Fahrrad hinunterzubringen und zu ihrem Laden zu fahren. Vielleicht konnte sie von der anderen Straßenseite aus ein paar Aufnahmen machen. Das Lokal war jetzt sauber und neu gestrichen, und auf den glänzenden Fensterscheiben stand in goldenen Lettern: ›Tess Bishop‹.

Tess wußte nicht, ob es Glück oder Pech war, daß sie Keith Corbin auf dem Korridor des dritten Stocks begegnete.

»Hallo, Kleines«, sagte er ruhig, und Tess stellte verwundert fest, wie elegant er gekleidet war – er trug einen gutgeschnittenen Anzug aus grauem Tuch, eine farblich passende Seidenweste und glänzende schwarze Stiefel.

Es war ein Schock für Tess, ihn so unvermutet zu sehen und einsehen zu müssen, daß er gar kein Hausierer war – und nie wirklich einer gewesen war.

Sie drehte den Kopf, und ihr langes Haar schwang wie ein dichter Vorhang über ihre Schultern. Eigentlich hatte sie es aufstecken wollen, aber dann im Hinblick auf das Fahrradfahren darauf verzichtet. »Ich habe jetzt einen eigenen Laden«, sagte sie, denn plötzlich war es ungemein wichtig für sie, ihm zu beweisen, daß sie eigene Pläne besaß.

»Und einen Liebhaber?«

Die Frage verwirrte Tess. »Wie bitte?«

»Roderick Waltam. Der Schauspieler.«

»Rod? Mein Liebhaber?« Tess lachte kurz und straffte dann die Schultern. »Wohl kaum. Er ist mein Halbbruder. Übrigens war es sehr gemein von dir, ihn auf diese Weise anzugreifen.«

Keith lächelte schwach. »In welcher Weise hätte ich ihn denn angreifen sollen, Kleines?«

Tess errötete. »Du hättest ihn überhaupt nicht angreifen dürfen!«

»Ich wußte nicht, daß er dein Bruder ist«, erwiderte Keith, als erklärte das alles, nahm ihr das Fahrrad aus der Hand und begann es über den Korridor in die Halle zu schieben. »Apropos Brüder«, fuhr er fort, als sie die Aufzugtür erreichten und er den Knopf gedrückt hatte. »Ich hörte, daß du meine schon kennengelernt hast.«

Wieder errötete Tess. »Ja«, gab sie zu und dachte voller Beschämung an den Ort und die Art und Weise ihrer Begegnung.

»Sie sind fort«, erzählte Keith weiter. Der Aufzug kam

mit einem beängstigenden Quietschen vor ihnen zum Stehen.

Tess war erleichtert, in gewisser Weise waren Keith' Brüder ihr so unheimlich wie dieser Aufzug. Doch sie sagte nur: »Oh«, und folgte Keith in das stählerne Ungeheuer, das sich ächzend in Bewegung setzte.

Keiner von ihnen sprach, bis der Lift erneut zum Stehen kam. Dann fragte Keith: »Möchtest du mir nicht deinen Laden zeigen, Kleines? Ich würde ihn wirklich gern sehen.«

Tess wußte, daß es besser gewesen wäre, nein zu sagen, um ihm nicht zu zeigen, wo sie leben und arbeiten würde, aber dazu war sie nicht imstande. Auch die Einsicht, daß sie *alles*, aber auch wirklich *alles* für ihn getan hätte, war kein Trost, denn sie wußte, daß er sie nach Lust und Laune zu seiner Geliebten machen konnte, zu seiner Mätresse oder zu seiner Frau . . .

»Es ist nicht weit, höchstens fünf Minuten«, hörte sie sich sagen.

»Dann können wir laufen. Oder mit dem Fahrrad fahren.« Er betrachtete das stählerne Gefährt mißtrauisch, schob es jedoch bereitwillig über den Bürgersteig.

»Ich bleibe nicht hier im Hotel«, sagte Tess. »Über dem Laden ist eine kleine Wohnung. Dort werde ich leben.«

Keith blieb abrupt stehen. »Allein?« fragte er empört.

»Ja«, antwortete Tess trotzig. »Allein.«

Keith schien nachzudenken, dann erschien ein Lächeln um seinen Mund. »Allein«, wiederholte er, und diesmal klang es nicht empört, sondern eher interessiert.

»Du brauchst nicht zu denken, daß sich damit etwas für dich ändert!«

Er lachte nur und begann weiterzugehen, und Tess fragte sich, was in seinem Kopf vorgehen mochte.

Es war eine Erleichterung und auch ein Problem, als sie die Ladentür erreichten. Tess' Hände zitterten, als sie den

Schlüssel aus ihrer Tasche holte und aufschloß. Dabei war ihr die ganze Zeit bewußt, daß Keith sie beobachtete und auf Einlaß wartete – an einen Ort, dessen Herr er werden konnte, falls es ihm beliebte, obwohl er kein Recht dazu besaß. Nicht das geringste!

Der kleine Raum roch angenehm nach Tannenseife und frischer Farbe. Die Wände waren weiß getüncht und mit massiven Holzregalen versehen; die breite Theke bestand aus poliertem Mahagoni. Sogar der kleine Ofen schimmerte und glänzte wie die Rüstung eines großen Ritters.

Keith stellte Tess' Kamera auf die Theke und schaute sich interessiert um. »Wirklich nett, Kleines«, sagte er nach langem Schweigen. »Sehr hübsch.«

Diese wenigen Worte erfüllten Tess mit Stolz. Sie glühte vor Begeisterung und war plötzlich begierig, ihm jeden Winkel ihres Reichs zu zeigen. »Komm und schau dir die Kameras an, die ich mit dem Laden übernommen habe!« rief sie ihm zu, während sie hinter einem Vorhang verschwand.

Keith folgte ihr.

»Kannst du damit umgehen?« fragte er stirnrunzelnd, als er die geheimnisvollen Geräte in der Dunkelkammer sah.

Der Zweifel, der sich in seiner Stimme verriet, tat weh. »Natürlich! Ich habe Bücher, in denen alles genau beschrieben steht. Sieh mal – schau dir diese Kamera an! Man kann stereoskopische Aufnahmen mit ihr machen. Du weißt schon – Fotos, die völlig realistisch wirken . . .«

Keith lächelte. »Ja. Ich bin mit der Technik vertraut. Meine Schwester besitzt ein Stereoskop und macht sich ein Vergnügen daraus, uns alle mit den dreidimensionalen Ruinen von Rom zu langweilen.«

Tess verspürte eine ungewohnte Hitze in ihren Wangen; vielleicht war es auf Keith' Nähe zurückzuführen, vielleicht auch auf die Enge des Raumes oder des Halbdunkels, das darin herrschte...

Keith trat näher und zog sie in die Arme. »Ich habe dich mehr vermißt, als ich je für möglich gehalten hätte, einen Menschen vermissen zu können«, sagte er mit leiser, etwas schroffer Stimme.

Tess bemühte sich, einen klaren Kopf zu behalten, aber es mißlang ihr kläglich. Als sie seine Lippen auf ihrem Mund spürte, war es um ihren Widerstand geschehen.

Er küßte sie, und der Boden schien sich unter ihren Füßen aufzulösen. Ihr Herz pochte zum Zerspringen, und der harte Druck seines Körpers an ihrem weckte ein heißes Sehnen in ihr, ihm von neuem anzugehören.

Ihr Kuß wurde immer leidenschaftlicher, und Tess stöhnte leise auf, als sie Keith' Finger an ihrem schlichten Baumwollmieder spürte. Ihre Brüste wurden schwer und heiß, als er sie entblößte; die rosigen Knospen richteten sich verlangend auf.

Keith beugte den Kopf und preßte aufstöhnend seine Lippen darauf.

O Gott, dachte Tess ängstlich und erwartungsvoll, er wird mich nehmen... hier... jetzt...

Doch in diesem Augenblick bimmelte die Ladenglocke, und eine vertaute Stimme rief: »Tess! Bist du hier? O Tess, sag, daß du hier bist!«

»Emma!« flüsterte Tess betroffen und begann mit fliegenden Fingern ihr Mieder zuzuknöpfen.

»Verdammt!« murmelte Keith, wandte sich schwer atmend ab und stützte beide Hände auf den Tisch.

»Ich bin hier, Emma! Ich komme sofort!«

»Ich bin hier, Emma!« äffte Keith sie zornig nach. *»Ich komme sofort!«*

»Sei still!« zischte Tess, während sie ihr Haar glättete, ihren Rock zurechtzog und durch den Vorhang in den Laden ging.

Es war wirklich Emma, die vor der Theke stand. Sie wirkte einsam und verloren, ihre Kleider waren zerdrückt wie von viel zu langem Tragen, ihre Augen hohl und ihr Haar war glanzlos.

»O Tess!« rief sie und ließ den Koffer fallen, den sie in der Hand gehalten hatte. »Ich habe meinen eigenen Vater umgebracht! Mama will nichts mehr mit mir zu tun haben – was man ihr nicht übelnehmen kann –, und Missis Hollinghouse-Stone wollte mich nicht aufnehmen, und da ist Derora einfach abgereist und hat mich zurückgelassen! Ganz allein, Tess! Es war ein Wunder, daß ich zufällig an diesem Laden vorbeikam und deinen Namen auf dem Fenster sah . . .«

Tess zog ihre Freundin tröstend in die Arme. »Pst, Emma, beruhige dich. Es wird alles gut, das verspreche ich dir. Wir gehen jetzt in mein Hotel, dort kannst du etwas essen, ein Bad nehmen und dich ausruhen. Und später erzählst du mir alles.«

Emma nickte gehorsam. »Ich bin so froh, daß ich dich gefunden habe. So froh, Tess.«

»Ich kümmere mich um dich, Emma«, versprach Tess, und das waren keine leeren Worte. »Jetzt wird alles gut.«

In diesem Augenblick kam Keith aus der Dunkelkammer in den Laden. Er wirkte sehr verstimmt, und das empörte Tess. Sah er denn nicht, daß Emma Hilfe brauchte? Nein, wie allen Männern lagen auch ihm nur seine eigenen Interessen am Herzen.

Emma starrte ihn aus weitaufgerissenen Augen an, stieß einen entsetzten Schrei aus und sank ohnmächtig zu Boden.

»Was zum . . .?« rief Keith verblüfft.

Tess kniete bereits auf den Holzplanken und fühlte den Puls ihrer Freundin. »Du solltest jetzt gehen. Du scheinst sie erschreckt zu haben.«

»Was habe ich denn getan?«

Emma stöhnte und warf den Kopf von einer Seite auf die andere.

»Geh!« meinte Tess.

Keith zuckte ärgerlich mit den Schultern. Als er hinausging und die Tür hinter sich zuschlug, bimmelte die kleine Glocke noch heftiger als sonst.

Emma auf die Beine und dann ins Grand Hotel zu bringen, war kein leichtes Unterfangen, aber Tess schaffte es. Ihr Fahrrad schloß sie im Laden ein, da sie ihre ganze Kraft brauchte, um Emma auf dem Weg zu stützen.

Als sie Suite Siebzehn betraten, hatte Emma Tess eine unglaubliche Geschichte erzählt, bei der es um Rod ging, eine Lüge, den plötzlichen Tod ihres Vaters, den Zorn ihrer Mutter und eine Reise – in Deroras Begleitung – nach Portland. Sie habe unglaublich lange gedauert, diese Reise, plapperte Emma erregt, weil Missis Beauchamp in jeder Stadt gehalten habe, um ihren Freunden zu erzählen, wie reich sie nun war.

Da nichts von alldem für Tess einen Sinn ergab, scheuchte sie ihre Freundin in ihr Zimmer und überredete sie, ihre Kleider abzulegen und einen Morgenrock anzuziehen.

»Du ruhst dich jetzt aus, Emma«, bestimmte Tess sanft. »Ich koche uns Tee. Hast du Hunger?«

»Ich will ein Bad!« wimmerte Emma wie ein kleines Mädchen.

»Du wirst doch nicht wieder ohnmächtig werden?« fragte Tess besorgt. »Du könntest ertrinken...«

Emma schüttelte den Kopf. »Wie sollte ich, Tess? Ich bin eine erwachsene Frau!«

Tess verzichtete darauf, das Gegenteil zu behaupten, und führte Emma ins Bad. Das heiße Wasser schien eine beruhigende Wirkung auf sie zu haben. Sie bat um Seife, und als sie die hatte, seufzte sie zufrieden und sagte: »Jetzt möchte ich meinen Tee.«

Tess ging kopfschüttelnd hinaus und in die Küche, wo sie zu ihrer Überraschung Rod begegnete. Bei seinem Anblick erwachte ein bittersüßes Triumphgefühl in ihr. Zum ersten Mal besaß sie nun die Oberhand!

»Emma ist hier«, verkündete sie fröhlich, während sie den Wasserkessel vom Herd nahm.

Es war, als hätte sie einen Speer in Rods Rücken gebohrt. Er versteifte sich und drehte sich langsam zu Tess um, die den Kessel mit Wasser füllte und auf das Feuer setzte.

»Was?« fragte Rod erstickt. Er war leichenblaß geworden.

»Deine liebe Emma. Das Mädchen, das du in Simpkinsville verführt und verlassen hast. Sie ist in unserem Badezimmer ...«

»In unserem ...«

»Badezimmer.«

»Was macht sie hier?«

»Sie sucht dich«, entgegnete Tess lächelnd. »Ist das nicht reizend, Rod? Daß sie so verliebt ist, meine ich.«

Rod sah aus, als sei er gerade zum Tode verurteilt worden. »Du ... du mußt sie fortschaffen!«

»Das kann ich nicht. Sie ist meine beste und liebste Freundin, und ich fürchte, sie steht nun ganz allein auf der Welt. Ihren Vater hat der Schlag getroffen, als er von deinem gemeinen Verhalten erfuhr, und ihre Mutter hat Emma hinausgeworfen.« Tess sagte es ganz beiläufig, aber als ihr die volle Bedeutung ihrer Worte bewußt wurde, erblaßte auch sie, genau wie Rod. »Das Mindeste, was du tun kannst, ist, sie zu heiraten«, fügte sie hinzu.

»Heiraten? Bist du verrückt? Cynthia Golden ...«

»Cynthia Golden hat nichts damit zu tun, und das weißt du, Rod. Die Verantwortung, vor der du davongelaufen bist, ist dir gefolgt und hier – in unserer Suite!«

»Eine Nacht . . . es war doch nur eine einzige Nacht . . .«

»Manchmal ist das genug, Rod.«

In diesem Falle stellte sich heraus, daß eine Nacht tatsächlich genug war. Als Asa die Geschichte hörte – von Emma selbst, die ihn augenblicklich, als sie ihn sah, mit allen Einzelheiten überfiel –, bestand er darauf, daß sein Sohn das einzig Ehrenhafte tat, was in einer solchen Situation zu machen war.

Während Asa dies Rod klarmachte, betrachtete er Emma mit liebevollem Blick, während Rod sie mit giftigen Blicken musterte, als hätte er sie am liebsten ermordet.

Ein Friedensrichter wurde geholt, und zwei knappe Stunden später waren Rod und Emma Mann und Frau.

Es war nicht weiter verwunderlich, daß Rod nachgegeben hatte, wenn man bedachte, daß Asa seinen Sohn vor die Wahl gestellt hatte, zu heiraten oder enterbt zu werden. Und Rod, nicht dumm, hatte natürlich das erstere gewählt.

Emma war überglücklich und schickte sofort ein Telegramm an ihre Mutter. Die Tatsache, daß Rod gleich nach der Trauung aus der Wohnung stürmte, anstatt ihr ins Ehebett zu folgen, schien sie nicht im mindesten zu stören.

Am nächsten Morgen zog Tess in die kleine Wohnung über ihrem Laden, die aus einem Schlafzimmer mit einem breiten Bett, einem Schreibtisch und einem kleinen Kleiderschrank bestand, eine winzige Küche besaß und ein ›Gästezimmer‹, das jedoch nicht viel mehr als eine schmale Koje war.

Doch für Tess war es ein Palast, ihr eigenes kleines Reich, das ihr niemand nehmen konnte.

Asa hatte ein Konto für Tess eröffnet, so daß sie Geld genug besaß, um leben zu können, bis ihr Geschäft Gewinn abwarf. Es erfüllte Tess mit Stolz, eine kleine

Summe abzuheben und einige Dinge für ihr Haus kaufen zu können – eine Teekanne, Geschirr, Handtücher, Bettlaken und Lebensmittel. Sie fühlte sich reich wie nie zuvor, und das erleichterte ihr den Abschied von ihrer Mutter beträchtlich.

Asa und Olivia reisten noch am gleichen Tag nach St. Louis ab. Sie wollten den Zug nehmen und kleine Zwischenstops einlegen, um *sich die Gegend anzusehen*, wie Asa sagte. Der eigentliche Grund war natürlich, Olivia die lange Reise so angenehm wie möglich zu machen.

Asas hingebungsvolle Zuneigung zu ihrer Mutter war ein solcher Trost für Tess, daß es ihr gelang, ihren Groll gegen Asa beim Abschied endlich zu überwinden und sich aus ehrlichem Herzen über ihr Glück zu freuen.

Als sie später mit einem mürrischen Rod und einer heiteren, unbeschwerten Emma in die Stadt zurückfuhr, vergoß Tess sogar ein paar Tränen. Sie war jetzt allein. Ganz allein und nur auf sich gestellt . . .

Es wurde ihr noch deutlicher bewußt, als die Kutsche vor ihrem Laden hielt und Emma und Rod sich von Tess verabschiedeten, um zum Hotel zurückzufahren.

Während Tess der Kutsche nachsah, bemühte sie sich, ihre eigenen Ängste zu unterdrücken und darüber nachzudenken, was aus Emma werden würde. Eine Ehe ohne Liebe, und noch dazu erzwungen, war von vornherein zum Scheitern verurteilt und konnte nichts Gutes bringen.

Tess runzelte die Stirn, als sie ihre Ladentür aufschloß. Sie würde ein Auge auf Emma haben müssen, die sich nun Missis Roderick Waltam-Thatcher nannte und sowohl den Tod ihres Vaters wie die Entfremdung von ihrer Mutter vergessen zu haben schien. Aber so war Emma eben, ein Sonnenkind und dazu geboren, nichts anderes als die Sonnenseite des Lebens zu sehen.

Summend stieg Tess die Treppe zu ihrer Wohnung hinauf und schaute sich voller Stolz um. Dann packte sie das Geschirr aus, stellte Wasser in ihrem neuen Teekessel auf und begann das Besteck abzuwaschen und einzuräumen.

»Tess«, sagte eine vertraute, langersehnte Stimme hinter ihr.

Tess hielt in der Bewegung inne und rührte sich nicht. Keith? Hatte sie seinen Namen laut gesagt? Sie glaubte es nicht, aber sie konnte auch nicht sicher sein. Vorsichtshalber drehte sie sich nicht um. »Du könntest auch klopfen«, sagte sie anklagend.

»Wogegen?« entgegnete er leise. Heiser.

Eine vernünftige Frage. Immerhin hatte sie vergessen, die Tür zu ihrer Wohnung zu schließen. Es war ein Glück, daß es Keith war, der hereingekommen war, und nicht irgendein ... ein Wüstling.

Aber worin bestand der Unterschied?

Tess schloß die Augen und atmete mehrmals tief durch, um ihr aufgeregt klopfendes Herz zu beruhigen.

Dann war Keith hinter ihr, legte ihr die Hände auf die Schultern und drehte sie sanft zu sich herum.

»Ich liebe dich«, sagte er.

Die Worte waren ein solcher Schock für Tess, daß es ihr die Sprache verschlug und sie nichts mehr hörte oder sah – außer der Kette um Keith' Hals mit dem goldenen Ring daran.

»Tess.«

Sie riß sich los und wandte sich von ihm ab. »Der Ring. Amelie«, flüsterte sie mit gebrochener Stimme. »Geh. Bitte geh.«

Doch Keith ging nicht. Sie hörte ein klirrendes Geräusch und sah plötzlich Ring und Kette auf dem Tisch liegen. »Ich liebe dich«, wiederholte Keith ernst.

Tess starrte auf das Häufchen Gold und richtete dann den Blick auf Keith. Auf sein geliebtes Gesicht. »Wenn du mich als Mätresse willst ...«

Er schwieg und beobachtete sie nur. War es Spott, was in seinen blauen Augen funkelte oder zärtliche Belustigung?

»Das werde ich nie sein.« Tapfere Worte, dachte sie bei sich. Wenn er sie jetzt küßte, würde sie ihre eigenen Worte Lügen strafen – sie konnte gar nicht anders.

Er kam näher und näher, und Tess begann zu zittern, als er ihr Gesicht zwischen beide Hände nahm, seine Finger in ihrem Haar vergrub und mit den Lippen ihre Schläfe streifte.

»Warum hast du mir nie gesagt, daß du einmal Prediger warst?« fragte sie aus lauter Verzweiflung, weil sie spürte, wie sich eine vertraute Hitze in ihr auszubreiten begann.

»Du hast mich nie danach gefragt«, murmelte er, und jedes Wort war wie ein Streicheln, das Tess von den Haarwurzeln bis in die Fingerspitzen ging.

»Man sollte meinen . . .«

Er begann ihre Bluse aufzuknöpfen, bis die weiße Seide ihres Hemdchens zum Vorschein kam, das er mühelos über ihre Schultern streifte.

»Woher soll man wissen . . .«

Keith lachte und schloß seine Lippen um eine ihrer rosigen Knospen. Und danach gab Tess jeglichen Versuch auf, etwas zu sagen.

13

Cornelia Hamilton stand mit hängenden Schultern vor dem frischen Grab ihres Mannes. Jessup war fort. Emma war fort. Für Cornelia waren beide tot, obwohl Emma nicht hier auf dem Friedhof ruhte wie ihr Vater.

Da war dieses Telegramm gekommen – von irgendwoher. Woher nur? Ach ja. Portland. Emma war in Portland. Verheiratet. Und glücklich.

Das war natürlich eine Lüge. Denn Emma war tot. Genau wie Jessup. Und alles war die Schuld eines einzigen Mannes, eines schlechten, verdorbenen Mannes.

Cornelia legte den Kopf in den Nacken und suchte den Himmel nach einem Zeichen Gottes ab. Als sie nichts sah, zog sie den Umhang fester um ihren dünnen Körper. Jessup, Jessup – er war solch ein zärtlicher, liebevoller, großzügiger Mann gewesen! »Du kannst dir jeden Umhang aussuchen, den du willst, mein Liebling«, hatte er gesagt. »Such dir ruhig einen aus.«

Cornelia erschauerte, obwohl es gar nicht kalt war. Sie war keine starke Frau, wie Derora Beauchamp, oder ihre Nichte Tess. Nein. Cornelia konnte ohne ihren Mann nicht weiterleben, und sie war nicht temperamentvoll genug, sich einen anderen zu suchen.

Bald würde sie hier liegen, neben Jessup, in einem neuen, frischen Grab wie seinem. Doch vorher – vorher hatte sie noch etwas zu erledigen.

Wieder schaute sie zum Himmel auf. »Nur noch eins«, flüsterte sie und hörte das entfernte Pfeifen eines Zugs. Schnell. Sie mußte sich ganz schnell auf ihre Reise vorbereiten.

Tess stöhnte lustvoll, als Keith ihre Brüste küßte, reizte und liebkoste und hatte überhaupt kein Verlangen mehr, ihn abzuwehren. Als er sie langsam auf den Tisch zurückdrängte, neben den Karton, der einen Teil ihres neuen Geschirrs enthielt, hob sie die Arme und schlang sie sehnsüchtig um seinen Nacken. Er küßte ihre andere Brust, ließ seine warme Zunge darübergleiten und biß sie sanft in die rosige Spitze. Tess war wie elektrisiert vor Lust und blind vor Sehnsucht nach ihm.

Sie spürte, wie ihre Röcke hochgezogen wurden; sie spürte, wie Keith sie berührte, streichelte und in einen Zustand der Erregung versetzte, bei dem sie nur noch leise stöhnen und seinen Namen flüstern konnte. Bereitwillig öffnete sie sich ihm.

»Keith ...«

»Schon gut, mein Liebling.«

»D-das ist ein Tisch!«

»Und du ein Festessen.«

Er löste die Schleifen, die ihre spitzenbesetzte Unterhose zusammenhielten, aber anstatt sie herunterzuziehen, schob er seine Hand hinein, und Tess begann sich voll Verlangen zu bewegen.

Keith' hungrige Zärtlichkeiten, seine heißen Lippen auf ihrer empfindsamsten Körperstelle und das sanfte, unglaublich erotische Streicheln seiner Hände schürten das Feuer in Tess, bis ihr Blut wie flüssige Lava durch ihre Adern rann.

Sie schrie auf, hob Keith einladend die Hüften entgegen und flehte ihn an, zu ihr zu kommen, doch er lachte nur leise und spielte weiter mit ihren Sinnen, bis sie vor Lust zu vergehen glaubte.

Eine unerträgliche Spannung wuchs in ihr, sie konnte kaum noch atmen und war nicht imstande, sich ruhig zu verhalten – bis sie endlich mit einem erlösten Aufschrei den Höhepunkt ihrer Ekstase erreichte.

Doch Keith hörte nicht auf, sie zu küssen, wieder und wieder, bis sie von neuem wildes Verlangen in sich erwachen spürte und ihn mit bebenden Händen auf sich herunterzog.

»Nimm mich ...« bat sie erstickt, »... o Gott, wenn du jetzt nicht zu mir kommst ...«

Sie glaubte, Keith würde sie ins Bett tragen, aber stattdessen löste er sich von ihr und setzte sich ihr gegenüber auf einen Stuhl. Gelassen, als sei es etwas ganz Alltägliches, sich in der Küche zu lieben, knöpfte er seine Hose auf und entblößte den stolzen Beweis seiner Männlichkeit.

»Komm zu mir«, sagte er so leise, daß Tess nicht sicher war, es wirklich gehört zu haben.

Doch sie glitt gehorsam vom Tischrand und blieb auf zitternden Beinen vor ihm stehen. Keith zog ihr sanft das Höschen aus, und sie hob die Füße, um es abzustreifen.

Keith zog ihre Röcke mit beiden Händen hoch, bis sie nackt und bebend vor Erwartung vor ihm stand und der endgültigen Vereinigung entgegenfieberte.

Er zog sie behutsam auf sich herab, und sie öffnete ganz instinktiv die Schenkel, um ihn noch tiefer in sich aufzunehmen.

Keith ließ sich Zeit, sie zu erobern und begnügte sich für den Moment damit, das Strahlen zu beobachten, das ihr Gesicht verklärte. Sie stöhnte leise, als er ihr Kleid beiseite schob, um ihre Brüste zu enthüllen und seinen Zeigefinger streichelnd über die erregten Spitzen gleiten ließ.

Tess glaubte es nicht mehr auszuhalten und bewegte sich, denn Bewegung, wußte sie, würde die Erfüllung bringen, nach der ihr Körper sich verzehrte.

Aber Keith hielt ihre Hüften fest und zwang sie, sich ruhig zu verhalten, was die Spannung so unerträglich machte, daß Tess fast den Verstand zu verlieren glaubte.

»Bitte«, flüsterte sie rauh.

Er lachte und preßte seinen Mund auf ihre Brust. »Bald«, versprach er heiser.

›Bald‹ war Tess nicht bald genug. Ihr Verlangen war zu heftig, zu wild die Lust, die sie durchzuckte. Sie hob und senkte ihr Becken, keuchte wie von Sinnen, und nichts konnte sie aufhalten. Aber Keith versuchte es auch gar nicht. Er stöhnte genauso heftig wie sie, hatte den Kopf zurückgelegt, die Augen geschlossen und paßte sich bereitwillig ihrem Rhythmus an.

Während beide auf den Gipfel ihrer Empfindungen zutrieben, flüsterte Keith ihr mit rauher Stimme Worte zu, für die sie ihn unter anderen Umständen geohrfeigt hätte, die ihr in diesem Augenblick höchster Sinneslust nur angebracht und sinnvoll erschienen.

Sie erreichten den Höhepunkt ihrer Ekstase im gleichen Augenblick, umklammerten sich wie zwei Ertrinkende, um dann erlöst zurückzusinken.

Tess legte ihr Gesicht an Keith' Hals. »Oh«, seufzte sie, als die letzten Schauer der Lust durch ihren Körper liefen.

Keith versteifte sich, stieß einen rauhen Schrei aus und erschauerte wie sie. »Ins Bett«, sagte er, als er wieder sprechen konnte.

Tess deutete wortlos auf die Tür neben dem Herd.

Als er wieder zu Atem gekommen war, stand Keith auf, ohne sich von Tess zu lösen, und trug sie ins Schlafzimmer.

Tess seufzte glücklich. Obwohl er seine Befriedigung gefunden hatte, spürte sie ihn noch immer heiß und fest in sich. Und auf Tess' frischgemachtem Bett liebten sie sich von neuem. Ihr Verlangen war nicht mehr ganz so drängend wie zuvor, und deshalb nahmen sie sich die Zeit, sich gegenseitig auszuziehen und mit dem Wasser aus Tess' Waschschüssel abzukühlen, ihre Körper zu erforschen und besser kennenzulernen.

Bis ihr Verlangen nacheinander wieder so groß geworden war, daß es in einer stürmischen Vereinigung endete.

Danach lagen sie erschöpft beisammen, und für eine beträchtliche Zeit sprach keiner von ihnen. Tess verspürte eine bittersüße Melancholie. Es war eine beschämende Erfahrung, festzustellen, daß sie nicht anders war als ihre Mutter, jedenfalls nicht bei diesem Mann. Anderen – wie Cedrick Golden – hätte sie ihr Leben lang widerstehen können. Aber Keith konnte sie haben, wann und wo es ihm gefiel – hatte er ihr das nicht gerade erst bewiesen?

Sie seufzte leise.

Keith' Hände spielten in ihrem Haar, seine Schulter ruhte feucht und warm an ihrer Wange. »Was hast du?« fragte er leise.

»Du hast mich in der Küche geliebt.«

Keith lachte heiser. Tess empfand es als merkwürdig beruhigend. »Das könnte mir zur Gewohnheit werden.«

Tess ballte die Faust und schlug nach ihm. »Das schlag dir lieber aus dem Kopf, Keith Corbin. Ich habe dir gesagt, daß ich nicht deine Mätresse sein will, und das habe ich ernst gemeint.«

»Was willst du denn sein, wenn nicht meine Geliebte?« erkundigte er sich schmunzelnd.

Deine Frau, die Mutter deiner Kinder, dachte Tess, aber sie hütete sich, es auszusprechen.

Keith streichelte ihre Brust und ließ seine Hand zu ihrer Hüfte hinuntergleiten. »Tess«, beharrte er sanft.

Statt zu antworten, schloß sie die Augen und streckte sich wie eine Katze, die Arme hoch über dem Kopf, was sich als taktischer Fehler erwies, denn nun ergriff Keith ihre Hände und hielt sie fest.

Tess stockte der Atem, als sie den verlangenden Blick sah, mit dem er ihren nackten Körper musterte.

»Wie schön du bist«, murmelte er, und wieder wurden ihre Brüste schwer, und ihre Knospen richteten sich unter seinen Blicken auf. Tess versuchte, ihre Hände freizumachen, aber Keith hielt sie nur noch fester. »Wenn du meine Frage nicht beantwortest . . .«

Seine Hand ging zu dem seidenen Dreieck zwischen ihren Schenkeln und glitt streichelnd darüber. »W-welche Frage?« stammelte Tess verwirrt.

Keith senkte den Kopf und ließ seine Zunge über die rosige Spitze ihrer rechten Brust gleiten, während seine andere Hand sanft, aber entschieden ihre Schenkel auseinanderdrängte. »Das weißt du sehr gut.«

»Ich sage es nicht!« stöhnte sie.

»Wenn du meine Frau werden willst, wirst du schon etwas gehorsamer sein müssen, Kleines.«

Tess konnte nicht anders – sie bog ihm aufstöhnend

die Hüften entgegen, als seine Finger ihre intimste Stelle berührten und seine heißen Lippen ihre Brüste liebkosten. »Ich... werde... nie...« Sie wand und streckte sich unter ihm und keuchte wie eine Ertrinkende – »gehorsam sein!«

»Du bist gehorsam – jetzt«, stellte er gelassen fest, während seine Hand ihren Rhythmus beschleunigte, und Tess ganz instinktiv die Schenkel noch weiter öffnete.

»Nein! Nein, ich bin... nicht... ich...« Ein heftiges Erschauern erfaßte ihren Körper, eine versengende Hitzewelle explodierte tief in ihrem Innersten und zerstörte ihren letzten Rest von Stolz. »Oh!« schrie sie auf, als sie spürte, wie ihre Muskeln sich zusammenzogen. »Keith! Keith...«

Er liebkoste ihre Brust, bis ihre Ekstase abebbte und hörte nicht auf, sie zu streicheln und ihre Lust von neuem anzufachen.

»Du Hurensohn!« zischte sie, als sie endlich wieder zu Atem kam.

»Ich möchte doch sehr bitten! Meine Mutter ist eine anständige Frau.« Wie um seine Worte zu unterstreichen, ließ er seine Zungenspitze über ihre Brustspitze gleiten. »Du wirst sie mögen.«

»Das werde ich nicht.« Tränen schimmerten in Tess' Augen und erschwerten ihr die Sicht. So traurig es auch sein mochte, es war die bittere Wahrheit. »Ich werde sie nie kennenlernen, und das weißt du auch.«

»Wie willst du das verhindern? Du hast mich gebeten, dich zu heiraten, oder etwa nicht?«

Tess schluckte verblüfft und starrte ihn an. Hatte er in der Hitze ihrer Leidenschaft von Heirat gesprochen? Sie konnte sich beim besten Willen nicht erinnern. »Ich... ich habe ganz bestimmt nichts davon gesagt«, entgegnete sie verlegen.

Keith lachte. »Ich bin entrüstet, Tess. Ich dachte, nach

derartigen Intimitäten wäre es ganz natürlich, daß man ...«

»Hör auf, mich zu verspotten!«

Jetzt küßte er sie. Kurz und zärtlich. »Na schön. Da ich dich nicht dazu bewegen kann, mir einen Antrag zu machen, muß ich es wohl selber tun. Heirate mich, Tess.«

»Warum sollte ich?« Was redete sie da? Was sollte das? Nichts, gar nichts auf der Welt konnte schöner sein, als ihn zu heiraten!

»Weil ich dich liebe. Und weil ich glaube, daß du mich liebst.« Er küßte sie von neuem. »Ich kann dich nicht mehr unbeaufsichtigt lassen«, fügte er nach einiger Zeit hinzu. »Sonst gehst du vielleicht wieder zu diesen Verfechtern der freien Liebe zurück.«

Tess empfand ihr Glück fast schmerzlich, so stark war das Gefühl. »Ich liebe dich«, gestand sie ihm. »Und ich wäre sehr gern deine Frau. Aber ...«

»Aber was?« fragte Keith stirnrunzelnd und streichelte sie von neuem, was ihr das Denken sehr erschwerte.

»Mein Laden. Ich kann ihn nicht einfach aufgeben.«

Keith stand auf und begann sich anzuziehen. Es lag kein Ärger in seinen Bewegungen. »Darüber sprechen wir ein andermal. Im Augenblick habe ich nichts anderes im Sinn, als einen Priester zu finden und einen Ring zu kaufen.« Er drehte sich noch einmal um und lächelte sie zärtlich an.

Warum empfand sie nur diesen perversen Wunsch, gegen das anzukämpfen, was sie sich am meisten wünschte? »Sicher. Und dann, wenn wir verheiratet sind, kannst du mich zwingen, den Laden aufzugeben. Was ich will, ist dann nicht mehr wichtig, weil du das Gesetz auf deiner Seite haben wirst!«

Keith knöpfte seine Hose zu. Seine nackte Brust schimmerte golden im schwachen Licht der Bettlampe. »Ich würde dich nie zu irgend etwas zwingen, Tess«, sagte er ernst.

»Bist du bereit, hier mit mir zu leben? In meinem Haus?«

»Im Augenblick ja.« Keith griff nach seinem Hemd.

»Ich brauche dir nicht zu gehorchen?«

»Das habe ich nicht gesagt. In einigen Dingen erwarte ich widerspruchslosen Gehorsam von dir.«

»Zum Beispiel?« versetzte sie entrüstet.

»Wenn ich dich ins Schlafzimmer schicke, erwarte ich von dir, daß du gehst – ohne Widerspruch, ohne Tränen oder Wutausbrüche. Du wirst mich dort erwarten und angemessen empfangen.«

Tess empfand köstliche Empörung bei der Vorstellung. »Angenommen, *ich* schickte dich ins Bett?«

Keith lachte entzückt. »Die Freiheit darfst du dir gern nehmen. Aber ich erwarte das gleiche auch von dir, Tess – vergiß das nicht.«

Sie richtete sich im Bett auf. Es war nicht unfair, was er von ihr verlangte, vorausgesetzt, er erfüllte seinen Teil. »Sonst noch etwas?«

»Ja. Du wirst dich von Anhängern freier Liebe fernhalten. Und du mußt mir treu sein, Tess.«

»Wirst du mir treu sein?« fragte sie leise und hielt unwillkürlich den Atem an, so wichtig war seine Antwort.

»Absolut«, erwiderte er mit Überzeugung. »Kann ich deinen Antrag jetzt annehmen oder nicht?«

Tess lachte und warf ein Kissen nach ihm.

»Du kannst ihn annehmen«, sagte sie. »Und dich geehrt fühlen!«

Er warf das Kissen zurück. »Geehrt?«

»Ja«, sagte Tess. »Du kannst dich glücklich schätzen, eine Frau wie mich zu bekommen.«

»Ja, das weiß ich«, bestätigte Keith sehr leise und sehr

aufrichtig, bevor er zu ihr ans Bett kam und sie küßte. »Ich gehe jetzt. Es wird nicht lange dauern.«

»Komm bald zurück«, forderte Tess ihn lächelnd auf. »Es könnte sein, daß ich dich ins Bett schicken möchte.«

Er lachte und zog sie in die Arme. »Das hoffe ich«, sagte er, bevor er ging.

Cedrick Golden blieb stehen und bewunderte sich im Schaufenster von Tess Bishops albernem kleinen Geschäft. Dieser Racker. Sie gehörte auf die Bühne und nicht hinter eine Theke, um Fotos zu verkaufen.

Zufrieden über sein wie immer gutes Aussehen, drückte Cedrick gegen die Tür und stellte fest, daß sie offen war. Eine kleine Glocke bimmelte, als er eintrat.

»Tess?«

Sie kam die Treppe herab, ein geschmeidiges, gazellenhaftes Wesen mit langem, dichtem Haar, das ihr bis weit über die Hüften fiel. Eine bezaubernde Röte lag auf ihren Wangen, und das Funkeln in ihren Augen verriet, daß sie einen vergnügten Nachmittag verbracht haben mußte.

Während Cedrick seinen Hut abnahm, fragte er sich, wer die Kleine wohl besessen haben mochte. Doch eigentlich war es ihm egal – es würde das Vergnügen, sie selbst zu haben, nicht schmälern. Jungfrauen waren ermüdend, während Frauen, die bereits sinnliche Erfahrungen gemacht hatten, im allgemeinen sehr viel nachgiebiger und reizvoller waren.

»Hallo, Cedrick«, sagte sie ein bißchen schüchtern. Er sah mit einem Blick, daß ihr Mieder falsch zugeknöpft war, und als er an die schweren Brüste unter dem hellroten Stoff dachte, spürte er ein vertrautes Ziehen in seinen Lenden.

Er machte eine leichte Verbeugung und war froh, daß er keinen Rock, sondern einen Mantel trug, der seine

Erregung verbarg. »Tess«, begrüßte er sie freundlich. »Haben Sie mein Stück gelesen?«

Den ganzen Tag lang hatte er sich auf alle möglichen Ausreden vorbereitet, die sie vorbringen konnte. Deshalb war er fassungslos, als sie sagte: »Ja, und es hat mir sehr gefallen. Es ist sehr gut. Ich habe das Manuskript hier, falls Sie einen Moment warten wollen . . .«

Cedrick nickte zustimmend. Oh, wenn er sie doch nur in eine geschlossene Kutsche bekommen könnte . . . oder in seine Garderobe im Theater . . .

Sie verschwand wieder oben in der Wohnung, mit Sicherheit genauso düster und karg wie der Laden, und kehrte mit dem Manuskript zurück. Sie reichte es ihm so scheu, wie sie ihn zuvor angelächelt hatte.

»Haben Sie es sich überlegt, ob Sie eine Rolle lesen werden?«

»Das ist nicht möglich«, erwiderte sie sanft. Gott, wer immer sie gezähmt haben mochte, hatte hervorragende Arbeit geleistet! Aus dem Wildfang war ein wahrer Engel geworden, mit geröteten Wangen, scheuem Blick und verlockend nachgiebig.

Cedrick war überzeugt gewesen, daß Tess nichts als eine ordentliche Tracht Prügel brauchte; nun war er fast enttäuscht, sie so fügsam zu erleben. »Denken Sie noch einmal darüber nach«, bat er. »Übrigens hofften Cynthia und ich, daß Sie heute abend zum Dinner kommen könnten. Wir haben keine Vorstellung, und Rod und seine reizende junge Frau haben bereits zugesagt . . .«

»Ich habe heute abend keine Zeit«, unterbrach sie ihn, zuvorkommend und freundlich, aber sehr bestimmt. Cedrick war so bezaubert von ihr gewesen, daß ihm erst jetzt auffiel, daß sie die ganze Zeit nein gesagt hatte, nein zu allem.

Ein gefährlicher Zorn erwachte in ihm. Oh – wie gern würde er ihre Röcke heben und sie so bestrafen, wie sie es verdiente! Aber das wagte Cedrick nicht, jedenfalls nicht, bevor er nicht mit ihr im Bett gewesen war. Sobald diese süße Pflicht erledigt war, würde er Tess Bishop schon zur Räson bringen. O ja. Wenn sie ihm erst einmal einen Pantoffel gebracht und ihren süßen kleinen Po für seine männliche Bestrafung entblößt hatte, würde sie ihm widerspruchslos gehorchen. »Ich schicke Ihnen heute abend unsere Kutsche, falls Sie es sich doch noch anders überlegen«, sagte er ruhig, wozu er sein ganzes schauspielerisches Talent aufbieten mußte.

Draußen, das Manuskript unter einem und seinen Stolz unter dem anderen Arm, stieg Cedrick in seine Kutsche, wo ihn eine junge Schauspielerin erwartete. Eleanor war eine Frau, die wußte, was Gehorsam war und Verständnis für männliche Überlegenheit besaß. Und kaum saß er ihr gegenüber, als er auch schon ihren Gehorsam forderte . . .

Es war ein Spiel, das wußten beide. Und Eleanor hatte ihre eigenen Gründe, mitzuspielen. Kein Zorn flackerte in ihren blauen Augen auf, und die starke Röte auf ihren Wangen zeugte nicht von Empörung. Sie kletterte ohne Cedricks Hilfe aus dem Wagen und ging ins Haus.

Cedrick liebte dieses Spiel; es gab ihm ein Gefühl von Macht und Überlegenheit. Aber heute, während er seinen Mantel abnahm und aufhängte, dachte er mit einem anderen Gefühl als Vorfreude an die Szene, die ihn in seinem Zimmer erwartete – mit Verachtung. Er verachtete sich plötzlich nicht weniger als Eleanor.

Tess ließ die Ladentür offen, nachdem Cedrick gegangen war, obwohl sie nicht hätte sagen können, aus welchem Grund. Es war fast, als hätte er einen unangenehmen Geruch hinterlassen.

Summend staubte sie die Theke ab, vor der hoffentlich

bald Kunden stehen würden. Und zusätzlich zu ihrem Geschäft hatte sie nun einen Mann, den sie aufrichtig, leidenschaftlich und schamlos liebte!

Hatte es je eine glücklichere Frau als sie gegeben?

Die Glocke über der Tür bimmelte, und Tess schaute lächelnd auf.

Emma stand vor ihr, in einem ihrer neuen Kleider und sah plump und verdrossen aus. »O Tess . . .« begann sie und brach in verzweifeltes Schluchzen aus.

Tess war gereizt, doch sie betrachtete ihre Freundin mit einem besorgten Blick und fragte: »Was ist denn, Emma?«

»Rod hat eine andere Frau!« heulte Emma.

Tess zog ihre Freundin zu einem der Sessel beim Fenster. »Aber ihr seid doch kaum verheiratet . . .«

»Ich weiß, wie lange wir verheiratet sind!« schrie Emma. »Und er ist . . . total verliebt in diese blonde Schauspielerin! Das hat er mir selbst gesagt!«

Tess biß grimmig die Zähne zusammen. Rod hatte wirklich nicht lange gewartet; im gleichen Augenblick, als Asa und Olivia die Stadt verließen, war er zu seinen alten Gewohnheiten zurückgekehrt. »Emma, du hast ihn gezwungen, dich zu heiraten.«

»Ich dachte, ich könnte ihn glücklich machen!« heulte Emma. »Aber er hat mir nicht einmal Gelegenheit dazu gegeben!«

»Das tut mir leid«, sagte Tess sanft.

Emma trocknete ihre Wangen. »Aber das ist noch längst nicht alles!« verkündete sie in dramatischem Ton. »Wir sind aus dem Hotel geworfen worden!«

»Was? Rod hatte Geld – das weiß ich!«

Emmas kurvenreicher kleiner Körper zitterte vor Empörung und hilflosem Zorn. »Er hat alles in dieses alberne Stück von diesem Mister Golden investiert! Er sagt, es würde uns reich machen, und dann brauchten wir keinen roten Heller mehr von Mister Thatcher anzunehmen.«

»Dieser Idiot!« zischte Tess. »Hat er wenigstens eine Rolle in dem Stück bekommen?«

»D-das w-erden wir heute abend erfahren. Ach Tess, wo sollen wir nur so lange wohnen? Was sollen wir tun?«

Tess hätte gern erwidert, daß das Rods Problem sei, aber dazu konnte sie sich nicht überwinden. Emma war so jung und so verängstigt. »Was meint Rod dazu?«

»Er sagte, du würdest uns aufnehmen. Hier.« Emma straffte die Schultern und schaute ihre Freundin bittend an. »Würdest du das tun, Tess? Nur bis Roderick merkt, daß ich die Frau bin, die er braucht ...«

»Emma, ich werde heute selber heiraten! Ich kann dich und Rod nicht hier ...«

Emma starrte sie verwundert an. »Du heiratest? Und wolltest uns nichts davon sagen? Deiner eigenen Familie?«

Tess hatte noch nie den Wunsch verspürt, Emma zu schlagen, aber jetzt konnte sie sich kaum noch beherrschen. »Wir haben uns ziemlich plötzlich dazu entschieden ...«

»Wer? Wer ist es?« unterbrach Emma sie voller Eifer.

»Keith Corbin. Er heißt Keith Corbin. Emma, du und Rod, ihr werdet ...«

»Ich bin mäuschenstill, das schwöre ich!« fiel Emma ihr ins Wort, und die Tränen begannen von neuem zu fließen. »Und Roderick – Roderick wird wahrscheinlich ohnehin nicht hier sein ...«

»Wahrscheinlich? Nicht hier? Emma, du weißt doch, wie klein die Wohnung ist.«

»Ich sitze auf der Straße, wenn du mich nicht aufnimmst.«

Tess begann durch den Laden zu gehen, um nicht laut zu schreien. Am liebsten hätte sie Emma Thatcher-Waltam den Hals umgedreht.

»Ich würde es sofort tun, wenn die Situation umgekehrt wäre«, sagte Emma spitz. »Und das weißt du sehr gut, Tess Bishop.«

Tess wußte es. Sie konnte ihrer Freundin nicht das Dach über dem Kopf verweigern. »Du könntest Rod verlassen. Ich würde dir einen Zugfahrschein nach Simpkinsville kaufen und ...«

»Niemals«, sagte Emma entschieden.

Tess seufzte schwer. Eine schöne Hochzeitsnacht würde das werden, mit einer schluchzenden Emma im Nebenzimmer und Rod, der irgendwann in den frühen Morgenstunden nach einem Tête-à-tête mit Cynthia nach Hause kam ... Eine wunderbare Hochzeitsnacht, wirklich.

14

Es war leicht gewesen, ihn zu finden. So leicht.

Der Herr war auf Cornelia Hamiltons Seite. Wie hätte sie wohl sonst gewußt, daß der Hausierer sich in Portland aufhielt? Oder wie wäre sie ihm sonst so schnell begegnet, in einer Stadt, in der Tausende von Menschen lebten?

Aber da war er. Er kam aus einem Juwelierladen, trug viel feinere Kleidung als in Simpkinsville und lächelte. Lächelte!

Cornelia haßte ihn. Er war ein Dämon aus der Hölle,

ganz bestimmt – wenn man bedachte, was er ihrer Familie angetan hatte. Sie folgte ihm unauffällig und zog ihren Umhang noch fester um den Körper.

Er ging schnell, und sie hatte Mühe, ihn nicht aus den Augen zu verlieren. Einmal schaute er sich um, als spürte er, daß er verfolgt wurde. Aber als er Cornelia erblickte, schien er beruhigt.

Das war ein Fehler.

Aber wie gut er aussah! Fast konnte sie jetzt verstehen, warum Emma ihm so leicht verfallen war. Er hatte ein Gesicht, das an einen kriegerischen Engel denken ließ.

Und sie hatte Jessup verloren... und Emma. Durch seine Schuld. Das rief sie sich immer wieder ins Gedächtnis zurück, während sie ihm folgte.

Er bog pfeifend in eine Seitenstraße ein. Vermutlich ahnte er nicht, daß die himmlische Gerechtigkeit ihn eingeholt hatte. Oder fast.

Cornelia folgte ihm in die Seitenstraße. »Mister Shiloh?« rief sie laut.

Er blieb stehen und drehte sich leicht ungeduldig um.

»Mister Joel Shiloh?«

Er schaute sie an, als wollte er den Namen verleugnen, aber dann neigte er seufzend den Kopf. »Was wünschen Sie?«

Cornelia zog den kleinen, zweischüssigen Derringer unter ihrem Umhang hervor. Als sie ihn hob und zielte, warf Joel sich auf sie.

Doch es war zu spät. Eine Kugel traf ihn in den Kopf, die andere in die Herzgegend, soweit Cornelia erkennen konnte. Er stürzte zu Boden, mit dem Gesicht nach unten, und sein Blut färbte den festgestampften Schlamm um ihn.

Cornelia hörte die Schreie, das Geräusch rennender Füße auf dem Pflaster. Dann war sie von Menschen umringt, die alle so schnell redeten, daß sie kein Wort verstand.

Sie lächelte, noch während sie verhaftet wurde. Es war nicht von Bedeutung, was mit ihr geschah; sie war die Frau, die den Teufel getötet hatte.

Nachdem Tess Emma im ›Gästezimmer‹ untergebracht hatte, wo sie nun schnarchte wie ein Bär, zog Tess sich in ihr eigenes Zimmer zurück, um sich für ihre Trauung umzuziehen. Es war Olivia gelungen, das schöne gelbe Batistkleid zu retten, und das wollte Tess an diesem Abend tragen.

Sie bürstete ihr Haar, bis es glänzte und steckte es zu einem weichen Knoten auf.

Dann begann sie ruhelos auf- und abzugehen.

Es dämmerte bereits, und Emma schlief noch immer im Nebenzimmer, aber Keith kam nicht zurück. Immer wieder trat Tess ans Fenster, doch unter den vielen Gesichtern, die an ihrem Laden vorbeigingen, konnte sie seines nicht entdecken.

Wo mochte er nur sein? Er hatte gesagt, er käme bald zurück. Aber nun war er schon Stunden fort.

Er mußte es sich anders überlegt haben, das war es. Vielleicht hatte er auch nie beabsichtigt, einen Ring zu kaufen und Tess zu heiraten?

Tess rannte in die Küche und errötete vor Scham, als sie daran dachte, was auf diesem Tisch geschehen war. Amelies Ring und Kette lagen noch dort, ein stummer Beweis . . .

Beweis wofür?

Tess wanderte ungeduldig durch den Raum. Vielleicht saß Keith in irgendeinem Saloon und stärkte sich für die bevorstehende Zeremonie. Vielleicht . . .

Aber er schien nicht viel zu trinken, sie hatte ihn nur

einmal angeheitert gesehen, damals in Simpkinsville, nach Missis Hollinghouse-Stones Vortrag über freie Liebe. Außerdem schien er es mit der Trauung sehr eilig gehabt zu haben.

Tess biß sich auf die Lippen. Wo konnte er nur sein?

Die Ladenglocke bimmelte, und als sie hinunterging, stand sie einem etwas angetrunkenen Rod gegenüber. »Ist Emma hier?« fragte er barsch.

»Ja. Sie war sehr verzweifelt, als sie kam, Rod.«

Er schloß die Ladentür. »Emma regt sich viel zu leicht auf.«

»Ja«, stimmte Tess trocken zu. »Vor allem über unwichtige Dinge wie kein Geld, kein Dach über dem Kopf zu haben und einen Mann, der ganz offen zugibt, sie zu betrügen.«

»Ich habe das Geld investiert!«

»Du hättest es auch in den Kanal werfen können, Rod, und das wissen wir beide. Du hast nur versucht, dir eine Rolle in Cedricks albernem Stück zu erkaufen.«

»Es ist kein *albernes Stück*, Tess – es ist ein Kunstwerk. Eine Rolle darin könnte mich zum ...«

»Du bist ein Idiot.«

Rod akzeptierte die Beleidigung mit einer Grimasse und begann gefährlich zu schwanken. Dann sah er Tess' gelbes Kleid und grinste. »Wenigstens wirst du uns zum Dinner begleiten. Das könnte helfen.«

»Ich habe nichts dergleichen vor. Ich werde heute abend heiraten.«

»Heiraten? Wen? Etwa diesen Hausierer?«

»Ja, Rod.«

»Wo steckt er dann?« erkundigte sich Rod vernünftig.

Ich wünschte, ich wüßte es, dachte Tess verzweifelt.

Rods Miene hellte sich auf. »Dann kannst du mir helfen. Du kannst den Laden verkaufen und mir ein Darlehen von deinem Konto ...«

Tess versteifte sich vor Zorn. »Das kommt überhaupt nicht in Frage, Rod, weder das eine noch das andere. Ich bin bereit, für Emma zu sorgen, aber das ist auch schon alles.«

»Und ich?«

»Du wirst allein zurechtkommen müssen. Dieses Haus ist zu klein für vier Personen.«

»Dann wird er also hier leben, dieser Mann, den du dir eingefangen hast. Kann er nicht selbst für seine Frau sorgen?«

»Eine interessante Frage, Rod – vor allem aus deinem Mund.«

Rod besaß den Anstand, ein verlegenes Gesicht zu machen. »Es ist ja nicht so, als würde Emma mir nichts bedeuten ...«

»Ihr deine Gefühle für Cynthia Golden zu gestehen, beweist alles andere als Zuneigung, Rod.«

Er zuckte zusammen. »Ich bin zu dieser Heirat gezwungen worden, Tess. Das weißt du.«

»Und warum hast du dich zwingen lassen? Damit du Geld bekamst, um es Cedrick in den Rachen werfen zu können, der mit Sicherheit genug eigenes besitzt?«

»Du mußt mir helfen, Tess. Bitte. Tritt in dem Stück auf, das ist alles, worum ich dich bitte. Dann bekomme ich auch eine Rolle und kann Cedrick beweisen, daß ich ...«

»Cedrick, Cedrick! Rod, wach endlich auf. Er hat dich an der Nase herumgeführt, begreifst du das denn nicht? Geprellt, geschröpft! Ich habe ein Geschäft zu führen und nicht das geringste Verlangen, Schauspielerin zu werden.«

»Wenn du es nicht für mich tust, dann wenigstens für Emma.«

Tess schaute sinnend aus dem Fenster. Es wurde immer dunkler, und die Straße war bevölkert mit Menschen, die zum Dinner nach Hause eilten. Wo blieb Keith nur? »Es gibt Dinge, zu denen ich nicht bereit bin, Rod – nicht einmal für Emma.«

»Dann geh wenigstens mit uns zum Essen.«

»Ich habe dir gesagt . . .«

»Ich weiß. Daß du heiratest. Aber du kommst mir ein bißchen verzweifelt vor, Tess, fast, als glaubtest du . . .«

»Was?« fiel Tess ihm scharf ins Wort.

»Daß er gar nicht kommt. Daß er dich an der Nase herumgeführt hat, wie du vorhin so schön sagtest.«

Tess erblaßte. Rod hatte ihre schlimmsten Befürchtungen ausgesprochen.

»Er kommt nicht mehr, Tess.« Wieder musterte Rod sie nachdenklich, aber diesmal lag so etwas wie Verachtung in seinem Blick. »Ich würde sagen, dein Hausierer hat längst bekommen, was er wollte, und jetzt ist er zweifellos schon wieder unterwegs.«

»Nein«, widersprach Tess schwach. »Nein.«

Rod zuckte die Schultern. »Ich will meine Frau sehen«, sagte er und ging ohne ein weiteres Wort die Treppe hinauf.

Tess trat ans Fenster und starrte in die zunehmende Dunkelheit hinaus.

Es wurde stockfinster, die Straßenlaternen wurden angezündet, und dann fuhr Cedrick Goldens Kutsche vor.

Emma und Rod kamen Arm in Arm die Treppe hinunter. »Komm mit uns, Tess«, drängte Rod sanft. »Es ist nun ziemlich offensichtlich, daß dein Hausierer sich einen Scherz mit dir erlaubt hat.«

Er hatte recht. Tess senkte den Kopf, als Cedrick den Laden betrat und ihn mit seinem schweren Parfüm erfüllte, das Tess wünschen ließ, sämtliche Fenster aufzureißen.

Cedrick küßte galant ihre Hand. »Sie haben es sich

also doch noch anders überlegt. Wie bezaubernd Sie sind, Tess . . .«

Es sollte meine Hochzeitsnacht werden! hätte Tess am liebsten laut geschrien.

»Meine Schwester freut sich schon darauf, uns zu begleiten«, warf Rod lächelnd ein. »Nicht wahr, Liebes?«

Tess warf ihm einen bösen Blick zu. Sie saß in der Falle. Entweder lief sie die ganze Nacht wie ein Gespenst durch ihren Laden oder sie überstand den Abend, indem sie zu den Goldens zum Essen ging. Denn in ihrem Herzen wußte sie, daß Keith nicht kommen würde, daß es keine Hochzeit gab.

»Ja«, sagte sie lahm, ohne Rod, Cedrick oder Emma anzusehen. »Ja.«

»Wunderbar!« säuselte Cedrick und bot ihr seinen Arm, den Tess nur äußerst widerstrebend nahm.

Er stürzte in einen Tunnel, überschlug sich ein über das andere Mal. Als er sich dem gleißenden Licht am Ende des Tunnels näherte, wurden seine Bewegungen langsamer, und er begann zu schweben.

Er schien völlig körperlos zu sein, obwohl ihm bewußt war, wer er war.

Der Tunnel löste sich auf, und Keith befand sich an einem Ort, den er erkannte und doch nicht genau beschreiben konnte.

Und sie war da. Amelie. Sie kam lächelnd auf ihn zu. Unverletzt und lebendig.

Unmöglich.

Sie sprach zu ihm mit einer Stimme, die nur sein Herz vernehmen konnte. »Keith.«

Er versuchte nicht, sie zu berühren, weil er das unangenehme Gefühl hatte, daß er sie nicht sah, wie sie war, sondern wie er sie in Erinnerung hatte. Allmächtiger, was war nur los mit ihm? Er konnte sie nicht sehen, sie war tot. Er war dabei gewesen, als sie gestorben war, hatte es selbst gesehen...

»Geh zurück«, sagte sie.

Das Licht war heilender, festigender Natur. Keith hatte keine Eile, es zu verlassen. Aber da war Tess... Tess war nicht bei ihm...

»Sie wartet«, sagte Amelie lächelnd. »Und im Dezember wird sie dir ein Kind gebären.«

Tess, dachte er ungestüm, verzweifelt. *Tess, Tess*...

Und dann glitt er durch den Tunnel zurück, fort von dem heilenden Licht, fort von Amelie. Er öffnete die Augen und sah die häßlichste Krankenschwester, die ihm je begegnet war.

»Aha«, bemerkte sie. »Sie sind also wach.«

Sie sprach mit starkem Akzent – deutsch vermutlich.

»Ich hatte gerade den verrücktesten Traum...«

»Wie heißen Sie?«

»Keith Corbin. Ich muß jetzt gehen. Ich wollte heute heiraten.«

»Sie gehen nirgendwohin!« befahl die Nonne barsch.

Keith schloß gequält die Augen. »Aber...«

»Heute nacht werden Sie nicht heiraten, mein Freund«, fügte sie etwas freundlicher hinzu.

»Was ist passiert?« fragte Keith verwirrt. Sein Kopf schmerzte, seine Schulter, und ihm war sterbensübel.

»Sie sind angeschossen worden und haben sehr viel Blut verloren. Schlafen Sie jetzt, ja? Heiraten können Sie ein andermal.«

Keith seufzte. Von den Schüssen wußte er nichts. Aber er erinnerte sich an eine Frau, die ihn gerufen und ›Joel Shiloh‹ genannt hatte. Sie war ihm irgendwie bekannt vorgekommen... ah ja, sie war die Frau des Ladenbesitzers aus Simpkinsville...

Das Wort ›Frau‹ erinnerte ihn wieder an Tess. Er mußte

ihr eine Nachricht zukommen lassen. Dringend. »Benachrichtigen Sie bitte Miss Bishop, Herald Street Nummer Zwölf.«

»Morgen. Heute schlafen Sie.«

»Bitte...«

»Schlafen!« sagte die Nonne streng.

Keith schloß die Augen und hoffte, daß er nicht wieder diesen verwirrenden Traum hatte...

Die Unterhaltung während des Dinners war ein Alptraum für Tess, und der Versuch, etwas zu essen, noch schlimmer. Sie hörte kaum zu, als Cedrick und Rod sich über eine Schießerei unterhielten, die am Nachmittag auf offener Straße stattgefunden hatte.

Doch als das Wort ›Hausierer‹ fiel, horchte sie entsetzt auf.

»Ein *Hausierer*?« fragte sie und sprang auf. »Ist er... tot?«

Cedrick schaute sie nur verwundert an. Tess hätte ihn am liebsten geschlagen.

»Ist er tot?« schrie sie ihn an.

Cedrick wurde ein bißchen blaß, dann zuckte er mit den Schultern. »Setzen Sie sich, meine Liebe. Was macht das schon?«

Tess versetzte ihm eine schallende Ohrfeige, mit aller Kraft, die ihr zur Verfügung stand. Dann rannte sie blindlings aus dem Zimmer. *Ein Hausierer – tot. Erschossen. Blut.*

Die Tür. Wo zum Teufel war die verdammte Tür?

Rod holte sie ein und hielt sie zurück. Oder versuchte es zumindest. Doch Tess trat und schlug nach ihm, bis er gezwungen war, sie loszulassen.

»Wo könnten sie ihn hingebracht haben, Rod?« fragte Tess, als auch Cynthia und Cedrick und Emma sich um sie versammelt hatten und sie verwundert anstarrten. »Fahr mich hin! Sofort!«

»Tess . . .«

»Ich schwöre dir, daß ich zu Fuß hinlaufe, wenn du mich nicht hinfährst!«

Es war Cedrick, der vortrat und trotz des Schlags, den Tess ihm versetzt hatte, sehr sanft sagte: »Ich bringe Sie überall hin, wo Sie wollen, Tess.«

»Ins Krankenhaus – wie viele Krankenhäuser gibt es in Portland . . .?«

Rod schaute Cedrick an, und trotz ihrer Aufregung glaubte sie so etwas wie eine Warnung in den Blicken ihres Bruders zu sehen. »Ich komme mit«, sagte er dann.

Auf der nächsten Polizeiwache erfuhren sie, daß ein Mann namens Keith Corbin am Nachmittag von einer Frau niedergeschossen worden war, die sich bereits in Gewahrsam befand. Der Mann sei ins Städtische Krankenhaus eingeliefert worden, sagte der freundliche Polizeibeamte.

Sie erreichten die Klinik fünf Minuten später, obwohl es Tess wie Stunden vorkam.

»Kein Besuch«, sagte eine Nonne am Empfang, als Tess in die Eingangshalle stürmte und ihr Anliegen vortrug.

»Ich finde ihn, und wenn ich jeden einzelnen Raum durchsuchen muß!« drohte Tess.

»Sie sind die Braut, nicht wahr?«

»Nein. Ich meine, ja!« Tess würdigte Rod und Cedrick, die neben ihr standen, keines Blickes. »Wo ist er?«

»Braut?« wiederholte Cedrick in verwundetem Ton.

»Ich erkläre es dir später«, beruhigte ihn Rod.

»In welchem Zimmer?« schrie Tess.

»Zimmer Vierzehn«, sagte die Nonne seufzend. »Aber Sie müssen leise sein und dürfen ihn nicht wecken.«

In Zimmer Vierzehn standen vier Betten, aber alle außer einem waren leer. In diesem einen lag Keith, Kopf und Schulter von einem sauberen Verband bedeckt und mit kreidebleichem Gesicht.

Tess berührte es sanft. »Keith?«

Er öffnete ein Auge. Dann das andere. »Hallo, Kleines«, sagte er. »Was machst du denn hier?«

Tess war nach Weinen und Lachen zumute, aber sie tat keines von beiden. »Was glaubst du?« flüsterte sie. »Ich suche den Mann, der mich vor dem Altar stehengelassen hat.«

Er lachte rauh. »Ich habe einen Ring gekauft ... auf dem Weg zum Mietstall erschien diese Frau ...«

Tess berührte seinen Mund; er war zu trocken und zu warm, und sie nahm ein bereitstehendes Glas Wasser und hielt es an die Lippen. »Du brauchst mir nichts zu erklären, Keith. Nicht jetzt.«

In diesem Augenblick kamen Cedrick und Rod herein. Rod war ruhig und beherrscht, aber Cedrick glühte vor unterdrücktem Zorn. »So!« herrschte er Tess an. »Ich nehme an, jetzt sind Sie zufrieden und wir können endlich zu unserem Dinner zurückkehren?«

»Dinner?« flüsterte Keith und schien zum ersten Mal Tess' elegantes Kleid und ihre aparte Frisur zu bemerken. Die Qual, die in seinem Blick erschien, war mehr, als Tess ertragen konnte. »Du warst bei einem Dinner?«

»Du verstehst es nicht, Keith ... Ich dachte ...«

»Ich weiß, was du dachtest!« fuhr er auf. »Lange hast du nicht gebraucht, um dein gebrochenes Herz zu kitten, was?«

»Keith!«

Er rollte sich auf die Seite und starrte die Wand an. Und da brach Tess Bishops Herz tatsächlich. In diesem Augenblick. »Bitte, Keith, hör mich an.«

Schweigen.

Rod nahm sanft ihren Arm. »Komm, Tess«, sagte er in fürsorglichem Ton. »Du kannst es ihm morgen erklären.

Ich helfe dir dabei. Aber jetzt brauchst du Ruhe und er auch.«

»Ruhe?!« rief Cedrick empört. »Und mein Stück? Was ist mit Tess' Rolle in ...«

Keith versteifte sich merklich, und Tess streckte die Hand aus, um seine Schulter zu berühren. Aber dann zog sie sie wieder zurück.

»Nimm dein verdammtes Stück und steck es ...« begann Rod gereizt, aber bevor er aussprechen konnte, kam die Nonne herein und scheuchte sie alle hinaus.

Cedrick schmollte auf dem ganzen Heimweg, aber Rod war ausgesprochen freundlich zu Tess. »Es wird alles gut«, tröstete er sie. »Ich verspreche es dir, Tess.«

Tess klammerte sich an seine Worte, aber sie wußte, daß es sehr schwer sein würde, einen Menschen, der so starrsinnig war wie Keith, zu überzeugen.

Im Hause der Goldens erwartete sie ein weiteres Drama.

Emma und Cynthia schienen in einen heftigen Streit geraten zu sein – der ganze Fußboden war mit Tellern, Gläsern und Essen übersät –, und Cynthia stand kreischend auf dem Tisch.

Emma stand mit geballten Fäusten vor ihr, bereit, die zweite Runde zu beginnen. »Komm herunter, du Hure, dann werde ich dir zeigen ...«

Rod wurde erst rot, dann leichenblaß. »Emma!« sagte er entsetzt.

»So helft mir doch!« schrie Cynthia gellend und froh über das Publikum, das sie nun hatte. »Rettet mich! Jemand muß mich vor diesem Ungeheuer retten!«

»Was zum Donnerwetter geht hier vor?« brüllte Cedrick.

»Sie will mich umbringen!« heulte Cynthia, während sie einen ihrer zierlichen Füße aus dem Sahnekuchen zog. »Cedrick, es war schrecklich ...«

»Schrecklich?« versetzte Emma höhnisch. »Ich werde dir schon zeigen, was *schrecklich* ist, du schamloses ...«

»Emma!« schrie Rod, dem in diesem Augenblick bewußte wurde, daß seine Schauspielerkarriere vorüber war. »Du wirst dich sofort bei Cynthia entschuldigen!«

»Das werde ich nicht!« kreischte Emma.

Gut, dachte eine müde und dennoch sehr belustigte Tess.

Cedrick schien sich mit aller Macht zu beherrschen. »Unser Kutscher wird euch nach Hause fahren«, sagte er gepreßt.

Rod nahm seine Frau am Arm und stieß sie praktisch aus dem Haus und in die wartende Kutsche. Tess folgte etwas langsamer.

Bevor er einstieg, wies Rod den Kutscher an, zu Tess' Laden zu fahren. Dort begleitete er Tess zur Tür und sagte: »Emma und ich sind in Vaters Suite im Grand Hotel, falls du uns brauchst.«

»Ich dachte, sie hätten euch hinausgeworfen«, sagte Tess müde.

»Wir haben noch eine Woche«, entgegnete Rod grimmig. Er begleitete seine Schwester hinein, zündete fürsorglich eine Lampe an und sagte leise: »Es tut mir leid, Tess – die Geschichte mit Cedrick, mit dem Stück und alles andere.«

»Du wirst Emma doch nicht schlagen?« fragte Tess besorgt. »Sie war nur eifersüchtig ...«

Rod lächelte ganz unerwartet. »Sie war wunderbar, findest du nicht?«

Tess fand die Kraft, sein Lächeln zu erwidern. »Phantastisch. Gute Nacht, Rod.«

»Gute Nacht, Tess.« Dann fiel die Tür hinter ihm zu, und kurz darauf hörte Tess die Kutsche anfahren.

Was die schönste Nacht ihres Lebens hätte werden können, war nun die einsamste geworden.

15

Keith starrte an die Zimmerdecke, beherrscht von Schmerzen, die einfach nicht nachlassen wollten.

Aber der körperliche Schmerz war das wenigste. Viel schlimmer war die Enttäuschung über Tess. Als er Amelie verlor, hatte er geglaubt, nie wieder ein größeres Leid erfahren zu können, doch Tess Bishop schien sich vorgenommen zu haben, ihm das Gegenteil zu beweisen.

Als habe der Gedanke sie herbeigerufen, ging die Tür auf, und Tess trat ein.

Keith starrte sie grimmig an, aber eigentlich nur, weil

er den Blick nicht von ihr abwenden konnte. Gierig nahm er jede Einzelheit von ihr in sich auf, denn in den Tagen, Monaten und Jahren, die vor ihm lagen, würde er die Erinnerung an sie brauchen, um sich am Leben zu erhalten.

»Er ruht!« protestierte die Nonne, die Keith insgeheim ›Attila‹ getauft hatte und die nicht von seiner Seite wich.

»Das ist mir egal«, erwiderte Tess gleichmütig. »Er kann sich später ausruhen. Jetzt wird er erst mal heiraten.«

Heiraten. Keith bot seine ganze Willenskraft auf, um den Blick von Tess abzuwenden und wieder auf die Zimmerdecke zu richten. Doch er spürte, wie Tess näher kam, all seine Sinne reagierten darauf, und der Schmerz wurde noch viel intensiver als zuvor.

Tess berührte seine Wange. »Warum bist du so böse auf mich?« fragte sie leise. »Ich bin nur zu einem Dinner gegangen . . .«

»Bei einem Schauspieler«, sagte Keith, der noch immer nicht wagte, sie anzusehen. Er wußte, daß er sich wie ein verwöhntes Kind verhielt, konnte es jedoch nicht ändern.

»Ich dachte, du hättest mich im Stich gelassen«, beharrte Tess.

»Und da hast du dir einen anderen gesucht«, versetzte er schroff. »Du weißt dir zu helfen, das muß man dir lassen.«

»Du machst es mir absichtlich schwer, Keith Corbin«, antwortete Tess eine Spur gereizt. »Ich wußte nicht, daß man dich angeschossen hatte. Ich dachte, du hättest gehabt, was du von mir wolltest und wärst weitergezogen.«

»Dann mußt du den Verstand verloren haben.«

Tess holte tief Atem. Keith spürte es, als handelte es sich um seine eigenen Lungen. »Rod, mein Bruder, hatte mich gedrängt, ihn zu diesem Dinner bei den Goldens zu begleiten. Mister Golden will ein Theaterstück herausbringen, und Rod ist Schauspieler und will unbedingt eine Rolle in dieser Aufführung haben . . .«

»Was hat das mit dir zu tun?« fragte Keith barsch, doch schon etwas geneigter, sie anzuhören, wenn auch gegen seinen Willen.

Tess seufzte. »Mister Golden wollte mich auch bei der Aufführung haben. Ich habe ihm mehrmals gesagt, daß das nicht in Frage kommt, aber er läßt nicht locker.«

Keith spürte Tess' kühle Finger auf seiner Wange. »Dann wäre es vielleicht klüger gewesen, ihm aus dem Weg zu gehen, meinst du nicht? Anstatt in deiner Hochzeitsnacht an einer Dinnerparty bei ihm teilzunehmen!«

»Du bist eifersüchtig!« Tess lachte leise. »Du bist auf diesen eingebildeten Gecken eifersüchtig!«

Keith hielt es nicht mehr aus, den Kopf abgewandt zu halten. Sein Blick glitt prüfend über ihr Gesicht. »Du magst ihn nicht?«

Wieder lachte sie, aber diesmal schimmerten Tränen in ihren Augen. »Würde ich ihn einen ›Gecken‹ nennen, wenn er mir gefiele?«

»Mich beschimpfst du auch«, gab Keith zu bedenken und schaute verdrossen an die Zimmerdecke.

»Das ist etwas anderes. Du hast keinen Grund zur Eifersucht, Keith.« Sie beugte sich über ihn und küßte ihn zärtlich. »Ich liebe dich. Und ich will dich heiraten. Jetzt sofort.«

»Jetzt?« krächzte er verwundert.

Tess nickte. »Ich habe einen Friedensrichter mitgebracht, den gleichen Mann, der Asa und Mutter und Rod und Emma getraut hat. Das ist dir doch recht, oder? Daß ein Friedensrichter die Trauung vornimmt, meine ich?«

Es war ihm mehr als recht: Es war seine Rettung. »Ja«, sagte er heiser. »W-wo ist er?«

»Auf dem Korridor.« Tess zögerte. »Meinst du, du

wärst dazu imstande? Ich meine, sind deine Wunden so schlimm, daß eine Trauung zu anstrengend für dich wäre?«

»Nein, nein«, antwortete Keith rasch. »Ich werde es schon überstehen.«

»Weiß die Polizei schon, wer dich angeschossen hat?«

»Sie haben eine Frau verhaftet.«

Tess schluckte sichtlich, und Keith wünschte, sie berühren zu können. Aber jede Bewegung schmerzte höllisch. »Eine Frau?« wiederholte Tess betroffen.

Keith lachte. »Es ist nicht das, was du denkst, Tess. Ich weiß nicht, warum sie mich umbringen wollte, aber eine eifersüchtige Geliebte ist sie nicht. Sie ist die Frau des Ladenbesitzers in Simpkinsville . . .«

Tess erblaßte. »Cornelia Hamilton?« flüsterte sie. »Emmas Mutter?«

»Das vermute ich. Ich erinnere mich nur an sie, weil ich früher bei Jessup eingekauft habe, wenn ich durch Simpkinsville kam. Was hast du, Tess? Du . . .«

»Mein Gott!« hauchte Tess. »Mein Gott!«

»Tess?« Ihr Gesichtsausdruck erschreckte ihn. »Tess, was . . .«

»Meinst du, die Polizei würde mich mit Missis Hamilton sprechen lassen, Keith?«

Er wollte nicht, daß Tess in ein Gefängnis ging und eine Frau besuchte, die mit Sicherheit gefährlich war. »Wozu?«

Tess senkte den Kopf. »W-weil ich sie gut kenne. Ich möchte wissen, warum sie es getan hat.« Tess stand entschlossen auf und küßte ihn. »Ruh dich jetzt aus. Ich bin bald wieder da.«

Keith schaute besorgt zu ihr auf. »Du hast versprochen, mich zu heiraten! Du sagtest, du hättest einen Friedensrichter mitgebracht . . .«

Tess' Gesicht hellte sich für einen Moment auf. »So ist es.«

Wenige Minuten später waren sie verheiratet, aber Keith wußte, daß er Tess damit nicht von ihrem geplanten Besuch bei der Frau, die ihn angeschossen hatte, abbringen konnte. Da er ans Bett gefesselt war, gab es für ihn auch absolut keine Möglichkeit, es zu verhindern.

Und tatsächlich sagte Tess, die schon während der Trauung seltsam abwesend gewirkt hatte, kurz darauf: »So, ich gehe jetzt, Keith, aber heute nachmittag komme ich zurück. Hoffentlich ist dann diese Nonne nicht mehr da.«

Keith wurde ärgerlich, er hatte Angst um Tess. »Vielen Dank, meine Liebe«, sagte er gereizt. »Wie schön, daß wir nun verheiratet sind.«

Tess küßte ihn noch einmal, aber so flüchtig, als habe sie Wichtigeres vor. »Ich bin nicht in Gefahr bei Cornelia, mach dir also keine Sorgen.«

»Verdammt, ich befehle dir, zu bleiben!«

Sie lachte einfach, *lachte*! »Du könntest mich gar nicht aufhalten, oder? Bis später, Darling. Ich liebe dich.«

»Tess!«

Doch sie war schon an der Tür, und nichts, was er sagte, konnte sie zurückhalten.

Erst als Tess am Empfang vorbeikam, an dem die grimmige Nonne saß, fiel ihr wieder die unglaubliche Geschichte ein, die Emma ihr gleich nach ihrer Ankunft in Portland erzählt hatte. Und plötzlich hielt Tess es für unendlich wichtiger, mit Emma zu sprechen, statt mit Cornelia, denn sie war fast sicher, daß Emma Joel Shiloh als ihren Verführer bezeichnet und damit Cornelias Mordversuch ausgelöst hatte.

Als Emma die Tür zu ihrer Suite öffnete, sah sie so bedrückt und niedergeschlagen aus, daß Tess' Ärger ein bißchen nachließ.

»Tess. Wie nett, daß du ...«

Sofort erwachte Tess' Zorn von neuem. Jessup Hamilton war tot, und Cornelia mußte den Verstand verloren haben. Keith lag schwerverletzt im Krankenhaus – und all das nur aufgrund von Emmas Gedankenlosigkeit, Dummheit und Selbstsucht!

»Sag mir, was du deinen Eltern vorgelogen hast!« befahl sie hart, als sie an Emma vorbei in die Suite ihrer Eltern ging.

Emma wurde noch blasser. »Gelogen? Wieso habe ich gelogen?«

»In jener Nacht, als dein Vater starb und deine Mutter dich hinauswarf«, beharrte Tess rücksichtslos. Ihr Herz klopfte so stark, daß sie befürchtete, es müßte platzen, und sie wußte, daß ihre Wangen vor Zorn glühten. »Du hast ihnen erzählt, du hättest die Nacht mit Joel Shiloh verbracht, nicht wahr, Emma? Deshalb bist du vor Schreck ohnmächtig geworden, als du Keith in meinem Laden sahst.«

Emma schwankte leicht und ließ sich auf den Sessel sinken. »Ja.«

»Deine Mutter hat zwei Schüsse auf ihn abgefeuert.«

Emma riß verblüfft die Augen auf. »Mama? *Mama*?«

»Ja. Sie glaubte deine Ehre zu rächen, Emma. Wie konntest du nur, Emma? Wie konntest du so gemein sein?«

»Ich war so verzweifelt, Tess! Ich konnte ja nicht ahnen, was passieren würde – es schien mir sicherer, Mister Shiloh zu beschuldigen, weil er doch schon fort war ...«

»Sicherer? Er wäre deinetwegen fast gestorben, Emma!«

»W-wo ist Mama? Im Gefängnis? O Tess, was werden sie mit ihr tun?«

Ihre verzweifelten Fragen besänftigten Tess und erfüllten sie mit Verzweiflung für Cornelia und Emma. Und

Jessup. Sie setzte sich in einen Sessel und bedeckte mit beiden Händen ihr Gesicht, bis sie ihre Freundin wieder ansehen konnte. »Wo ist Rod?« fragte sie mit leiser, geschlagener Stimme.

»Er ging heute morgen aus – mit Cedrick und dieser Hure Cynthia. Es hatte irgend etwas mit dem Stück zu tun.« Emma sprang auf, um sich sogleich wieder in den Sessel fallen zu lassen und die Hände zu ringen. »Ich kann jetzt nicht an ihn denken – ich will zu meiner Mutter!«

Tess atmete tief ein. »Warte, Emma«, sagte sie besänftigend. »Warte auf Rod. Es wäre besser, wenn er dich begleiten würde.«

»Ich kann nicht warten! Es ist alles meine Schuld!« Emmas Stimme zitterte, und Tränen stürzten aus ihren großen braunen Augen. »Mama muß solche Angst haben, so ganz allein an diesem schrecklichen Ort . . .«

»Emma, hör mich an. Du kannst nicht . . .«

»Nein!« schrie Emma plötzlich gellend. »Versuch es mir nicht auszureden, Tess! Ich will Mama sehen!«

In diesem Augenblick öffnete sich die Eingangstür der Suite, und Rod rief Emmas Namen. Cedrick begleitete ihn. Als er Tess sah, flackerte für einen flüchtigen Moment wilder Zorn in seinen Augen auf, aber das verstand er sehr schnell zu verbergen.

Rod starrte Emma an, und es sah fast so aus, als liebte er sie plötzlich, so offensichtlich war seine Besorgnis um sie. »Emma . . . was hast du nur?«

»Meine Mama, Rod . . . es war meine Mama, die Mister Shiloh niedergeschossen hat . . .«

»Keith«, berichtigte Tess sie sanft. »Er heißt Keith Corbin, nicht Joel Shiloh.«

Keiner von ihnen, mit Ausnahme von Cedrick, schien es gehört zu haben. Rod umarmte seine zitternde, weinende Emma und flüsterte ihr tröstende Worte zu. Tess fragte sich, wo Cynthia geblieben sein mochte. Hatte Emma nicht gesagt, sie sei mit Rod und Cedrick fortgegangen?

»Sie ist im Gefängnis, Rod!« schluchzte Emma hysterisch. »Meine arme Mama – im Gefängnis, zwischen Verbrechern!«

»Wir fahren sofort hin«, versprach Rod schnell. »Es wird alles gut werden, Emma. Das verspreche ich dir.«

Tess spürte Cedricks Blick und wandte sich zu ihm um. Was sie in diesem Augenblick, als er sich unbeobachtet glaubte, sah, erschreckte sie. Der Schauspieler sah aus, als würde er sie mit Freuden umbringen...

Aber da er ein beachtliches Talent besaß, sich zu verstellen, war dieser Ausdruck so schnell aus seinem Gesicht verschwunden, daß Tess fast überzeugt war, ihn sich nur eingebildet zu haben.

»Cedrick«, sagte sie höflich und als verspäteten Gruß.

Er neigte seinen Kopf. »Meine Liebe«, erwiderte er.

Tess empfand Unbehagen, wie immer, wenn Cedrick in der Nähe war, und es war so stark, daß sie zusammenschrak, als Rod das Wort an sie richtete: »Kommst du mit, Tess?«

»Nein, ich glaube, das wäre unter den gegebenen Umständen nicht passend. Schließlich habe ich gerade den Mann geheiratet, den Cornelia ermorden wollte.«

Eine seltsame Spannung lag im Raum, eine fast bedrohliche Atmosphäre, die nicht von Rod ausging, sondern von Cedrick Golden kam und nichts anderes als unterdrückten Haß verriet.

»Kann ich Sie zu Ihrem Laden fahren, Miss Bishop – äh, Missis Corbin?« fragte Cedrick dennoch höflich.

Tess stand auf und schüttelte den Kopf. »Nein, danke. Ich habe mein Fahrrad mitgebracht.«

»Hast du ihr von dem Geld erzählt, daß du dir geliehen

hast, Rod?« fragte Emma besorgt. »Hast du mit Tess über das Geld gesprochen?«

Tess hatte das Gefühl, daß der Boden unter ihren Füßen schwankte. »Welches Geld, Rod?« fragte sie ihren Halbbruder scharf.

»Das erkläre ich dir später«, sagte Rod ausweichend. »Siehst du denn nicht, in welchem Zustand Emma ist?«

»Du hast dir Geld von meinem Konto genommen, nicht wahr?« beharrte Tess unerbittlich. »Du ... du hast mein Geld diesem ... Hochstapler geliehen!«

»Hochstapler?« schnaubte Cedrick.

Tess wollte die Sache zu Ende diskutieren, aber Rod schien nicht bereit dazu. Er schob Emma zur Tür, Cedrick stürmte ihnen nach, und Tess schrie: »Rod Thatcher-Waltam! Komm sofort zurück, du Dieb! Du ...«

Die Tür fiel zu, und sie war allein. Unnötig, zur Bank zu gehen, Tess wußte auch so, daß sie dank Rod keinen roten Heller mehr besaß. Sie zitterte vor hilfloser Wut, als sie daran dachte, daß er nur deshalb Zugang zu ihrem Konto gefunden hatte, weil er ein *Mann* und ihr Bruder war und die Gesetze in diesem Land Männern *alles* und Frauen sozusagen *nichts* gestatteten!

Sie stand auf und verließ in blinder Wut das Hotel. Kaum zu glauben, daß dies ihr Hochzeitstag sein sollte; ihr Mann lag im Krankenhaus, schwer verwundet nach dem Mordversuch der Mutter ihrer besten Freundin, und sie, Tess, stand ohne einen Pfennig da!

Tess kehrte in ihren Laden zurück, kochte sich eine Tasse Tee und ging dann auf die andere Straßenseite zu ihrer Bank. Doch der Bankdirektor, mit dem sie zu sprechen verlangte, nahm ihre Beschwerde sehr gelassen auf. »Sie können Ihren Bruder verklagen, wenn Sie wollen«, meinte er gleichgültig. »Etwas anderes kann ich Ihnen auch nicht raten.«

Tess wäre versucht gewesen, es zu tun, wenn sie nicht

das Leid bedacht hätte, das sie Emma damit zufügen würde. »Ich könnte statt dessen auch Ihre Bank verklagen«, antwortete sie grimmig.

Ein langes Schweigen entstand darauf, in dessen Verlauf der Bankier sich nicht einmal bemühte, ein bedauerndes Gesicht zu machen. Tess mußte diesem aufgeblasenen Narren einen Schrecken einjagen, und das einzige Werkzeug, das sie dazu in der Hand hatte, war ihr neuer Name.

»Würden Sie das Konto bitte auf meinen Namen umschreiben, wenn es nicht zuviel Mühe bereitet?« bat sie in übertrieben freundlichem Ton. »Ich bin nämlich nicht länger Tess Bishop. Seit heute nachmittag ist mein Name Corbin.«

Sie wartete, bis ihre Worte zu ihm vorgedrungen waren und wurde für ihre Geduld reichlich belohnt. Der Bankier zuckte zusammen, als habe ihm jemand einen Stich in sein reichgepolstertes Hinterteil versetzt.

»Corbin?« sagte er erstickt. »Das glaube ich nicht!«

Tess reichte ihm lächelnd den Trauschein.

Die fette Hand des Bankiers zitterte, als er das Dokument las. Seine rosigen Wangen verloren alle Farbe. »Sie sind mit Keith Corbin verheiratet. H-herzlichen Glückwunsch.«

»Danke«, säuselte Tess, während sie den Trauschein zurücknahm, ihn sorgfältig zusammenfaltete und in ihre Tasche steckte. »Ich denke mir, daß mein Mann nicht sehr erfreut sein wird, wenn ich ihm erzähle, wie sorglos Ihre Bank mit den Konten ihrer Kunden umgeht . . .«

»Wir werden uns glücklich schätzen, Sie für unseren Fehler zu entschädigen, Missis Corbin!« schlug der Bankier hastig vor. »Und Sie können sich darauf verlassen, daß so etwas nicht noch einmal vorkommt!«

Tess glühte innerlich vor Triumph und stiller Wut, als sie die nötigen Papiere unterzeichnete und das neue Sparbuch mit dem kompletten Guthaben entgegennahm, das Rod ihr gestohlen hatte. Triumph über das, was sie erreicht hatte, und Wut über dieses Land, in dem Namen mehr galten als Menschen.

»Bei der nächsten Gelegenheit werde ich mein Geld auf eine andere Bank überweisen«, sagte sie hochmütig, als sie sich zum Gehen wandte.

»Aber wir haben doch alles getan, um die Sache ungeschehen zu machen!« protestierte der Bankier entsetzt.

»So ist es«, bestätigte Tess herablassend. »Nachdem ich Ihnen bewiesen hatte, daß ich ein Mitglied einer der angesehensten Familien des Nordwestens bin. Sie hätten es tun sollen, weil es gerecht war, Mister Filbertson. *Wer* ich bin, hätte dabei nicht die geringste Bedeutung für Sie haben dürfen. Wichtig war nur, daß man mir schweres Unrecht zugefügt hatte und das zum Teil durch Ihre Schuld.«

»Missis Corbin!« sagte der Bankier flehend, während sich vor Angst ein Schweißfilm auf seiner Oberlippe bildete.

»Guten Tag, Mister Filbertson«, meinte Tess kühl und ging mit raschelnden Seidenröcken und hocherhobenen Kopfes hinaus.

Doch Mister Filbertson eilte ihr bis auf die andere Straßenseite nach. »Möchten Sie es sich nicht noch einmal überlegen?« bat er flehend.

Tess lächelte, als sie die Tür ihres Ladens aufschloß, und zuckte die Schultern. »Vielleicht, Mister Filbertson. Oder vielleicht auch nicht. Möchten Sie nicht ein Foto von sich machen lassen?«

16

Mister Filbertson wurde Tess' erster Kunde. Er hockte nervös auf dem Stuhl, während Tess die Kamera vorbereitete, räusperte sich und schien es kaum erwarten zu können, ihre Entscheidung zu hören, daß sie ihr Konto bei seiner Bank belassen wollte. Aber Tess ließ ihn zappeln. Er verdiente es.

Nach den Aufnahmen blieb er in der Tür stehen und schaute Tess zögernd an. »Ich hoffe, wir sehen uns bald wieder, Missis Corbin«, sagte er rauh.

Tess neigte nur den Kopf. Mister Filbertson errötete und ging rasch hinaus. Tess schaute ihm lächelnd nach.

Den restlichen Tag und fast die ganze Nacht verbrachte Tess im Krankenhaus, saß an Keith' Bett und hielt seine Hand. Ihre Nähe schien ihn dermaßen zu beruhigen, daß er schließlich in einen tiefen, erholsamen Schlaf versank.

Als Tess im Morgengrauen vor ihrem Laden stand und ihren Schlüssel suchte, hörte sie jemanden ihren Namen rufen. »Tess!«

Es war Emma, die über den Bürgersteig kam, mit verwirrter und ängstlicher Miene.

Was ist jetzt schon wieder? dachte Tess unbarmherzig. Sie war müde, todmüde nach der langen Nacht im Krankenhaus und mußte auch noch Mister Filbertsons Fotografie entwickeln, eine Aufgabe, der sie keineswegs freudig entgegensah. Sie hatte noch nie entwickelt und mußte sich daher auf die Anweisungen in den Büchern verlassen, die sie in ihrem Laden aufbewahrte.

»Guten Morgen, Emma«, sagte sie, während sie die Tür aufschloß und hineinging, ihre Freundin dicht auf den Fersen.

»Guten Morgen, Tess!« entgegnete Emma gereizt. »Wo hast du die ganze Nacht gesteckt? Ich war fast verrückt vor . . .«

»Ich war bei meinem Mann«, unterbrach Tess sie ruhig.

Das ließ Emma verstummen – wie Tess ganz richtig vermutet hatte, war es Emma noch gar nicht zu Bewußtsein gekommen, daß ihre Freundin tags zuvor Keith Corbin geheiratet hatte. Nun machte sie große Augen und schüttelte sich dann wie eine Henne, die unter einen Eimer Spülwasser geraten war.

»Ich wünschte, ich könnte das gleiche sagen«, beklagte Emma sich. »Rod ist verhaftet worden, Tess! Wegen dir hat die Bank ihn einsperren lassen! Und er wird nicht eher freigelassen, bis er das Geld zurückgibt, das er sich eher freigelassen, bis er das Geld zurückgibt, das er sich von deinem Konto geborgt hat!«

»Geborgt? Gestohlen wolltest du wohl sagen!« entgegnete Tess scharf, verärgert über Emmas Haltung.

»Das ist nicht wahr! Er hatte es sich nur geliehen!«

»Geld von einem fremden Konto abzuheben, ohne Wissen des Kontoinhabers und ohne seine Zustimmung, ist Diebstahl, Emma.«

»Wie konntest du nur, Tess? Wie konntest du das zulassen, wo du doch weißt, was mit Mama geschehen ist? Habe ich nicht schon genug Probleme, ohne auch noch meinen Mann im Gefängnis zu haben?«

»Zufällig habe auch ich Probleme, Emma – unter anderem einen schwer verletzten Mann.«

Das schien Emma ein wenig zu besänftigen. »Was soll ich tun, Tess?« fragte sie kleinlaut.

Tess seufzte. Gott, sie war so müde! »An deiner Stelle, Emma, würde ich zu Cedrick Golden gehen und ihn bitten, etwas von dem Geld zurückzugeben, das Rod in sein Stück investiert hat. Ich bin sicher, daß die Bank die Anklage gegen Rod fallenläßt, wenn sie ihr Geld zurückbekommt.«

»Warum sollte *ich* zu Cedrick Golden gehen?« versetzte Emma entrüstet. »Du hast das Theater mit der Bank doch angefangen und dafür gesorgt, daß Anklage gegen Rod erhoben wird!«

Tess schüttelte in stummer Bestürzung den Kopf. »Du erwartest doch wohl nicht, daß ich der Bank *mein* Geld gebe, damit Rod aus dem Gefängnis kommt?«

Wieder schien Emma unsicher zu werden, aber dann schob sie das Kinn vor, und ihre Augen wurden schmal. »Ich dachte, du wärst meine Freundin!«

»Ich bin auch deine Freundin, Emma«, antwortete Tess seufzend. »Aber ich bin nicht dein Schutzengel. Dieses Problem müßt ihr ganz alleine lösen – du und Rod.«

Tränen erschienen in Emmas Augen, doch Tess war fest

fest entschlossen, sich diesmal nicht davon rühren zu lassen. Vielleicht hatte sie ihrer Freundin bisher sowieso nur geschadet, indem sie immer wieder versucht hatte, ihre Probleme zu lösen ... Wie sollte ein Mensch stark und erwachsen werden, wenn er sich nie selber um seine Schwierigkeiten kümmern mußte?

»Ich werde es dir zeigen, Tess Bishop! Ich gehe zu Cedrick Golden und regele die Sache – ganz ohne deine Hilfe!« zischte Emma und stürmte wütend aus dem Laden.

Tess lächelte, holte sich ein Buch über Entwicklungstechniken und begab sich damit in die Dunkelkammer.

Etwas später war sie so vertieft in das Lesen von Formeln und Mischen von Chemikalien, daß sie die Türglocke beinahe überhörte. »Ich komme sofort«, rief sie geistesabwesend, während sie in ihren Schalen und Behältern rührte.

»Ich kann warten«, antwortete eine gereizte Männerstimme, und Tess erstarrte. Cedrick Golden. Ihr Besucher war Cedrick Golden.

Nach einem tiefen Atemzug ließ Tess widerstrebend ihre Arbeit liegen und betrat den Laden.

»Guten Tag«, sagte sie in höflichem, aber abweisendem Ton. »Womit kann ich dienen?«

Cedrick wirkte verstört und sehr verärgert. »Emma sagte, ich müßte das Geld zurückgeben, das Roderick in mein Stück investiert hat.«

Warum erzählt er mir das? wunderte sich Tess, sagte jedoch nichts. Irgend etwas veranlaßte sie, abzuwarten.

»Ich bin nicht erfreut darüber«, beschwerte Cedrick sich, während er sich verstohlen umblickte. »Nicht im geringsten. Eine Investition ist schließlich eine Investition; ein Geschäft ein Geschäft.«

»Der Ansicht bin ich auch«, stimmte Tess zu. »Nur ist

es in diesem Fall so, daß Rod *mein* Geld investiert hat und nicht sein eigenes.«

Endlich suchten Cedricks grüne Augen ihren Blick, und Tess war betroffen über die Verzweiflung, die sie in ihnen las. Cedrick wirkte wie im Fieber, wie besessen fast. »Keine Angst«, sagte er mühsam beherrscht. »Ich habe die notwendigen Arrangements schon getroffen. Ihr Bruder müßte schon in Freiheit sein.«

Aus irgendeinem Grund konnte Tess sich nicht dazu überwinden, ihm zu danken, obwohl sie ihm Emma zuliebe wirklich dankbar war. »Das ging schnell«, bemerkte sie nur.

»Was hätte ich sonst tun sollen?« Cedrick zog die schmalen Schultern hoch. »Emma wollte es so haben. Sie schrie und tobte, bis mir nichts anderes mehr übrigblieb.«

Insgeheim war Tess stolz auf Emma, aber das ließ sie sich nicht anmerken. Sie unterdrückte auch ihre Ungeduld über eine Begegnung, die sie für absolut unnötig hielt. »Ich bin sehr beschäftigt«, sagte sie nur.

Cedrick stieg das Blut in die Wangen, und seine grünen Augen blitzten zornig. »Ich verstehe, Sie müssen einen sehr großzügigen Mann besitzen. Unglaublich, daß er von einer Frau wie Ihnen verlangt, in einem solch gewöhnlichen Geschäft zu arbeiten.«

Nun war es Tess, die vor Zorn errötete. »Ich habe meinen Mann nicht geheiratet, um versorgt zu sein, Mister Golden! Ich habe ihn geheiratet, weil ich ihn liebe.«

»Liebe! Es ist nicht seine *Liebe*, die Sie wollen!«

Endlich begriff Tess, warum Mister Golden heute bei ihr erschienen war. Er war wütend über ihre Heirat. Als ob es ihn etwas anginge! »Vielleicht hängt Ihr Interesse an den meisten Leuten davon ab, was sie Ihnen geben können, Mister Golden«, sagte sie kalt. »Aber meine Einstellung ist Gott sei Dank anders.«

Cedricks Stimme war nicht mehr als ein leises, spöttisches Flüstern. »Sie wissen so gut wie ich, daß Sie in eine der reichsten Familien des Landes eingeheiratet haben, Ihr verwundeter Verehrer mag sich von Ihrem unschuldigen Gesicht irreführen lassen, Tess, aber mir können Sie nichts vormachen. Ich bin selber Schauspieler und kann eine Theateraufführung erkennen, wenn ich eine sehe, selbst wenn sie nicht auf der Bühne stattfindet.«

Etwas Verletzenderes hätte er gar nicht sagen können. Als Tess sich in Keith Corbin verliebte, hatte sie nichts von seiner Familie oder deren Geld geahnt. Und es war ihr auch jetzt noch völlig gleichgültig, ob sie je einen Pfennig davon sah oder nicht. Sie wollte nichts anderes, als bei ihrem Mann zu sein, ob das nun bedeutete, in einem Karren über Land zu fahren, oder hier in ihrem Laden zu arbeiten.

Doch Cedrick Golden besaß keinen Anspruch auf dergleichen Erklärungen. Für wen hielt er sich eigentlich?

»Ich habe zu arbeiten, Mister Golden«, sagte Tess steif. »Wenn Sie mich jetzt entschuldigen würden...«

Sie wandte sich ab, um in die Dunkelkammer zurückzukehren und war so abgelenkt von ihrem Ärger, daß es einen Moment dauerte, bis sie ihren Fehler einsah.

Cedrick Golden war ihr gefolgt.

Bis dahin hatte Tess diesen Mann als lästig empfunden, aufdringlich zuweilen, aber relativ harmlos. Doch nun warnte ihr Instinkt sie, daß er unter gewissen Umständen auch sehr gefährlich werden konnte.

Sie trat hinter ihren Arbeitstisch, beladen mit Büchern und Chemikalien, um eine Barriere zwischen sich und ihm zu schaffen. »Gehen Sie bitte«, sagte sie gepreßt.

Cedrick ließ seinen Zeigefinger über eines der Bücher gleiten. »Es ist dunkel hier«, meinte er leichthin. »Keine Fenster.«

Eine eiskalte Hand schien über Tess' Rücken zu streichen. »Man kann Fotos nur im Dunkeln entwickeln«, erwiderte sie ruhig. »Gehen Sie jetzt bitte, Mister Golden. Ich habe zu arbeiten, wie ich bereits sagte.«

»Ja, fotografieren«, entgegnete er gelangweilt und berührte wie zufällig eine Schale mit Entwicklungsflüssigkeit. »Die Beschäftigung, die Sie dem Theater vorziehen.«

Tess versuchte, sich der Tür zu nähern, die in den Laden führte. »Bitte berühren Sie das nicht. Die Chemikalien enthalten Säure – das kann sehr gefährlich sein.«

Cedrick schaute auf, maß Tess mit einem merkwürdigen Blick und lachte amüsiert. »Haben Sie Angst vor mir, meine Liebe?« fragte er in leisem, verächtlichem Ton.

»Nein«, log Tess, und dann hatte sie die Tür erreicht und schlüpfte rückwärts hinaus. Im gleichen Augenblick bimmelte die Glocke über der Eingangstür.

Tess bezweifelte, daß sie je dankbarer für das Erscheinen eines Kunden sein würde, als in diesem Augenblick. Sie drehte sich um und lächelte nervös.

Die Besucherin war eine Frau und bezaubernd schön mit ihrem zimtfarbenen Haar und den kleeblattgrünen Augen.

»Tess?« fragte sie lächelnd.

Tess vergaß Cedrick und sein bedrohliches Verhalten und nickte. Ein Instinkt sagte ihr, daß dieses wunderschöne Wesen nicht erschienen war, um sich fotografieren zu lassen.

Wieder lächelte die Frau. »Mein Name ist Banner Corbin. Ich bin Ihre Schwägerin.«

Tess ging auf sie zu und drückte ihre Hand. »Ich freue mich so, Sie kennenzulernen, Missis Corbin.«

Helles Lachen erklang. »Ich auch, Tess. Noch viel mehr, als du ahnst – und ich bitte dich, von jetzt an auf das steife ›Sie‹ zu verzichten. Nenn mich doch bitte Banner.«

Cedrick kam nun aus der Dunkelkammer, und sein Erscheinen beschämte Tess zutiefst. Was mochte Banner darüber denken?

Kluge grüne Augen musterten Cedrick und dann Tess, aber es war Banner nicht anzusehen, was ihr durch den Kopf ging. Cedrick murmelte ein paar Abschiedsworte und zog sich mürrisch zurück.

»Ich wollte dich nicht bei der Arbeit stören«, sagte Banner, während sie ihre Handschuhe abstreifte.

»Ich kann morgen wiederkommen, wenn es dir lieber ist.«

»O nein!« widersprach Tess rasch. »Bleib bitte. Ich ... ich möchte dich gern näher kennenlernen.«

Banner lächelte. »Und wir dich, Tess. Die ganze Familie.«

»Keith' Brüder kenne ich schon«, gab Tess errötend zu und dachte an die Nacht auf der Couch in der Suite der Corbins.

Banner mußte die Geschichte schon gehört haben, denn sie wirkte leicht belustigt. »Es tut mir leid, daß sie dich so erschreckt haben«, sagte sie nach kurzem Schweigen. »Sie können ziemlich überwältigend sein, um es schwach auszudrücken. Adam, der Ernstere mit dem dunklen Haar, ist mein Mann.«

Tess erinnerte sich an Adam. Er schien auch der Nettere der beiden Brüder gewesen zu sein und war ihr sympathisch. »Er war sehr freundlich zu mir«, sagte sie, hauptsächlich, um Konversation zu machen.

Banner lachte. »Und Jeff war unverschämt, nicht wahr? Ich hoffe, daß du unseren gemeinsamen Schwager deshalb nicht hassen wirst, Tess — er ist eigentlich ein sehr guter Mensch. Nur hat er leider nie gelernt, seine Zunge in Zaum zu halten.«

Nun mußte auch Tess lachen. »Das kann man wohl sagen. Mein Gott, er hat mich zu Tode erschreckt!«

»Jeff hat oft diese Wirkung auf Leute.« Banner seufzte und hob die Hand, um ihren Hut abzunehmen. »Darf ich mich ein paar Minuten setzen? Als wir das Telegramm erhielten mit der Nachricht, Keith sei angeschossen worden, sind wir . . . nun, wir gerieten alle sehr in Panik, wie du dir vorstellen kannst. Und ich wurde dazu ausersehen, herzukommen und festzustellen, was geschehen ist. Natürlich bin ich sofort nach meiner Ankunft ins Krankenhaus gefahren, und jetzt bin ich sehr erschöpft.«

Banner Corbin schien eine ausgesprochen vitale, energische Frau zu sein, aber nun wirkte sie tatsächlich sehr müde. »Setz dich«, sagte Tess rasch. »Ich gehe nach oben und mache dir eine Tasse Tee.«

»Nein, nein«, entgegnete Banner, während sie Platz nahm. »Ich weiß, daß du bei der Arbeit warst, als ich hereinkam. Mach jetzt bitte weiter, und später werden wir uns unterhalten. Vielleicht können wir Keith zusammen besuchen.«

»Wie geht es ihm?« fragte Tess leise.

»Er ist sehr gereizt«, berichtete Banner lächelnd. »Keith ist ein schwieriger Patient. Er redet von nichts anderem, als ›diesen Ort‹ zu verlassen.«

Durch die Ladenfenster war die Bank auf der gegenüberliegenden Straßenseite klar zu erkennen, und Tess erinnerte sich an ihr Versprechen, Mister Filbertons Porträt noch heute abzuliefern. »Es wird nicht lange dauern«, versprach sie, bevor sie sich in ihre Dunkelkammer zurückzog, obwohl es tausend Fragen gab, die sie Banner gern über Keith gestellt hätte.

Das Bild kam perfekt heraus, obwohl es das erste war, das Tess je entwickelt hatte. Nachdem sie es zum Trocknen aufgehängt hatte, wusch sie sich die Hände und ging in den Laden zurück.

Banner saß noch immer in ihrem Sessel beim Fenster, die Hände im Schoß verschränkt, die Augen geschlossen. Doch bei Tess' Erscheinen öffnete sie sie und lächelte strahlend. »Schon fertig? Du mußt sehr gut sein in deinem Beruf.«

Tess zuckte die Schultern. »Ich bin gewissermaßen noch ein Lehrling, aber da ich niemanden habe, der mir etwas beibringt, muß ich mir alles selbst aneignen.«

»Ich weiß, wie schwierig es für eine Frau ist, einen Beruf auszuüben«, bemerkte Banner seufzend.

Tess war überrascht. Banner sprach, als arbeitete sie auch, und das kam Tess sehr unwahrscheinlich vor, wenn man den Status der Familie Corbin bedachte. »Wirklich?« fragte sie zweifelnd.

»Ich bin Ärztin«, erwiderte Banner. »Ich teile mit Adam eine Praxis in Port Hastings.«

Tess war so verblüfft, daß ihr beinahe die Augen aus dem Kopf traten. Ein Geschäft zu besitzen, war schon wagemutig genug für eine Frau, aber Ärztin zu sein ... das war doch fast nicht möglich! »Keith hat mir nichts davon erzählt«, gestand sie nach verblüfftem Schweigen.

Banner lachte. »Für die Corbins ist es nichts Besonderes. Meine Schwiegermutter ist eine Journalistin, die für das Wahlrecht der Frauen kämpft, und Jeffs Frau, Fancy, war vor ihrer Heirat Unterhaltungskünstlerin.«

»Und Jeff hat sie gezwungen, ihren Beruf aufzugeben?«

»Fancy war nie mit dem Herzen bei ihrer Arbeit, wenn du weißt, was ich meine. Sie ist glücklich, Frau und Mutter zu sein.« Banner sprach nicht mit Verachtung, sondern mit ruhiger Zuneigung von Fancy. »Du wirst sie mögen. Wir haben sie alle sehr ins Herz geschlossen.«

Plötzlich war Tess begierig, noch mehr über Keith' Familie zu erfahren; es war, als könnte sie ihn dadurch noch besser kennenlernen. »Haben sie nicht auch noch eine Tochter?«

Banner nickte lächelnd. »Ja. Melissa. Sie hat gerade das College beendet.«

Tess hörte gespannt zu, als ihre Schwägerin ihr von allen Mitgliedern der Familie erzählte, einschließlich ihrer eigenen drei Kinder und Jeffs und Fancys kleinem Sohn Patrick. Sie merkte es daher kaum, als Mister Filbertson hereinkam.

»Meine Fotografie ist fertig, nehme ich an?« fragte er, ohne Banner auch nur eines Blickes zu würdigen. Sein ganzes Verhalten bewies, daß er hoffte, die Fotografie möge noch *nicht* fertig sein, um so einen Beweis für Tess' mangelnde Tüchtigkeit zu haben.

»Ja, sie ist fertig«, bestätigte Tess kühl und holte das Bild aus der Dunkelkammer. »Das macht fünfzig Cents, bitte.«

Mister Filbertson räusperte sich und suchte umständlich in seinen Taschen nach Münzen. Dann legte er zwei davon auf die Ladentheke.

»Ich hörte, Sie haben meinen Bruder verhaften lassen«, bemerkte Tess in beiläufigem Ton.

Mister Filbertson trat nervös von einem Fuß auf den anderen. »Er . . . nun ja . . . das Geld haben wir zurückbekommen. Ein Mister Cedrick Golden hat es eingezahlt, und soviel ich weiß, ist Ihr Bruder schon wieder frei.«

Tess genoß das Unbehagen des Bankiers, aber dann tat er ihr doch ein bißchen leid. »Ich nehme Ihnen nicht übel, daß Sie sich zurückgeholt haben, was Ihnen gehört, Mister Filbertson«, sagte sie nüchtern. »Das müssen wir doch alle, nicht wahr?«

Filbertson errötete; er schien zu wissen, daß Tess sich auf den Druck bezog, den sie am Tag zuvor anwenden mußte, um *ihr* Geld zurückzubekommen. »Ja, Missis Corbin, manchmal bleibt uns nichts anderes übrig.« Damit schnappte er sich sein Foto und verließ fluchtartig den Laden.

»Sind alle deine Kunden so sympathisch?« erkundigte sich Banner lächelnd.

»Er war mein erster«, gab Tess zu. »Ich hoffe, daß die anderen sich als etwas zuvorkommender erweisen.«

Banner lachte. »Dein erster Kunde! Das verlangt nach einer Feier. Laß uns mit einem guten Dinner beginnen, und danach fahren wir ins Krankenhaus und besuchen unseren Patienten.«

Tess war hungrig, aber sie war auch müde. Immerhin hatte sie die ganze Nacht kein Auge zugetan, und nun wurde es schon wieder dunkel. Aber auf eins wollte sie trotzdem nicht verzichten – sie mußte unbedingt ihren Mann sehen.

»Könnten wir nicht zuerst ins Krankenhaus gehen?« schlug sie schüchtern vor.

Banner schüttelte auf eine Art den Kopf, die bewies, daß sie es gewohnt war, Befehle auszuteilen, die im allgemeinen wohl auch befolgt wurden. »Ich sterbe vor Hunger und du bestimmt auch. Außerdem darfst du die Corbinmänner nicht verwöhnen, Tess, sonst trampeln sie nämlich auf dir herum.«

Tess nickte ergeben. »Ich ziehe mich nur schnell um«, sagte sie und stieg die Treppen zu ihrer Wohnung hinauf.

Als sie wieder hinunterkam, stand Banner vor den nackten weißen Wänden und betrachtete sie sinnend. »Ich finde, du solltest einige deiner Arbeiten ausstellen, Tess«, schlug sie vor. »Häng deine Fotografien im Fenster und an diesen Wänden auf.«

Es war eine gute Idee, und Tess nickte lächelnd, als sie die Fensterläden schloß. »Aber zuerst muß ich Fotos machen, die ich ausstellen kann«, erklärte sie, während sie auf die Straße hinaustraten.

»Du kannst mich fotografieren«, sagte Banner sofort. »Und wenn Keith entlassen wird, kannst du ihn aufnehmen ...«

17

Zufrieden über Keith' zunehmende Erholung, kehrte Banner am nächsten Morgen nach Port Hastings zurück. Tess, die nie eine Schwester gehabt hatte, bedauerte ihre Abreise sehr und war traurig, nun wieder allein zu sein.

Zum Glück hatte sie ihre Arbeit. Tess ging nach oben, machte ihr Bett und das andere in dem kleinen Zimmer, wo Banner geschlafen hatte. Dann räumte sie das Frühstücksgeschirr fort.

Im Laufe des Morgens kamen mehrere Kunden in den Laden und hielten Tess auf Trab. Einmal kam ihr für einen kurzen Moment der Gedanke, daß Banner ihr Glück gebracht haben mußte.

Gegen Mittag erschienen Rod und Emma – Rod mit bedrückter, leicht verlegener Miene und Emma sichtlich verstimmt.

»Wir wollten uns fotografieren lassen«, verkündete sie steif. »Als verspätetes Hochzeitsfoto.«

Für Tess war es ein Friedensangebot, und deshalb führte sie das junge Paar prompt in den kleinen Raum, den sie sich als Wohnzimmer eingerichtet hatte.

Rod setzte sich in einen Lehnstuhl und machte ein ernstes Gesicht, während Emma hinter ihn trat, ebenfalls mit ernster Miene und eine Hand auf die Schulter ihres Mannes legte.

»Ich mache zur Vorsicht noch eine Aufnahme«, sagte Tess, nachdem die erste im Kasten war, in Gedanken schon bei Banners Vorschlag, ihre Arbeiten im Schaufenster auszustellen. Rod und Emma würden ein gutes Motiv ergeben, denn sie waren ein wirklich hübsches Paar...

Rod rutschte nervös auf seinem Stuhl und murmelte etwas; ein leiser Druck von Emmas Fingern auf seinen Schultern beruhigte ihn. Tess sah es durch die Linse und mußte lächeln.

»Willst du nicht fragen, wie der arme Rod aus dem Gefängnis gekommen ist?« fragte Emma schließlich, als die Sitzung beendet war und sie es nicht länger aushielt.

Tess biß sich auf die Lippen und wandte den Blick ab, um nicht zu lachen. »Ich brauche nicht zu fragen«, erwiderte sie lakonisch. »Cedrick war gestern hier und hat es mir erzählt. Aber etwas anderes würde ich gern wissen: Wie geht es deiner Mutter, Emma?«

Ein schmerzlicher Ausdruck huschte über ihr Gesicht. »Nicht gut, Tess. Rod und ich wollen sie nach St. Louis mitnehmen, wo sie gute Pflege bekäme und... nun ja...«

Trotz ihres Ärgers über Rods und Emmas Verhalten löste der Gedanke, daß auch sie bald fortgehen würden, überwältigende Niedergeschlagenheit in Tess aus. »Wann wollt ihr fahren?« fragte sie leise.

»Sobald Papa das Reisegeld schickt«, antwortete Rod so bedrückt, daß Tess großes Mitleid mit ihm empfand. Vielleicht hatte er sich fehlleiten lassen in seinen Bemühungen, ein großer Schauspieler zu werden, aber ein Traum war ein Traum, und wer wußte das besser als Tess? »In einer Woche, nehme ich an«, schloß er traurig.

Tess schaute von Rod zu Emma. »Wollt ihr nicht so lange bei mir bleiben? Es wäre doch sinnlos, ein Hotelzimmer zu bezahlen.«

Keiner sagte, daß kein Geld für ein Hotel da war und für Essen vermutlich auch nicht, aber Emmas Erleichterung war spürbar.

»Ich könnte dir im Laden helfen, während Rod Mamas Angelegenheiten regelt!« schlug sie eifrig vor.

Tess nickte großzügig, immerhin war es nur für eine Woche. »Das wäre schön, Emma. Das Foto ist natürlich mein Hochzeitsgeschenk an euch.«

Rod machte sich auf den Weg, um ihr Gepäck zu holen, und dann erschienen so viele Kunden, daß Tess keine Gelegenheit mehr fand, unter vier Augen mit Emma zu sprechen.

Sie war übrigens bemerkenswert gut im Geschäft, unterhielt die Kunden, bis sie an der Reihe waren und räumte den Laden nach ihrem Verlassen wieder auf.

Alles klappte großartig, bis Cynthia Golden hereinkam. Die Abneigung, die Emma gegen diese Frau empfand, war spürbar – und gerechtfertigt, wie Tess zugeben mußte.

»Ich möchte gern einen Termin machen, um mich fotografieren zu lassen«, erklärte Cynthia und ignorierte Emmas stummen Zorn.

»Selbstverständlich«, stimmte Tess freundlich zu und verscheuchte Emma von ihrem Platz hinter der Theke, bevor sie eine zahlende Kundin vertreiben konnte. »Möchten Sie die Aufnahmen heute machen lassen?«

»O nein«, entgegnete Cynthia entschieden und mit einem Blick auf Emma, als käme diese ihr bekannt vor, sie aber nicht recht wüßte, wo sie sie einordnen sollte. »Ich komme morgen. Mit Cedrick.«

Tess verspürte kein Verlangen, Cedrick zu sehen, weder morgen noch an einem anderen Tag, aber schließlich hatte sie ein Geschäft zu führen. »Um zehn Uhr?« schlug sie deshalb vor.

»Viel zu früh.« Cynthia gähnte geziert. »Ich stehe nie vor halb zwölf auf, meine Liebe. Könnte ich um zwei Uhr kommen?«

»Könnte ich um zwei Uhr kommen?« äffte Emma sie leise nach.

Tess stieß ihre Freundin in die Rippen und schenkte Cynthia, die es nicht gehört zu haben schien, ein strahlendes Lächeln. »Selbstverständlich, Miss Golden. Um zwei Uhr also.«

»Danke«, sagte Cynthia, die in Gedanken schon ganz woanders zu sein schien. Dann drehte sie sich um und verließ den Laden.

»Warum mußtest du so freundlich zu ihr sein?« fragte Emma schmollend.

»Weil sie eine Kundin ist«, erwiderte Tess flach, und damit war das Thema abgeschlossen.

Cynthia kam tatsächlich am nächsten Tag zurück, aber zu Tess' Erleichterung ohne Cedrick, und später folgten ganze Schwärme von Kunden, die Tess so beschäftigt hielten, daß sie kaum zum Denken kam. In den nächsten Tagen fotografierte sie unablässig, entwickelte ganze

Nächte durch und fand auch noch Zeit, einige wenige glückliche Stunden mit Keith zu verbringen.

Er wurde von Tag zu Tag kräftiger und immer begieriger, das Krankenhaus zu verlassen. Dann, endlich, war es soweit. Zwar sollte Keith auch zu Hause noch einige Tage das Bett hüten, aber Tess war trotzdem überglücklich, ihn wenigstens in ihrer Nähe zu haben.

Sie brachte ihren Mann in einer gemieteten Kutsche nach Hause und mit Rods Hilfe die Treppe hinauf, durch die kleine Küche und ins Schlafzimmer hinein. Es war sorgfältig gelüftet worden; die Vorhänge tanzten in der leichten Nachmittagsbrise, und die Decke auf dem Bett war zurückgeschlagen. Von der Straße drang der übliche Lärm des Alltagslebens herauf.

Als Keith auf dem Bett lag und Rod hinausgegangen war, wurde Tess von einer merkwürdigen Ratlosigkeit überfallen. Hier war der Mann, den sie liebte, mit dem sie auf schamlose Weise intim gewesen war, und nun empfand sie plötzlich Verlegenheit . . .

Sie bückte sich, um ihm seine Stiefel auszuziehen und dachte lächelnd an jenen Tag in Simpkinsville, an dem sie sich zum ersten Mal begegnet waren. Die Erinnerung trieb ihr das Blut in die Wangen.

»Woran denkst du?« fragte Keith schmunzelnd.

»An nichts«, log Tess.

Jetzt starrte er direkt und ohne Scham auf ihre Brüste. »Ich möchte dich lieben«, sagte er.

Wieder errötete Tess. Dabei hatte sie so oft allein in diesem Bett gelegen und sich nach Keith' Küssen und Zärtlichkeiten gesehnt . . .

»Das erlaubt dein Zustand nicht«, antwortete sie streng. »Außerdem ist es hellichter Tag, und Rod und Emma sind hier und die Kunden . . .«

»Ausreden. Nichts als Ausreden.«

Tess widerstand dem kindischen Impuls, mit dem Fuß

aufzustampfen und reichte Keith eine kleine Glocke. »Wenn du irgend etwas brauchst, dann klingele nur. Ich muß jetzt wieder an die Arbeit.«

Mit mutwillig funkelnden blauen Augen bimmelte Keith. Ein spannungsgeladenes Schweigen folgte, in dessen Verlauf Keith Tess mit verlangenden Blicken betrachtete und sie von einer süßen, verzehrenden Hitze erfaßt wurde.

Sie wandte sich verlegen ab, aber er ergriff ihren Arm und zog sie zu sich aufs Bett.

»Bleib«, flüsterte er.

Das Gewicht seines Körpers, der harte Druck ... Das Zimmer verschwamm vor Tess' Augen, und sie schnappte nach Luft wie eine Ertrinkende. »Ich habe ... Kunden ... Arbeit ...«

Doch Keith war schon damit beschäftigt, ihr Mieder aufzuknöpfen. Dabei schaute er ihr beschwörend in die Augen, und seine Finger bewegten sich so schnell und so geschickt, daß sie überzeugt war, er müsse es in Gedanken oft geprobt haben. »Kunden«, flüsterte er heiser, bevor er seinen Mund auf ihre Lippen preßte und Tess leidenschaftlich zu küssen begann.

Ein Stöhnen entrang sich ihren Lippen, sie schloß entzückt die Augen, als sie seine warmen Hände auf ihren schweren Brüsten fühlte.

»Keith ...« setzte sie noch einmal zu einem schwachen Protest an, als sie die Glocke im Laden bimmeln hörte. Ob Emma sich um die Kunden kümmern würde?

Keith' Mund begann ihren ganzen Körper zu erforschen, ließ keine Stelle aus, und Tess spürte, wie sie immer nachgiebiger wurde.

Als seine warmen Lippen sich um eine ihrer rosigen Brustspitzen schlossen, verblaßte jeglicher Gedanke an Laden, Geschäfte, Fotos und Kunden. Leise stöhnend legte sie den Kopf zurück, vergrub die Hände in Keith' Haar und bog ihm einladend ihren Körper entgegen.

Er küßte sie, reizte sie und machte sie so wild, daß sie ganz unbewußt spitze kleine Schreie ausstieß. »Es geht nicht«, wimmerte sie verzweifelt. »Deine Verletzungen...«

»Lieber das als sterben«, erwiderte er rauh.

Tess wußte nicht, ob er gestorben wäre, wenn sie sich nicht geliebt hätten, aber sie ganz sicher. »W-wie...?«

Keith nahm sich Zeit mit der Antwort, küßte zuerst ausgiebig ihre andere Brust und sagte schließlich: »Schließ die Tür ab.«

Tess stand benommen auf und gehorchte. Dann blieb sie verwirrt an der Tür stehen und lehnte ihre Stirn gegen das Holz. »Es geht nicht. Du bist verletzt«, flüsterte sie besorgt.

»Komm her.«

Tess drehte sich um und ging wider jegliche Vernunft zu ihm zurück. Sie konnte einfach nicht anders.

»Zieh dich aus.«

Wie eine Schlafwandlerin legte Tess ihre Kleidung ab. Dann stand sie nackt vor ihm, und die kühle Brise, die durch das Zimmer strich, war fast so erregend wie Keith' verlangende Blicke.

Sie zitterte vor Erwartung, als er sie langsam musterte, von Kopf bis Fuß, und ihr schließlich mit einer Geste bedeutete, ihr Haar zu lösen.

Als es herunterfiel und wie ein seidener Schleier ihre nackte Gestalt umhüllte, war es um Keith' Beherrschung geschehen. Aufstöhnend zog er Tess zu sich aufs Bett und führte ihre Hand zu seinem Glied, das sich deutlich unter seinen engen Hosen abzeichnete.

Instinktiv begann sie ihn zu streicheln und knöpfte seine Hose auf. Keith war so erregt, daß Tess für einen langen Moment ihren Blick nicht von ihm abwenden konnte.

Als beide das Warten nicht mehr aushielten, zog Keith

Tess auf seine Schenkel, bis sie rittlings auf ihm saß und er mühelos in sie eindringen konnte.

Es war ein so überwältigendes Gefühl, daß Tess den Kopf zurückwarf und einen heiseren Schrei ausstieß. Keith streichelte ihre Brüste und begann sich in einem Rhythmus zu bewegen, der beide innerhalb kürzester Zeit auf den Gipfel der Erfüllung führte.

Als es vorbei war, rührten sie sich lange Zeit nicht, aber dann öffnete Tess die Augen und schnappte erschrocken nach Luft. Wie konnte sie so schamlos sein? Keith war gerade erst aus dem Krankenhaus gekommen, und sein rechter Arm und seine Schulter lagen noch in einer Schlinge!

»Habe ich dir weh getan?« fragte sie, den Tränen nahe.

Sein Lachen war heiser, zufrieden und sehr vital. »Weh getan? Wenn das *weh tun* ist, dann liebe ich Schmerzen.«

Tess strahlte vor Erleichterung. »Du hast mir so gefehlt! Dich im Krankenhaus zu besuchen, war nicht das gleiche.«

»Liebst du mich, Tess?«

Sie nickte lachend. »Ja. O ja.«

»Sag es.«

Es kam ihr so leicht über die Lippen. »Ich liebe dich.«

Er strich ihr lächelnd übers Haar. »Und ich liebe dich.«

»Keith«, begann sie zögernd, »wirst du wieder anfangen zu predigen, wenn du gesund bist?«

Er ließ augenblicklich beide Hände sinken, und sein Gesicht verschloß sich. »Ich werde nie wieder predigen.«

Tess war so bestürzt über seine schroffe Antwort und den Abstand, den er zwischen ihnen geschaffen hatte, daß sie abrupt aufstand. Er machte keinen Versuch, sie zurückzuhalten, schaute sie nicht an und sprach auch nicht mit ihr.

Tess konnte genauso stur sein wie er. Wenn Keith sie ignorierte, sollte er nicht merken, wie weh es tat. Sie zog sich hastig an, steckte ihr Haar zu einem Knoten auf und verließ den Raum.

Bis zum Abend arbeitete sie mit Emma, dann schlossen sie den Laden ab und gingen hinauf, um das Abendessen vorzubereiten. Rod war zum Bahnhof gefahren, um die Zugfahrscheine zu kaufen und wurde erst später zurückerwartet.

Keith war wach, als Tess ihm das Essen brachte, aber er weigerte sich, mit ihr zu reden und starrte mürrisch an die Zimmerdecke.

Tess stellte das Tablett in seine Reichweite und ging hinaus.

Später, als sie und Emma gegessen hatten, schaute sie noch einmal zu Keith herein, aber da er schlief, ging sie wieder hinaus und schloß leise die Tür hinter sich.

Ruhelos und nervös wie sie sich fühlte, ging Tess in den Laden hinunter und entwickelte Fotos. Ab und zu schaute sie zur Zimmerdecke hinauf, über der der Raum lag, in dem Keith schlief ... oder um Amelie trauerte.

Einmal klingelte die Ladenglocke, aber Tess war so vertieft in ihre Arbeit, daß sie es kaum bemerkte, sich höchstens fragte, warum Emma vergessen hatte, die Tür abzuschließen. Sie arbeitete verbissen weiter, entschlossen, sobald wie möglich hinaufzugehen und mit Keith zu reden. Sie wollte endlich wissen, warum er sich so abweisend verhielt ...

»Wie fleißig!« säuselte eine herablassende männliche Stimme.

Tess hob stirnrunzelnd den Kopf und war verblüfft, als sie Cedrick Golden in der Tür zur Dunkelkammer stehen sah. Ein ganz sonderbarer Zug lag um seinen Mund, ein seltsames Feuer funkelte in seinen Augen.

»Der Laden ist geschlossen«, sagte sie scharf.

Obwohl er sich nicht von der Tür weggerührt hatte, fühlte Tess sich von ihm in die Ecke gedrängt. »Ich bin nicht gekommen, um mich fotografieren zu lassen«, antwortete er gelassen.

Tess überlegte, ob sie Emma zu Hilfe rufen sollte, dann verwarf sie den Gedanken wieder. Das wäre albern gewesen. Cedrick würde ihr nichts tun. »Warum sind Sie dann gekommen?« fragte sie betont ruhig.

Cedrick kam in die Dunkelkammer und verschränkte die Arme über seinem eleganten, mitternachtsblauen Jackett. »Es macht Ihnen Spaß, mich verrückt zu machen, was?« Die so vernünftig ausgesprochenen Worte trafen Tess wie ein eiskalter Wasserguß.

»Ich möchte, daß Sie gehen, Cedrick«, entgegnete sie vorsichtig. »Ich habe sehr viel Arbeit und muß mich um meinen Mann kümmern.«

»Den Invaliden«, entgegnete er spöttisch und rührte sich nicht vom Fleck.

Cedricks Wahnsinn war flüchtig wie Quecksilber, in einem Augenblick vorhanden, im nächsten verflogen. Warum hast du das vorher nie bemerkt? fragte sich Tess bestürzt.

Sie schluckte und kalkulierte die Entfernung zur rettenden Tür und von dort zur Toilette – aber sie wußte auch, daß die Toilette verriegelt war und es eine Weile dauern würde, den Riegel zu öffnen.

»Emma!« schrie sie plötzlich, aber der Ton war so erstickt, daß er kaum im ersten Stock gehört werden konnte, ihre Kehle war vor Angst wie zugeschnürt.

Cedrick lächelte. »Fürchte dich nicht, Darling.« Seine grünen Augen glänzten wie im Fieber, während er Tess mit seinen Blicken verschlang.

Fürchte dich nicht. Sie hätte lachen können, wenn nicht jeder einzelne ihrer Instinkte sie gewarnt hätte. »I-ich bin nicht allein hier«, gelang es ihr schließlich zu sagen.

»Natürlich nicht. Sie haben Ihren verkrüppelten Mann

im Haus und Ihre dumme kleine Schwägerin. Ihr Bruder ist nicht hier, oder?«

Tess bebte innerlich, obwohl sie bewußt die Schultern straffte und sich bemühte, keine Angst zu zeigen. Keith konnte ihr nicht helfen, das stimmte, und Emma war sicher viel zu ängstlich, um ihr von Nutzen zu sein. Rod, ihre einzige Hoffnung, war wirklich nicht zu Hause, und es erfüllte Tess mit Entsetzen, daß Cedrick sich die Mühe gemacht hatte, es herauszufinden.

»Gehen Sie bitte, Cedrick. Jetzt. Sofort.«

»Ohne Ihnen bewiesen zu haben, daß ich der Mann bin, den Sie brauchen? Aber Tess, das wäre doch sehr dumm . . .«

»Ich brauche Sie nicht, Cedrick«, unterbrach Tess ihn tapfer. »Ich brauche meinen Mann. Nur meinen Mann.«

»Du irrst dich, Süße«, flüsterte Cedrick rauh, während er immer näher kam.

Tess schob sich um den Arbeitstisch herum und hoffte, Cedrick so ausweichen zu können. Einmal versuchte sie noch, zu schreien, aber es mißlang. Ihre Kehle war vor Entsetzen wie zugeschnürt.

Und Cedrick lachte über ihre Angst. Sie schien ihn sogar noch mehr anzustacheln. »Oh, diese wunderbaren Brüste! Wie lange sehne ich mich schon danach, sie zu entblößen, sie anzufassen . . .«

Tess' Finger ertasteten die flache Pfanne mit Entwicklerflüssigkeit hinter ihr. Cedrick kam auf Tess zu, legte seine Hände um ihre Brüste und preßte sie schmerzhaft zusammen, aber Tess versetzte ihm einen Stoß, der ihn aus dem Gleichgewicht brachte und zurücktaumeln ließ.

Sein Gesichtsausdruck, als er sich wieder gefangen hatte, verriet blanken Haß. »Wie kannst du es wagen, dich mir zu verweigern, du freches Ding?« flüsterte er rauh und fuhr sich mit der Hand über den Mund, als hätte er gerade etwas getrunken. *»Wie kannst du es wagen?«*

Wieder näherte er sich Tess, und diesmal handelte sie ohne nachzudenken, nur aus einem Instinkt heraus. Sie ergriff den Behälter mit Entwicklerflüssigkeit und schleuderte ihn auf Cedrick.

Cedrick erstarrte, schwankte leicht und schrie gellend auf. Die Säure verbrannte zischend seine Haut, er sank auf die Knie, und seine Schreie verwandelten sich in ein leises, beinahe tierisches Geheul.

Emma stürzte durch den Vorhang und starrte entsetzt auf Cedrick herab. Er kniete auf dem Boden, beide Hände auf sein Gesicht gepreßt, und seine Schmerzensschreie waren furchtbar anzuhören.

»Hol einen Arzt, Emma«, sagte Tess ruhig. »Und dann die Polizei.«

18

Es war still im Krankenhaus, fast friedlich. Cynthia Golden stand am Bett ihres Bruders und betrachtete ihn im Schlaf. Armer, lieber Cedrick – er war so dünn geworden ... und mußte im Bett angebunden werden, damit er sich nicht selbst verletzte.

Cynthia erschauerte, als sie an die Szene dachte, die er am Tag zuvor gemacht hatte, als seine Verbände abgenommen worden waren. Nichts hatte ihn besänftigen können, nicht einmal die Tatsache, daß er nicht die Sehkraft verloren hatte, wie die Ärzte ursprünglich befürchtet hatten und auch nicht die Versicherung, daß die Narben mit der Zeit verblassen würden. Cedrick hatte – ganz entschieden – sterben wollen.

Und das nahm Cynthia ihm nicht übel. Er bot einen schrecklichen Anblick. Das Fleisch in seinem Gesicht war geschwollen und verzerrt, und er glich mehr einem Ungeheuer als einem Menschen.

Seine Karriere als Schauspieler war natürlich vorbei. Und damit auch Cynthias, denn sie war nicht stark genug, nicht klug genug, nicht talentiert genug, um es ohne ihn zu schaffen.

Oh, sie konnte natürlich heiraten, aber obwohl sie nichts gegen eine Affäre mit einem attraktiven Mann einzuwenden hatte, war ihr die Vorstellung, ein ganzes Leben lang an einen einzigen Mann gebunden zu sein, äußerst unangenehm.

Cynthia versteifte sich vor Groll, der Haß pochte in ihren Schläfen. Es war alles nur die Schuld von diesem kleinen Biest, von Tess! Sie hatte Cedrick verunstaltet und war nicht einmal dafür verhaftet worden. O nein. Die Schlampe hatte der Polizei erzählt, daß Cedrick ihr etwas antun wollte – lächerlich! – und sie sich nur verteidigt habe, indem sie ihm den Behälter mit den Chemikalien ins Gesicht warf.

Verrückterweise hatten sie ihr geglaubt. Cedrick hatte fast einen Monat in diesem Krankenhaus herumgelegen, hilflos und von dem verzweifelten Wunsch erfüllt, zu sterben. Und in all dieser Zeit war der Gerechtigkeit keine Genüge getan worden. Tess Corbin war noch immer frei, mit ihrem Laden beschäftigt und glücklich mit diesem attraktiven Mann, den sie geheiratet hatte.

Cynthia traf plötzlich den ersten eigenen Entschluß ihres behüteten Lebens. Sie nahm ein Kissen von dem anderen Bett, legte es über das zerstörte Gesicht ihres Bruders und hielt es fest.

Cedrick schlief, vermutlich stand er auch unter Beruhigungsmitteln. Die starken Lederbänder um seine Glieder machten ihm jede Bewegung unmöglich, und so zuckte er nur leicht in seinem Versuch, zu atmen. Doch Cynthia wußte, was gut für ihn war und hielt das Kissen fest, bis sein Körper erschlaffte und er sich nicht mehr rührte.

Keith hatte sich fast völlig erholt. Er hätte glücklich sein müssen, dachte er – er lebte und war mit einer Frau verheiratet, für die er bereitwillig gestorben wäre. Dennoch fühlte er sich seltsam rastlos.

Tess schlief neben ihm, ihr schönes Gesicht vom Mondlicht erhellt, das durch das Fenster fiel. Er lächelte und zeichnete die Konturen ihres Kinns nach, ganz zart, um sie nicht zu wecken. Sie hatte einen harten Tag im Geschäft gehabt, und der Zwischenfall mit Cedrick Golden, obwohl schon einige Wochen her, verstörte sie noch immer sehr.

Als wäre das nicht schon Belastung genug, war Tess vermutlich auch noch schwanger.

Keith seufzte und verschränkte die Hände hinter dem Kopf. Tess war ihm gesandt worden, das wußte er jetzt, und keinesfalls als Ersatz für Amelie, das wußte er auch. Nein. Seine kindliche Verliebtheit für Amelie verblaßte im Vergleich dazu. Er gehörte zu Tess, war geboren, um sie zu lieben. Es war Tess, die für ihn bestimmt war, schon immer. Und mit der gleichen, absoluten Sicherheit war er für sie bestimmt.

Es war so schön gewesen, wieder mit Tess zusammenzusein. Sie hatten sich jede Nacht geliebt und manchmal sogar tagsüber, und jedesmal – obwohl das ziemlich ausgeschlossen schien – war es sogar noch besser gewesen als beim letztenmal.

Und jetzt, wo er wieder stark war, konnte Keith sich

mit dem auseinandersetzen, woran er glaubte, was er brauchte. Er wollte wieder predigen.

Er rollte sich auf die Seite und beobachtete Tess im Schlaf. Sie hatte Erfolg mit ihrem Geschäft. Einen überwältigenden Erfolg. Wäre sie überhaupt bereit, den Laden aufzugeben und ihm nach Port Hastings zu folgen?

»Tess?«

Sie murmelte etwas und zog das Laken bis unter ihre Nase.

Keith hatte nicht das Herz, sie zu wecken. Statt dessen begann er sich Tess als Frau eines Predigers vorzustellen. Welch eine Sensation sie darstellen würde, mit ihrer wilden Mähne, ihren Kameras und ihrem Fahrrad!

Der Gedanke brachte ihn zum Lachen.

Tess gähnte und öffnete die Augen. »Keith? Was hast du?«

Er zog ihren Kopf an seine Schulter. »Nichts. Ich habe nur nachgedacht, das ist alles.«

Sie gähnte noch einmal und schmiegte sich an ihn. »Nachgedacht? Mitten in der Nacht?«

Keith verspürte Verlangen nach ihr, und das machte seine Stimme rauh. »Über etwas, was ich schon sehr lange im Kopf habe. Seit ich dich kenne, eigentlich.«

»Was?«

»Ich bin nicht dazu geschaffen, ein Hausierer zu sein oder der unbeschäftigte Ehemann einer Fotografin, Tess.«

Sie richtete sich überrascht auf. »Du willst nicht mein Mann sein?« flüsterte sie verwirrt.

Keith zog sie zurück und strich ihr beruhigend übers Haar. »Natürlich will ich dein Mann sein.« Er schwieg und sammelte Mut. »Aber ich möchte auch wieder predigen, Tess«, sagte er dann leise.

Ein langes Schweigen folgte, in dessen Verlauf Keith quälende Zweifel empfand. Angenommen, er verlor Tess nun?

Als sie sprach, war ihre Stimme leise, fast unhörbar. »Du willst nicht in Portland bleiben, nicht wahr, Keith? Du möchtest zurückkehren nach ... wie hieß dieser Ort doch noch? Wenatchee?«

Ihr Haar war wie silberne Seide in seinen Händen. »Nein. Nicht Wenatchee. Port Hastings.«

»Wo deine Familie ist.«

Wieder Stille, diesmal unterbrochen von Keith. »Ja. Wirst du deinen Laden aufgeben, Tess? Vorausgesetzt, ich verspreche, dir einen anderen zu kaufen?«

Sie lachte ... und es klang sogar erleichtert! »Natürlich. Aber es darf kein leeres Versprechen sein, Keith Corbin. Ich will meinen Laden haben.«

Auch Keith lachte jetzt, vor Erleichterung, vor Freude und Belustigung. »Du wirst deinen Laden haben, Tess. Das schwöre ich!«

Tess schmiegte sich noch enger an ihn, und sein Verlangen nach ihr wuchs ins Unerträgliche. »Ich kann mir vorstellen, daß deine Gemeinde nicht mit mir einverstanden sein wird«, sagte sie nach einiger Zeit.

»Das sollten sie lieber«, antwortete er. »Etwas anderes bleibt ihnen nämlich gar nicht übrig.«

Tess weinte. Er spürte ihre Tränen auf seiner nackten Schulter. »Wir werden sehen«, sagte sie.

Er rollte sich herum, bis sie unter ihm lag, doch er bemühte sich, sie nicht mit seinem ganzen Gewicht zu belasten. »Weine nicht, Tess. Bitte. Wenn es dich unglücklich macht ...«

»Unglücklich?« Sie lachte unter Tränen und streichelte sein Gesicht mit sanfter Hand. »Ich habe gewußt, daß es geschehen würde, seit jenem Tag, an dem ich dich Pfannen und Kaffeekannen nach Gott werfen sah. Selbst das war ein Beweis für einen Glauben, den nur wenige Leute besitzen. Gott ist so real für dich, daß du ihn sogar zu einem Faustkampf herausfordern würdest!«

»Das ist bestimmt recht ungewöhnlich«, gab er verlegen zu.

»Ungewöhnlich ist nicht das richtige Wort, Mister. Du hättest dich damals sehen sollen. Ich dachte, du wärst verrückt.«

»Aber du bist geblieben.« Er strich mit dem Zeigefinger über ihre weichen Lippen, über ihren Hals und ihre Brust.

»Es regnete, und das Rad meines Fahrrads war verbogen ...« Sie stöhnte unwillkürlich auf, als seine Liebkosungen sinnlicher, aufreizender wurden und krümmte den Rücken.

»Ausreden, nichts als Ausreden«, murmelte er, während er seine Lippen dem Pfad folgen ließ, den seine Finger bezeichnet hatten. »Du warst ganz verrückt nach mir.«

Als er seine Lippen um eine ihrer Brustspitzen schloß, stöhnte sie verlangend auf.

»Wenn jemand verrückt war, Keith C-Corbin ...« sagte sie zitternd vor Lust und umklammerte seine Schultern ... »dann du.«

Keith dachte nicht daran, zu widersprechen. Sie liebten sich, langsam und zärtlich zunächst, dann mit einer ungestümen Wildheit, die ihre jungen, starken Körper zusammenschweißte und für immer miteinander verband.

Es war ein heller, sonniger Morgen. Tess Corbin drehte lächelnd den goldenen Ring an ihrem Finger, so daß die Smaragde die Sonnenstrahlen einfingen und im ganzen Raum versprühten. Seit Keith ihr diesen Ring gegeben hatte, war sie überzeugt gewesen, daß er nichts als eine Formalität war und nicht im entferntesten die Bedeutung besaß wie jener Ring, den Amelie besessen hatte. Doch heute, nach ihrem Gespräch mit Keith und ihrer leidenschaftlichen Nacht, wußte Tess es besser.

Sie atmete befreit auf und fing an, das Frühstück vorzubereiten. Wie eine gute Ehefrau.

Aber der Kasten, in dem das Feuerholz aufbewahrt wurde, war leer. So ging sie summend hinaus zum Schuppen und sammelte einen Arm voll Scheite.

Als sie sich aufrichtete, sah sie plötzlich Cynthia Golden in der Tür stehen, unbeweglich, aber mitten im Weg.

Tess hatte sie nicht kommen gehört und war deshalb sehr erschrocken. Seit ihrem tragischen Zusammentreffen mit Cedrick war sie dieser Frau nicht mehr begegnet, und obwohl Tess sich nur verteidigt hatte, bedauerte sie sehr, Cedrick derart zugerichtet zu haben. »Ich hoffe, Ihrem Bruder geht es besser«, sagte Tess mitfühlend.

»Als ob Ihnen das etwas bedeutete!« erwiderte Cynthia, ohne Platz zu machen, um Tess vorbeizulassen. Cynthias Gesicht lag im Schatten, und Tess konnte es nicht erkennen, aber das Gefühl, eingeengt zu sein, verängstigte sie ein wenig.

»Natürlich bedeutet es mir etwas, Cynthia. Und es tut mir sehr leid, daß es so gekommen ist. Wenn Sie mich jetzt bitte vorbeilassen würden...«

Cynthia rührte sich nicht. Sie war schön wie immer, wenn auch ein gewisser Groll in ihren Augen stand. »Sie haben Cedrick zerstört. Uns alle eigentlich. Ich mußte ihn erlösen.«

Irgend etwas in ihrer Stimme und in ihrem Gesicht ließ Tess erschauern. »Was soll das heißen, Sie mußten ihn erlösen?« flüsterte sie.

Cynthia zuckte mit den Schultern. »Ich konnte ihn nicht am Leben lassen. Er wäre ein Ungeheuer gewesen, das nichts als Spott verursacht hätte. Cedrick hätte das nie ertragen.«

Tess' Magen drehte sich fast um, sie begann unkontrolliert zu zittern. »Lieber Gott«, hauchte sie. »Sie haben ihn doch nicht... umgebracht?«

»Ich habe ihn gerettet«, berichtigte Cynthia sie mit der hellen, etwas schrillen Stimme eines kleinen Mädchens.

Tess war bestürzt, aber ihre Instinkte warnten sie, auf der Hut zu sein. »Und was wollen Sie von mir?« fragte sie gedehnt und sehr ruhig.

»Oh ... ich will Sie töten, das ist doch klar«, erwiderte die Kindfrau.

Das Feuerholz aus Tess' Arm rutschte auf den Boden. Sie warf sich vor, um an Cynthia vorbeizukommen und die – relative – Sicherheit des hellen Tages zu gewinnen.

Aber Cynthia ließ Tess nicht vorbei. Metall blitzte im hellen Sonnenschein auf, ein stechender Schmerz durchzuckte Tess' Arm. Sie schnappte nach Luft und wich bestürzt zurück. So bestürzt, daß ihre verzweifelten Schreie nicht über ihre Lippen kommen wollten.

Als sie an sich herunterschaute, sah sie nichts als einen langen Schnitt auf ihrem Oberarm. Er blutete und schmerzte sehr, und das war ein Glück, weil es Tess aus ihrem Schockzustand löste und sie mit der kühlen Überlegenheit des Gejagten denken ließ. Sie drängte sich in den Schatten der Hütte, um sich zu verbergen.

Spinnweben verfingen sich in ihrem Haar, und etwas krabbelte über ihren Arm.

Cynthia beugte sich vor, und jetzt sah Tess das Küchenmesser in ihrer Hand. »Komm heraus«, zischte Cynthia. »Ich kann dich nicht sehen.«

Tess bückte sich, griff nach einem Stück Holz, packte es mit beiden Händen und richtete sich langsam auf ...

Cynthia trat weiter in die Hütte, ärgerlich wie ein Kind, das des Versteckspielens müde geworden war. »Komm heraus!« heulte sie.

Im gleichen Augenblick erschien Keith in der Tür zur Hütte. Tess sah, daß er für einen Moment geblendet war. »Tess? Bist du ...«

Cynthia wirbelte erschrocken herum und hob das Messer, bereit, es in Keith' Brust zu treiben. Bevor er etwas unternehmen konnte, sank es auf ihn herab.

Tess stieß einen gellenden Schrei aus. Holzsplitter bohrten sich in ihre Hand, als sie aus ihrem Versteck hervorkam und das Holzscheit mit aller Kraft auf Cynthia niedersausen ließ.

Noch als Cynthia zusammensackte und auf den Boden sank, konnte Tess nicht aufhören zu schreien.

Keith packte sie an den Schultern und schüttelte sie. »Tess!«

Sie schrie noch immer, und er schlug sie hart ins Gesicht, was ihre Schreie endlich zum Verstummen brachte. Schluchzend schnappte sie nach Luft.

»Was ist hier passiert?« herrschte Keith sie an, mit einem Blick auf Cynthia, die reglos auf dem Boden lag.

Tess schwankte leicht. »Sie wollte mich . . . umbringen. Wegen Cedrick.«

Draußen hörte sie erregte Stimmen und das Geräusch rennender Füße . . .

Als Tess erwachte, war ihr Arm verbunden, und Keith strich Salbe auf ihre Hände.

»Es ist vorbei«, sagte er, als er sah, daß sie wach war und sehr verängstigt. »Mach dir keine Sorgen mehr.«

Tess machte sich keine Sorgen um ein paar lächerliche Kratzer und einen Schnitt. »Hat sie dich verletzt, Keith?«

Sein schöner Mund verzog sich zu einem Grinsen. »Sehe ich aus, als wäre ich verletzt, Kleines?«

Eine Menge Leute waren in der Küche. Plötzlich hörte Tess ihre Stimmen, ihre Schritte, ihr Gemurmel.

»Die Polizei ist hier«, erklärte Keith gelassen. »Sie möchte mit dir reden.«

Tess rutschte tiefer unter die Decke. »Ich muß Cynthia umgebracht haben.«

Keith schüttelte den Kopf. »Nein, Kleines, du hast niemanden umgebracht. Miss Golden hat nichts als ein paar Prellungen und starke Kopfschmerzen davongetragen.«

Tess schaute auf die geschlossene Tür. »Ist sie hier?«

»Nein. Sie hat gestanden, ihren Bruder ermordet zu haben, obwohl sie es nicht so betrachtet, Tess. Sie ist in eine Anstalt gebracht worden.«

Tess wurde übel, und plötzlich hatte auch sie Kopfschmerzen. »Warum ... warum will die Polizei mit mir reden?«

Keith küßte sie auf die Stirn. »Um deine Version zu hören.«

Tess seufzte. »Gut. Aber dann möchte ich diesen Ort verlassen, Keith, und alles vergessen, was hier vorgefallen ist.«

Keith lächelte. »Ich hoffe, nicht *alles*. Jedenfalls nicht den Tag, an dem wir uns in der Suite geliebt haben, auf dem Billardtisch ...«

Es war unglaublich, wie er Tess in den schwierigsten Situationen zum Lachen bringen konnte, obwohl Tränen in ihren Augen standen und ihr Gesicht vor Aufregung gerötet war. »Das war skandalös, Keith!«

»Mir hat es gefallen«, murmelte Keith, seine Lippen auf ihrem Haar.

»Mir auch«, gab Tess zu, nach langer Zeit.

ENDE